D1996679

Franzius

SYBILLE STATZ

NACH-LEBEN

ODER GEHÖRT DAS GANZE LEBEN IN DIE ÄNDERUNGSSCHNEIDEREI?

Roman

Cover: Perry Perry Payne
Buchumschlag: Simone C. Franzius
Bildlizenzen: Pixabay
Korrektorat/Lektorat: Dr. Michael Kracht
Verantwortlich für den Inhalt des Textes
ist die Autorin Sybille Statz
Satz, Herstellung und Verlag: Franzius Verlag GmbH
Druck und Bindung: BoD, Norderstedt

ISBN 978-3-96050-199-2

Die Deutsche Nationalbibliothek verzeichnet diese Publikation in der Deutschen Nationalbibliografie; detaillierte bibliografische Daten sind im Internet über http://dnb.dnb.de abrufbar.

INHALT

Für meine zauberhafte Schwester Eva.

Bleib wie du bist, dann bleib ich es auch.

1. Kapitel

»Wahrheit ist unser kostbarster Besitz.
Lasst uns sparsam mit ihr umgehen.«
(Mark Twain)

Dieser Tag gehört in die Änderungsschneiderei!

Womöglich mein ganzes Leben.

Aber eins nach dem anderen.

Eine Stunde und dreizehn Minuten. So lange ist es jetzt her, dass sich in meinem Browserverlauf Eingaben wie »Sextoys für sie & ihn« verirrt hatten, dass ich das offene Ohr für meine Freundinnen war, die sich über schief gelaufene Dates ausweinten und dass ich mir für spießige Partys nicht umsonst die Beine rasiert hatte, weil ich unter simulierten Kopfschmerzen abhauen konnte, zurück in ein angewärmtes Bett.

Eine Stunde und inzwischen fünfzehn Minuten sind vergangen, seit ich eine gesunde, geradezu besorgniserregend durchschnittliche Beziehung mit einem Mann hatte, den ich liebte.

Und immer noch liebe.

Genau das ist mein Dilemma.

Es fing alles in dieser Straßenbahn an.

Genau genommen mit einer Zitrone – nein, einer Biozitrone.

Lassen Sie mich noch mal von vorne anfangen.

Ich, Leila Sternenberg, neunundzwanzig Jahre und eintausendeinhundertsechzehn Tage alt, war auf dem Weg besagte Biozitrone zu kaufen, um einen Kuchen zu backen.

Meine Freundin Christin feiert heute ihren zweiten Geburtstag bei den Anonymen Alkoholikern. Dem Anlass gebührend musste mein berühmt-berüchtigter (Rezept 1:1 von »Chefkoch.de« übernommen) New York Cheesecake herhalten.

Ich spreche normalerweise kein Bio, aber ich beschloss, ausnahmsweise auf die Ökowarnungen aus den Gesundheitsblättchen zu hören, die ich sonst nur als Ausgleich für wackelnde Tischbeine benutze.

Drei Stationen, bevor ich aus der Tram Linie 12 Richtung Berlin Mitte, wo ich mir unter Ellbogeneinsatz einen Fensterplatz ergattert hatte, aussteigen musste, traktierte eine Hunkemöller-Einkaufstasche meine Wade.

Einverstanden, dachte ich, *wenigstens häutet dich eine Frau annehmbaren Geschmacks.*

Geblendet von Sonnenstrahlen, schloss ich meine Augen.

Neben einer Geräuschkulisse aus Plastiknägeln, die auf ein Display prasselten, fiel Abschalten allerdings nicht leicht.

Ich hätte es ignorieren sollen. Einfach ignorieren.

Wir Grundschullehrerinnen sind schließlich einiges gewohnt.

Schnalzende Kaugummiblasen, Geodreiecke, die Enthüllungen wie »Anni ist ein Furz« in Tische verewigen; da ist auf Durchzug schalten ein Mittel, das so manchen davon abhält, seine Thermoskanne mit etwas Härterem als Kaffee zu befüllen.

Von Neugier angetrieben, ob der Nagellack zu meiner lauten Nachbarin passt, warf ich einen Blick auf den gepeinigten iPhone-Bildschirm und beging damit den größten Fehler meines Lebens. Die Nachricht konnte ich auf die Schnelle nicht lesen, wollte es zu diesem Zeitpunkt auch noch gar nicht.

Bis das Dialogfenster geschlossen wurde, abgelöst von einem Hintergrund, der mein Gesicht seiner Farbe beraubte.

Er war es.

Der Mann, mit dem ich seit vier Jahren mein unscheinbares, bis dahin gar nicht so übles Leben teile.

Der Mann, der mich huckepack nach Hause trägt, wenn mir die Füße wehtun.

Und mir zweimal im Quartal die Haare hochhält, wenn ich mal wieder einen über den Durst getrunken habe und mich nicht anfährt mit Sätzen wie: »Kennst du echt IMMER NOCH NICHT dein Limit?«, die seine Vorgänger so gerne von sich gegeben haben.

Der seinen Job riskiert, indem er Gästen das letzte Dessert versagt, um es mir nach seiner Schicht zu servieren.

Eindeutig Lennard. Mein Lennard!

Arm in Arm mit der stolzen Besitzerin acht roter Plastiknägel (zwei davon mutmaßlich bei Schlafzimmerspielchen mit meinem Freund abgewetzt).

Ihr Handy verschwand in ihrer giftgrünen No-Name-Handtasche, als hätte es nichts mit dem Untergang meines Privatlebens am Hut. Lennard sah glücklich aus.

Seine Grübchen führte er aus, während die Person daneben frivol ihre blau verfärbte Zunge rausstreckte, beide Arme um ihn geschlungen wie ein Äffchen.

Das Ganze spielte sich nicht irgendwo ab, es musste vor einer Eisdiele sein, *unserer* Eisdiele.

»Süße Sünde«, der Gipfel der Dreistigkeit.

Die schwebende Engelsfigur vor der roten Wand erkannte ich sofort wieder.

Nicht mal das Land oder wenigstens die Stadt haben sie verlassen, um mich zu hintergehen.

Obendrein am helllichten Tag, wo sie jeder – mich eingeschlossen! – hätte sehen können.

So wenig Aufwand zu betreiben, nicht erwischt zu werden, ist fast verletzender als der Betrug an sich.

Aber auch nur fast.

Lennard trug auf dem Bild mein Geschenk zu unserem ersten Jahrestag.

Eine im Internet ersteigerte Uhr, original aus den 60ern.

Lässig hing sie an seiner Hand, die nun die Taille der anderen Frau umfasste.

Besonders religiös war ich nie. Doch in diesem Moment betete ich zu allen Göttern, die mir einfielen, mich nicht als Talkshowgast enden zu lassen. Die Schlagzeilen waren zum Greifen nah:

»Törichte Frau kauft Biozitrone – ihr Mann hat eine Affäre« … »Frau mit blauer Zunge spannt Frau mit normaler Zunge den Mann aus« ... »Eisdielen sind die neuen Motels: Ein Inhaber bricht sein Schweigen«.

Mit den Zähnen runtergerissene Unterwäsche, aufsteigendes Adrenalin, der Alltag gerät in Vergessenheit.

Die Bilder verfingen sich in meinem Kopf, saßen fest wie eine Frisbeescheibe in einer Baumkrone. Man würde meinen, es läge nah, die Frau, die dem eigenen Freund die Mittagspause versüßt, zur Rede zu stellen. Weit gefehlt.

Versteinert wie eine verdammte Vollidiotin saß ich nur da. Dann ging's los.

Ich tat, was jeder bis ins Mark verzweifelte Mensch tun würde: Ich begann Fantasieschlösser zu bauen.

Oder wie ich in diesem Moment fand: nach vernünftigen Erklärungen zu suchen.

Was, wenn Lennard ein Zwilling ist?

Jawohl, so wird es sein!

Aber warum hatte er ihn nie erwähnt, wenn er sogar in der gleichen Stadt wohnt?

Das war ein altes Bild. Viel naheliegender.

Bestimmt hatte er vor unserer Zeit mal mit ihr geflirtet und sie dehnte den Begriff »Grenzen« zu ihren Gunsten aus.

Eine armselige Stalkerin, die dringend professionelle Hilfe benötigt, saß neben mir.

Und was ist mit der blöden Jahrestagsuhr?

Die zu erklären wurde am schwierigsten.

Vorläufiges Urteil: Schizophrenie.

Er brauchte mich jetzt dringender als je zuvor.

Und ich hatte rettungslos meinen Verstand verloren, wenn ich es schaffte, mir diesen Nonsens mehr als eine Sekunde lang glaubhaft zu machen.

Mir gelang es für volle vier Minuten.

Unweigerlich folgte die Konfrontation mit meinem schwachen Selbstbild.

Wurde ich zu den Frauen, über die ich mich bisher lustig gemacht habe?

Ein konfliktscheuer Punchingball, mit erkaltetem Essen wartend, der sich beschwichtigen lässt mit Ausreden wie: »Ich stecke wieder im Stau fest, Schatz«?

Ein Stoß mit der Hunkemöller-Tüte riss mich kurzzeitig aus meinen Gedanken.

»Oh, Verzeihung!«

Meinen Freund zu verführen war nicht zu verzeihen.

Noch weniger, diese Schandtat mit Selfies zu dokumentieren und am besten gleich auf Instagram zu posten. Ich schüttelte kurz den Kopf, um ihr zu bedeuten, dass alles gut sei.

Nie hatte ich mich kleiner gefühlt. Dann sah ich nach oben.

Blond. Natürlich war sie blond.

Die *bessere* Haarfarbe.

Hitchcocks Beuteschema.

Die lebenslange Garantie, nie selbst Reifen wechseln zu müssen.

Ob sie besser im Bett ist? Selbstfolter, Klappe die zweite.

Abartige Techniken, die die Biegsamkeit einer Schwimmnudel sowie ein festgelegtes Safe Word gebieten, darauf stehst du also, Lennard?

Richtig, eine Exhibitionistin im Trenchcoat habe ich dir nie vorgesetzt.

Nicht, dass ich es nicht oft erwogen hätte. Aber dann war ich entweder zu vollgefressen oder es lief im Fernsehen ein 90er-Thriller, den sie nur noch selten ausstrahlen. Und wenn ich mir nun eine Blasenentzündung eingefangen hätte? Oder du gar nicht zu Hause gewesen wärst?

Schatz, bist du JETZT zu Hause und bleibst es auch? Och, nur so! Das hätte sicher den Überraschungseffekt zunichtegemacht.

Insgesamt dreimal habe ich Lennard inzwischen angerufen, jedes Mal abgebrochen.

Wenn ich ihn damit konfrontiere, wird es real.

Und ich kann nicht mehr so tun, als seien die letzten zwei Stationen jemand anders passiert.

Wozu schlafende Hunde wecken?

Zu Hause angekommen, ohne Biozitrone, dafür mit Magenschmerzen und offenen Fragen, suche ich nach Beweisen.

Lennard arbeitet noch. Angeblich.

Arbeiten bis spät in die Nacht, das kommt bei Köchen schon mal vor. Sehr praktisch.

Wir wohnen nicht offiziell zusammen. Nur ich stehe im Mietvertrag.

Seine Wohnung wollte er untervermieten und bei mir einziehen, tat es aber nie.

Er sprach immer nur davon, so lange, bis es lächerlich wurde, das Thema überhaupt noch mal zu erwähnen.

Schlagartig ergibt das Sinn.

In diesem Moment liebe ich mich dafür, dass ich nicht den Rat meiner Freundinnen befolgt und ihn darauf festgenagelt habe, hier formell einzuziehen.

Bei meiner Bekannten Sandra ist das nämlich alles andere als schön verlaufen, als die sich von ihrem rechtlich abgesicherten Mitbewohner getrennt hat.

Unschuldige in Tomatensoße getränkte Prada-Schuhe wurden hineingezogen!

Ich kriege gar nicht mehr zusammen, worum es dabei genau ging.

Glaub, Sandra hatte zuvor Matzes Surfwachs weggeworfen.

Dabei hatte er nicht mal ein Surfbrett, soweit ich weiß.

Gut, dass mir so was erspart bleibt. So bin ich frei, meiner Wut Ausdruck zu verleihen.

Lennards Sachen sollen durchs Fenster fliegen!

Die Nachbarschaft wird mit hoher Schallfrequenz ins Bild gesetzt! Wollte schon immer so einen Auftritt haben.

In meinem Kopf waren derartige Fremdscham-Szenarien allerdings immer lustiger als jetzt, wo ich sie tatsächlich umsetzen kann. Dieser Fehltritt sollte brennende Wut entfachen.

Wilde Entschlossenheit, mein Leben neu zu ordnen.

Et moi? Ich stehe neben mir bzw. jemandem, der aussieht wie ich (nur fahler), panisch vor dem was kommt, wenn Lennard durch diese Tür steigt.

Auf der Suche nach Indizien wie Zweithandys, Kondomen und verschlossenen Schubladen gehe ich leer aus. Boxershorts, DVDs, Lebensmittel; alles kriegt einen Düsenantrieb verpasst, was sich mir in den Weg stellt.

Nichts.

Hat er gar nichts zu verbergen und ich bin manisch oder ist er schlau genug, sein Zweitleben nicht ausgerechnet in der Wohnung seiner Freundin zu horten?

Urgh!

Meine Magenschmerzen waren also noch steigerungsfähig.

Beim Auseinandersetzen mit Trennungsgedanken scheitere ich kläglich.

Erst presse ich aus Google »zusammenbleiben trotz Affäre?« raus, der nächste Viertelstundenschlag trichtert mir Dankbarkeit ein; besitze immerhin halbwegs reine Haut und eine freistehende Badewanne.

Die Kraft des positiven Denkens ist kein verlässlicher Besucher in meinem limbischen System.

Revue-passieren-lassen spaziert wieder durch die Drehtür.

Es war zweifellos Lennard.

Diesen Zwillingsbruder mit einer Vorliebe für Eiscreme und Schlampen hatte er bedauerlicherweise nie erwähnt.

Einziger Strohhalm: Das Bild hat das Verhältnis zu mysteriöser Frau nicht eindeutig offengelegt.

In der Welt zirkulieren etliche Fotos vom Homo sapiens Arm in Arm mit seinen Geschmacksverirrungen.

Meist verbucht unter der Kategorie »nur eine gute Freundin«, ein Klang, artverwandt mit dem Summen einer Mücke *(Gefahr! Gefahr!)*.

Weshalb sollte sie nicht auch darunterfallen?

Freilich reden wir hier über eine Frau, die nicht sonderlich unattraktiv ist.

Groß, langes blondes, weich-welliges Haar und eine sehr weibliche Figur.

Nicht der Typ für das Vorher-Bild. Aber auch nicht Lennards Typ.

Er steht auf kleine Brünette, die seinen Beschützerinstinkt wecken. Er steht auf mich.

Warum dann das Versteckspiel?

Ist ein ehrliches Gespräch mit mir denn wirklich so eine Qual?

Ich bin nicht selbstmordgefährdet. Oder eine Furie, nur in Kombination mit Arsen bekömmlich.

So ein Verhalten habe ich nicht verdient!

Ich war immer treu.

Hey, sogar meinen Look habe ich weiterentwickelt!

Mal Locken, mal glatt, mal Stufen, sogar dieses Balayage habe ich ausprobiert.

Ging kolossal in die Hose.

Haare sahen nach sechs Stunden Hintern platt sitzen ab dem Kinn sehr verärgert aus.

Schlappe 235 Euro von meinem Lehrergehalt durfte ich hinblättern für ein:

»Ist das ein schöner Karamellton! Alina, sag unserer Kundin auch, wie schön die Farbe geworden ist!« – »Oh ja! Und KEIN bisschen rot!«

Auf meine Figur habe ich auch immer zu achten versucht.

Gut, zwar darf ich ohne Bedenken Blut spenden.

Aber! Meine Erscheinung provoziert in Aufzügen keine bangenden Blicke auf das Hinweisschild

TRAGFÄHIGKEIT IN KG.

Eine Zeitlang war ich sogar joggen. Doch, ehrlich!

Nur ging mir das ziemlich auf die Knie.

Und erst dieses »Jogger-Face«-Risiko!

Dem entgeht nur, wer sein Gesicht mit einem Kompressionsverband fixiert.

Ansonsten heißt es eines Tages: oben französische Bulldogge, ab Hals abwärts Sylvie Meis.

Hinzu kommt das erhöhte Zeugenrisiko.

Ständig schallt es aus dem Radio:

Die Leiche wurde am frühen Morgen von einem Jogger (!) im Wald gefunden.

DRRRING! DRRRING! DRRRING!

Lennard würde nicht klingeln. Er hat einen Schlüssel.

DRRRING!

So viel Hartnäckigkeit verdient einen missbilligenden Fensterblick.

Gebe eine kleine Vorstellung ab von meinem achtzigjährigen Zukunfts-Ich, dem man nichts vormachen kann, seit Einlass eines als Heizungsinstallateur verkleideten Trickdiebs.

»Ich seh dich! Mach auf oder kauf dir Vorhänge!«

Maja, meine beste Freundin und Anwältin, hält vor meinem klapprigen Eingangstörchen ein Tablett mit Muffins in den Händen.

Die AA-Party!

Scheiße!

Die hatte ich total vergessen.

»Mensch, Leili! Was hat das denn so lange gedauert?!«, keucht sie sich die Stufen (ich wohne im ersten Stock) hoch.

Sie, die ihre engste Beziehung zu einem Crosstrainer hat, hält es für nötig, mir ein Zweite-Klasse-Gefühl zu vermitteln, nur weil ich in einem Haus ohne Aufzug lebe.

Unter ihrem Leopardenmantel trägt Maja ein silbernes Kleid, das weniger verdeckt, als wenn sie gar nichts anhätte.

Die langen roten Haare sind hochgesteckt, bis auf zwei wellige Strähnen, durch die Aquamarin-Ohrringe durchschimmern.

»Du siehst ... na ja, wir haben ja noch was Zeit. Wolltest du nicht den Cheesecake machen? Wir können da nicht nur mit meinen dunkelbraunen Muffins hin. Sind nämlich Zitronenmuffins. Als ich sie in den Ofen geschoben habe, wurde ich wieder in den YouTube-Sog gezogen.

Wusstest du, dass man mit Yoga mehr Fett verbrennen kann als mit joggen?«

Maja scheint mein fabriziertes Riesenchaos gar nicht aufzufallen, was mehr über mich aussagt als über sie. Seit einigen Jahren sind wir beste Freundinnen. Warum, weiß ich nicht mehr. Ich weiß nur, dass ich sie brauche. Sie ist der ehrlichste Mensch, den ich kenne, was ihre Gesellschaft nicht immer erträglich macht.

»Ich glaube, Lennard betrügt mich«, unterbreche ich Majas Schwüre auf Buttermilch, die prompt ihr Tablett fallen lässt.

Beim dumpfen Aufprall sind wir beide verdutzt über den Verbrennungsgrad der Mitbringsel.

Die perfekte Mordwaffe für Lennards Steinigung.

Setze Maja ins Bild und füge mich ihrem Vorschlag, Wodka zum neuesten Grundnahrungsmittel zu ernennen. Unsere vorerst letzte Chance, der Realität zu entfliehen.

Auf der »Party«, der wir gleich beisitzen, wird es keinen Tropfen Alkohol geben. Und wenn ich eins nicht kann, dann Lennard stocknüchtern gegenübertreten.

Vom Fenster aus sehe ich Maja zu meinem Stammkiosk hechten.

Ich muss mich irgendwie sammeln, bis sie wiederkommt.

Aufräumen wäre auch nicht schlecht, sonst nehme ich Lennard den unbequemsten Teil des Gesprächs aller Gespräche ab: das Ansprechen.

Geschlachtete Zuckerstreuer und rausgerissene Schubladen schreien nicht gerade nach *Ohrringverloren* oder *Frühjahrsputz*.

»Heyhey! Ich hab uns ein Fläschchen destillierten Gehirnurlaub mitgebracht!«

»Hast du nicht vor, das aufzufegen?«, entgegne ich Maja, die einen riesigen Schritt über die Muffinkremation macht, als würde sie einen mitreißenden Fluss überqueren.

»Liebes, dein Freund bumst eine andere und du machst dir Sorgen um deinen Fußboden?«

Ich hasse dieses Wort. Und ich hasse Maja. Weil sie recht hat.

»Der Kioskmann ist ja komisch! Der ist richtig wütend geworden und hat auf Spanisch geflucht, als ich ihm verklickert habe, dass er Schokolade im Gesicht hat.«

»Das ist ein Muttermal. Und er ist Portugiese.«

Rollende Augen und Schraubverschlüsse treiben den Abend voran.

Auf Tele5 läuft »Scarface«, fortan umgemünzt in ein Trinkspiel, das bei jedem Schusswechsel zwei Nackenakte erwirkt.

PENG!

Auf ex!

PENG! PENG! PENG!

Ex! Ex! Ex!

Sehr viele Schüsse später torkeln wir auf die AA-Party zu.

Da die Feier am Kreuzberg der Welt ist und Maja mich überreden konnte, High Heels anzuziehen, teilen wir uns ein Taxi.

RUUUUUMS!

Hackedicht fallen zwei potenzielle Neumitglieder hallend in einen Raum, der an eine Schulaula erinnert.

Die Wände sind sandfarben und rau verputzt.

Dunkelrote Vorhänge, die an einen Kinosaal aus den 30ern gemahnen, umringen das AA-Treffen wie einen Kokon.

Das erste »A« in »AA« wird zugegen wohl besonders großgeschrieben.

»Ha! Du siehst aus wie die Freiheitsstatue mit der verkackten Krone, Chrissie!«

Maja hat wieder auf leeren Magen getrunken.

Wie es scheint, haben wir Christins Rede unterbrochen.

Unsere Noch-Freundin steht gerade auf einem Podest, aufgestockt um eine zusätzliche Längeneinheit.

Ich tue mich grundsätzlich schwer damit, Menschen mit aufblasbarem Kopfschmuck ernst zu nehmen. Heute nicht. Christins wässrige Augen vertreiben den Lachreiz.

»Entschuldige! Mach weiter!«, rufe ich flüsternd (sofern möglich), während Maja den Kuchenstand ansteuert.

»Bäääh! Ohne Alk heiß jezz auch vegan, oda wie?«, mäkelt meine Saufkumpanin, kurz bevor sie ihren Mund in eine Serviette entleert.

»... jedenfalls danke ich euch allen, dass ihr mich auf dieser holprigen Reise begleitet. Ohne euch hätte ich das niemals geschafft. Diese Treffen bedeuten alles für mich.«

Christin vergibt Luftküsse an ein Dutzend applaudierende Mitreisende.

»Ey und was is' mit uns? Wir ham dich ja wohl auch imma aufgefangen! Sag's ihnen, Leili! Wir sind für Christin wohl 'ne Brandung in dem Fels! Imma schon gewesen! Bäh, wieder was Veganes erwischt! Kein Wunder, dass man nur noch saufen will bei so 'nem Fraß!«

Fassungslos schüttelt Christin den Kopf.

Das Mikrofon legt sie ab.

Zum unzähligsten Mal starre ich auf mein Handy.

Hoffe immer noch, dass ich aus diesem Albtraum erwache.

In Lennards Armen, zurück in ein Leben, von dem ich vor wenigen Stunden so sicher war, es zu kennen.

Er müsste jeden Augenblick in meiner Wohnung den suggestiven Saustall entdecken.

Mir wird richtig übel.

»Schämt ihr zwei euch gar nicht? Mit leeren Händen und dazu hackedicht hier aufzutauchen? An meinem Jubiläum? Was kommt als Nächstes? Weiße Kleider auf meiner Hochzeit? Konfettikanonen auf meiner Beerdigung? Ihr seid echt das Allerletzte.«

Das trockene Geburtstagskind, rasend vor Wut, wird in diesem Leben erst nach einem Rückfall wieder mit uns reden.

»Wie biste eigentlich drauf?! Früher warste die Beste! Die Bessste, echt! Wo is' die Chris', die Weihnachten Swinger Partys gegeben hat? In Amsterdam hat man sogar 'nen Cocktail nach dir benannt! Wo is' die? Wenn sie sich in einem der ekelhaften Kuchen versteckt hat, is' es kein Wunder, dass sie niemand mehr findet. WO ISSS CHRISSS?«, brüllt Maja durch einen als Trichter zusammengerollten AA-Flyer gezielt in Christins Ohr.

Habe mich noch rechtzeitig aus der Schusslinie retten können, obschon mein Standort nicht sicherer ist.

Ringend nach einem besseren Handyempfang kraxle ich einen vertikalen roten Teppich hinauf.

Panoramablick nach einer ungenutzten Zigarettenpause: entlarvte Glatzköpfe und Schuppenflechten.

»Du meinst die Christin, die ihre Maklerlizenz entzogen bekommen hat und jetzt ihr Geld mit Blumenarrangements verdient?«

Die Akustik hier oben ist jedenfalls vortrefflich.

»Oder die, die wöchentlich Reinigungsentgelte zahlen musste, weil sie sich in etlichen Taxis und Straßenbahnen erbrochen hat?«

Totenstille.

Selbst der aktuelle Redner mit der potthässlichen Karoschlaghose traut sich nicht fortzufahren. Dabei hatte er bereits tief Luft geholt, um seiner herrischen Mutter die Schuld für die Trinkerei zu geben.

»Oder die, die von ihrem Verlobten verlassen wurde, weil sie auf seiner Absolventenparty so zugedröhnt war, dass sie ihn mit seinem Bruder verwechselt hat?«

Aller Achtung. Christins Sündenliste ist länger, als ich dachte.

»JA! Genau die! Bessster Sommer aaallazeitn! Is' meine Pradatasche jemals wiederaufgetaucht?«

KLATSCH!, ertönt es durch den Saal.

Was wäre eine Party ohne eine Ohrfeige?

Maja guckt, als hätte der Türsteher eines angesagten Clubs sie der Nichterfüllung kleidungsbezogener Einlasskriterien bezichtigt.

Ich derweil habe umdisponiert.

Sitze auf den Schultern Berlins größten Alkoholikers und setze alles daran, mir einen Tennisarm zuzulegen.

»Noch etwas höher! Schaffst du's? Hab immer noch keinen Balken. Stehst du auch wirklich auf den Zehenspitzen, Carlos?«

»Diese Christin, die ihr der Langweilerin von heute vorzieht, ist tot! Und nach dem heutigen Auftritt seid ihr es auch für mich. Das gilt auch für dich da oben! Freunde wie euch auszuhalten, sollte der dreizehnte Schritt sein.«

Ich fühle mich grauenvoll.

Und das nicht nur, weil mein Magen Russisch Roulette spielt und ich soeben zur Freundin des Jahres nominiert wurde.

Jetzt, wo die ersten Promille pensionieren, lichtet sich mir das Ausmaß unserer Darbietung.

Maja und ich sehen aus wie die Luder, die beim Boxkampf den Spielstand anzeigen.

Mein tannengrünes Nachthemd sieht in diesem Licht doch nicht aus wie Diane Krugers Kleid aus der letzten »GALA«-Ausgabe.

Kein Präsent, kein Kuchen (Majas verkohlte Backmischung ruht immer noch auf meinem armen Parkett), nicht mal an eine Karte haben wir gedacht.

Auf einem erklommenen fremden Rücken ein besseres Netz erfuchteln, Werke aus vererbten Rezepten ausspucken … Unterstützung sieht nicht nur anders aus, sie hat eine ganz andere Molekularstruktur.

»Danke, ich glaub, du kannst mich jetzt runterlassen.« Aber für Pietät ist es längst zu spät.

Auch wenn Maja mit ihrem Auftritt praktisch um eine Ohrfeige gebettelt hat, verstehe ich sie.

Nicht nur sie vermisst die alte Christin.

Allein wie wir sie kennengelernt haben…

Wir waren im Schwimmbad, wo sich ein markerschütterndes Unglück zugetragen hatte:

Ein Todesfall.

Zeitpunkt des Todes: 13 Uhr 47.

Todesursache: Blamage.

Meine Bikinihose zog es vor, sich in der Schraube einer Wasserrutsche zu verheddern.

Ganz richtig!

Feucht-fröhlich – unten ohne! – raus ins Kinderbecken ist sie gerutscht, die Frau Lehrerin.

Mütter spendeten ihren Kindern Sichtschutz unter vorgehaltener Hand.

Andere taten lässig und sind nach zwei »Jetzt fällt nicht mehr auf, dass DAS der Grund ist!«-Minuten ins nächste Becken verzogen.

Der weiße Hai hat weniger Menschen in die Flucht geschlagen, so viel ist sicher.

Wo Maja in diesem Moment war? – Direkt neben mir.

Spiralförmig vor Lachen, bis ihr Gesicht die Farbe eines reifen Granatapfels adaptierte, hielt sie sich an der Haltestange.

Meine (weniger als je zuvor!) Wenigkeit hatte alle Hände voll zu tun, ihre Sinne auf ein Kriechloch oder weichzeichnende Massagedüsen auszurichten bis – Rettung! Gnade! Ein Grund weiterzuleben! – mir völlig aus dem Nichts etwas Nasses ins Gesicht geklatscht wurde. Meine semibekleidete Retterin drehte unbekümmert ihre Bahnen im Nachbarsbecken weiter. Diejenigen Mütter, die bereits eine FKK-Show genießen durften, mussten erneut Taucherbrille und Handtuch zusammenpacken.

Dieses Selbstbewusstsein hatte selbst Maja imponiert, deren Gegacker umschlug in ein instruktives:

»Mit dieser Frau MÜSSEN wir uns anfreunden, Leili!«

Der Grund für unsere sperrangelweit geöffneten Kiefer?

Nun … wie sag ich das, ohne mir ein Grab zu schaufeln, aus dem ich nur mit einer Bergsteigerausrüstung wieder rauskomme?

Christin ist kein Hingucker.

Sie hat ein niedliches Gesicht – leider unter Verschluss gehalten bei so viel Stilbewusstsein wie Ronald McDonald.

Aber! Waffenscheinpflichtige Hüften. Einfach weiblich. Einfach großartig.

Untergejubelt wurde ihr ein Busen, so leicht zu übersehen wie ein Ohrstecker am Strand (willkommen im Team Persönlichkeit, Schwester).

Und wie wir seit »Curvy Supermodel« (Sie wissen schon, jenes Schleichwerbungsformat ohne die drei großen K's: Klum, Komplexe, Konfiszieren von Mitternachtssnacks) konstatiert haben, werden Kurven nur als Set hoch gelobt.

Andernfalls läuft man Gefahr, wie bunt zusammengewürfeltes Tischgedeck angegafft zu werden.

Zurück zu Christin.

Die betrunkene Christin ist ein ganz anderer Mensch als die nüchterne.

Die Spritnase wirft mit Bikinihöschen um sich, sorgt für Gesprächsstoff noch Monate post Geschehnis.

Ihre Antagonistin ist verlässlich, gutmütig und (leider, leider!) vernünftig.

Zwar ist ihre Gesellschaft die weniger mitreißende, dennoch ist sie eine unverzichtbare Freundin. Weitaus geduldiger als Maja und per Erfahrungsschatz nicht zu hart zu einem, wenn man wieder mal was verbockt hat.

(»Meldet der sich etwa nur nicht mehr, weil ich seiner Mutter auf Facebook eine Freundschaftsanfrage geschickt habe?«

– »Quatsch! Der meldet sich so was von!«)

Was mich überraschte, war der Grund für Christins ersten Schritt zu ihrer heutigen Krone.

Mit dem Trinken *anfangen* kann – und sollte manchertags – jeder.

Aber *aufhören*? So ganz endgültig? Im Tausch gegen eine Laufbahn als Pralinenpedant und Silvesterspaßbremse?

Maja und ich hatten mit so etwas wie fahrlässiger Tötung gekoppelt mit Trunkenheit am Steuer gerechnet. Eben etwas, was einen auf ewig ernüchtert.

Und säurebenetzte Fingerkuppen, dicht gefolgt von einem One Way Ticket nach sich zieht.

Negativ.

Das kryptische Ereignis war ein im Vollsuff gestochenes Tattoo.

Eines, das so ungeheuer hässlich sein muss, dass Christin ihres Betreuers überdrüssig wurde. Niemand hat Christins einmaliges Kunst-Happening je gesehen. Ich weiß selbst erst seit ihrem Einjährigen davon.

Sie meinte in ihrer Rede, dieses Stigma habe für sie Erinnerungsfunktion (»Da will ich nie wieder hin!«), deshalb trage sie es weiterhin.

Immer noch keine Nachricht von Lennard.

Ich will wirklich eine gute Freundin sein, nur wie soll ich das anstellen, so ganz ohne Verstand?

»Gibt's in diesem Loch denn GAR kein WLAN?«, pruste ich, abweichend von dem Plan, es nur zu denken.

»Los, verpisst euch!«

Diesen Blick habe ich zuletzt bei Christin gesehen, als Maja vor einem dreisamen Netflix-Abend im Rewe unterbreitet hat, mit Christins Neunzig-Tage-Chip den Einkaufswagen zu entriegeln.

Maja scheint sich von ihrer Ohrfeige wieder erholt zu haben.

Sie winkt mich rüber zum Kuchenstand, wo ein extrem blauer Kuchen in Form von Schlumpfine die Gugelhupfe buchstäblich blass aussehen lässt.

Die Haare bestehen aus Vanille-Buttercreme.

Was den Körper angeht, kann ich nur raten, was sich unter der Fondantschicht tut, von der ich einen mächtigen Fingerhut verdrücke.

Wieder diese piesackende Übelkeit.

An der frischen Luft kann ich etwas klarer denken.

Ich habe mir ein Taxi bestellt. Maja und ihr dickes Fell sind geblieben.

Das Taxi riecht nach Hubba Bubbas. Ein Hoch auf die Duftbäumchen!

Feiere postwendend die große Kunst des Übertünchens.

Der Fahrer sieht aus wie mein Onkel Emil – abzüglich Ziegenbärtchen.

Zum ungünstigsten Zeitpunkt ist mir die Berufsbezeichnung meines Onkels entwichen.

So was blüht einem, wenn sich pünktlich vor jeder Familienfeier ein Migräneanfall ankündigt.

Gebe mit gesenktem Blick meine Adresse durch und starre in alter Form auf mein Handy.

1 Uhr 14.

Kann doch echt nicht sein!

Ah. Endlich.

Nach und nach fliegen mir Brotkrumen zu:

Vier WhatsApp-Nachrichten aus zwei Chats, drei Anrufe in Abwesenheit und eine Facebook-Freundschaftsanfrage von einem gewissen *Dr.-Too-little-58.*

Die älteste Nachricht ist von Christin, die fragt, wo wir denn bleiben.

Anrufer und Absender der übrigen Nachrichten: Lennard.

Mir stockt der Atem.

Bin wieder brutal nüchtern.

Mein Warten auf Godot hat ein Ende.

»Schatz, wo bist du?
Ich glaube, bei uns ist eingebrochen worden!
Geht's dir gut??«

»Pfff, *uns.* Lächerlich. Das ist *meine* Wohnung, du notorischer Fremdgänger!«

»Wie bitte?«, fragt der Taxifahrer, bei dem ich mir inzwischen sicher bin, dass er der Bruder meines Vaters ist.

»Gar nichts. Sie können mich an der nächsten Ampel rauslassen. Danke.«

Hastig vergebe ich zu viel Trinkgeld und ein vergilbtes Pfefferminzbonbon, doch meine Wohnung schließe ich umso zögerlicher auf.

RUMMMS!

Stürze über Majas gebackene Steine und lande auf Lennards »besonderer« Schürze.

»Rate mal, wer gerade seine Schürze von Tim Raue bekritzeln lässt??? Ich bringe uns nachher den *guten* Wein mit, denn das muss gefeiert werden, kleine Lady!«, hatte er mir damals aufgeregt in seiner Pause mitgeteilt.

Dieser Stofffetzen ist ihm mehr wert als unsere Beziehung!

Wetteinsatz: eine Nacht mit Chris Hemsworth.

Da steht er. Direkt über mir. Mitten im Schlachtfeld.

»Ich bin ja so froh, dass es dir gut geht! Ich bin fast verrückt geworden vor Angst. Komm, ich helfe dir hoch.«

Fest drückt er mich an sich.

Seine Sorge fühlt sich auf einmal unaufrichtig und falsch an.

Als sei er die Mutter und ich das Kind, dem Mitgefühl bekundet wird, weil sein unsichtbarer Freund gestorben ist.

Ich erwidere die Umarmung. Es könnte unsere letzte sein.

»Dior Sauvage«. Ich liebe diesen Duft – an ihm.

Nicht an Möchtegern-Olivier-Martinez-Typen, die über ihren unregelmäßigen Bartwuchs hinwegtäuschen wollen.

»Entschuldige, hab extra alles so gelassen, falls wir doch die Polizei hätten rufen müssen wegen DNA-Proben und dem ganzen Scheiß«, nabelt er mich von meinem Inhalationsrausch ab.

»Und warum hast du es nicht schon längst?«

Verwirrung? Verständnislosigkeit? Willkommen in meiner heimeligen Welt!

»Was meinst du?«

»Ich *meine*, wieso hast du nicht die Polizei gerufen, wenn dir der Gedanke kam, mir sei was zugestoßen? Hattest du gehofft, ich sei bereits verkauft worden? Sodass du noch mal neu anfangen kannst, während ich auf dem Pazifischen Ozean treibend, eingesperrt in einem Koffer durch einen Strohhalm atme?«

»Pazifischer ... Hast du getrunken? Also bist *du* für die ganze Unordnung verantwortlich? Du hättest wenigstens die steinharten Muffins entsorgen können. An der Schweinerei verletzt sich noch jemand.«

»Seit wann betrügst du mich?«, höre ich eine selbstbewusst klingende Frau sagen, die eine Scheißangst vor der Antwort hat.

»Seit einem halben Jahr.«

Ganz einfach. *Seit einem halben Jahr.* So, wie andere sagen, die Milch sei alle.

Völlig unbeteiligt.

»Uuuääääärg!«

Ein blauer Strahl landet frontal auf Lennards signierter Schürze.

Offenbar habe ich doch einiges an Schlumpfkuchen runtergekriegt.

Das ist das Ende.

Bist du deinem Gegenüber nicht mal die Mühe wert, etwas abzustreiten, ist nichts mehr zu retten.

»Mach dir wegen der Schürze keine Sorgen. Das krieg ich raus! Sag mal, was hast du gegessen?«

»Natürlich mach ich mir keine Sorgen! Du hast mit 'ner anderen geschlafen, Arschloch!«

Es ist das erste Mal, dass ich ihn so nenne.

Wir haben uns sonst immer im grundanständigen Blödmann-Zicke-Bereich bewegt, wenn wir uns gestritten haben.

Sich gegenseitig mit Wörtern oder Gegenständen beschmeißen, die schwer wieder zurückzunehmen sind, so wollten wir nie sein.

Wenn es hitzig zuging, hat einer sich ausgezogen oder den anderen auf stumm geschaltet.

Ein System, das uns nie im Stich gelassen hat. Bis heute.

Schiere Stagnation belegt diesen feuchten Traum eines jeden Messis.

Lennard fasst sich mit beiden Händen an die Schläfe und lässt sich nieder auf eine der wenigen freien Stellen meines senffarbenen Samtsofas.

Wo ich sitze, ist mir egal. Wenn ich schon verlassen werde, kann ich meinen Allerwertesten auch gleich von einer Bärenfalle piercen lassen.

»Leila, hör mal …«

Klingt nicht wie der Beginn einer filmreifen Rückeroberung.

»… wir sind doch schon lange nicht mehr glücklich.«

Hör auf zu reden!

»Klar, wir kommen gut miteinander aus, aber ich habe das Gefühl, wir sind uns nicht mehr wirklich … nah.«

Hör auf zu reden!

»Wir leben sehr oberflächlich nebeneinanderher und ... Sex haben wir auch kaum noch.«

Hör auf zu r-e-d-e-n!!!

Ich verstehe nicht, was hier passiert.

Wie konnte es nur so weit kommen, dass zwei Menschen, die tagtäglich miteinander sprechen, ja sich ein gemeinsames Leben aufgebaut haben, in völlig unterschiedliche Richtungen gehen, nein sogar rennen? Und einer von ihnen dabei die ganze Zeit eine Schlafmaske trägt?

»*Oberflächlich?* Von uns ist keiner sterbenskrank oder hat Schulden. Also was für ernsthafte Gespräche willst du mit mir führen? Und Sex haben wir mindestens einmal pro Woche. Letzten Sommer hatten wir sogar nur alle zwei Wochen Sex.«

Sehr gut, Leila. Erst mal austeilen.

Alles besser, als loszuheulen und sich einen abzubetteln.

»Da hatte ich ja auch mein Praktikum in Paris und war nur alle zwei Wochen hier. Es ist was völlig anderes, wenig Sex zu haben, weil du ihn nicht öfters haben kannst, als wenn du ihn bewusst auslässt, obwohl man jede Nacht zusammen verbringt. Und ich sagte, unser gemeinsames *Leben* ist oberflächlich, nicht unsere Gespräche. Du kapierst es anscheinend einfach nicht.«

Ich verabscheue ihn.

»Nein, tue ich nicht.«

Wenn er noch ein Wort sagt, werde ich mich von diesem Abend sicher nie erholen.

»Ach komm, jetzt gib nicht *mir* die ganze Schuld, ja? Du bist auch nicht einfach. Du bist unreif. Als wir uns kennengelernt haben, fand ich das süß, dass du die Tageszeitung nur zum Fegen benutzt hast. Doch inzwischen fällt mir auf, wie ... na ja unterschiedlich wir doch sind. Und das ist irgendwann nur noch anstrengend.«

Während unserer ersten Dates habe ich mich oft mit der Gnade meines Smartphones und vorgetäuschten Toilettengängen durchgemogelt.

Und kam dann gepudert und belesen zurück mit Worten wie: »Wo waren wir stehen geblieben? Ach ja, ich finde auch, dass Einkommensaktien nicht zu verachten sind, sei es nur, um die Gewinne zu polstern, bevor der Markt mal wieder abflaut«, während ich meine Ofenkartoffel salzte und mich selbst beeindruckte.

Mit der Zeit dämmerte mir, es könne der Eindruck entstehen, ich leide unter Blasenschwäche. Hatte nach Zeugung zusammenschweißender Insider die jämmerliche Erwartung, dieses Back-up nicht mehr zu brauchen, weil Lennard mich um meiner selbst willen mag.

Pustekuchen! Märchenkiste! Nichts als dummes Geschwätz!

Frauen können sich niemals zurücklehnen und ihr »wahres Ich« zeigen, solange es nicht gestutzt, geistreich und unkompliziert ist.

»Du kannst ja nichts dafür. Du hast eben jeden Tag mit kleinen Kindern zu tun.«

So relativiert er sein Verhalten? Indem er mich obendrein beleidigt?

»Tu das ja nicht! Versuch nicht so zu tun, als wäre ich dir intellektuell unterlegen. Du verbringst deinen Tag damit, Kohlrabi in Würfel zu schneiden! Seien wir mal ehrlich, du bist auch kein Gehirnchirurg. Du gehst nicht mal wählen! Also was soll der Mist? Worum geht es dir wirklich?

Warum hast du Sex mit einer anderen Frau? Was hat sie, was ich … was dir gefehlt hat?«

»Es geht doch gar nicht um sie! Aber ja, sie reißt nicht alle Pakete auf wie ein zweijähriges Geburtstagskind.«

»Was meinst du?«

»Ich meine, dass, wenn man bei IKEA bestellt, man immer damit rechnen muss, den Schrott wieder zurückzuschicken. Doch wenn *du* das Paket zuerst in die Finger bekommst, sieht das Wohnzimmer nach zwei Minuten aus, als sei dort ein Pudel rasiert worden. Und wer darf dann jedes Mal ein neues Paket für die Rücksendung bezahlen?

Verdammt, Leila! Manchmal habe ich das Gefühl, ich bin dein Babysitter, nicht dein Freund! Die Schlamperei hier ist wieder so ein Klassiker. Mal ehrlich, was würdest du tun, wenn ich nicht da wäre mit einer Spinne im Bad, hm?«

Bad stiften, Zähne über der Spüle putzen und in einen Kochtopf pinkeln, bis der Achtbeiner durchschläft.

Erst jetzt offenbart mir sein Gesicht, wie satt er mich schon die ganze Zeit hat.

»Was tut sie denn beruflich so? Deine erwachsene neue Freundin.«

Ich kann es nicht lassen.

»Sie ist nicht meine Freundin! Sie ist ... im Moment arbeitssuchend. Aber sie hat einen Foodblog, mit dem sie was verdient.«

Ohne Frage hat sie den. Die Öko-Freundin meiner Mutter führt auch so einen Blog.

Daher weiß ich auch, wie schwindelerregend-rasant man damit schwarze Zahlen schreibt. Mittlerweile hat sie sich mit Zutaten, Tischdeko und einer neuen Kamera so in Unkosten gestürzt, dass ihre Schulden im vierstelligen Bereich liegen.

»Du brauchst gar nicht so mit den Augen zu rollen. Sie ist einfach locker und aufgeschlossen und ...«

Aufgepasst meine Damen und Herren! Jetzt lernen Sie einen ganzen Schwung Synonyme für »nuttig«.

»... sie unterstützt mich.«

Moment mal, was? Zurückspulen, bitte!

»Wann habe ich dich je *nicht* unterstützt?«

»Also, die Sache mit meiner Oma letzten Sonntag war wirklich unmöglich!«

In unserer Schule gibt es so eine kleine Tradition: Das Lehrpersonal verkleidet sich jedes Jahr zum Erntedankfest. Die Kinder lieben es.

Die auf öffentliche Verkehrsmittel angewiesenen Beamten hassen es.

»Komm bitte sofort in die Charité!
Ich brauche dich.«

Wer würde sich auf eine so inständige Nachricht erst umziehen?

»Du sagtest, du brauchst mich! Sofort! Krankenhaus!«

»Die zehn Minuten länger hätte ich noch warten können. Besser du wärst ganz weggeblieben, statt als Truthahn verkleidet aufzukreuzen, wo meine Oma im Sterben liegt.«

Unendlich viel will ich ihm sagen.

Etwa, dass ich mich ändern werde, dass wir nur eine schwierige Phase durchmachen. Vertaner Kohlenstoffdioxid.

Diesen Kampf kann ich nicht gewinnen. Er hat sich bereits entschieden.

Und es gibt nichts, was ich sagen oder tun kann, um ihn umzustimmen.

»Aber das ist nicht der Grund, weshalb ich … Das mit Svenja ist wirklich nichts Ernstes. Wir sind nur ...«

Meine erhobene Hand bringt ihn vorerst zum Schweigen.

Svennnjaaa. Sie hat also einen Namen und ist aus Fleisch und Blut; keine Figur aus einem Virtual Reality Spiel, kein Hologramm.

»Ich liebe dich. Das tue ich wirklich. Nur bist du einfach nicht die Frau, mit der ich meine Zukunft plane.«

Was Schlimmeres wurde mir noch nie gesagt.

Ich weiß, wovon ich rede.

Mir hat mal ein Kumpel meines Bruders geflüstert, ich würde mit kürzeren Haaren aussehen wie Hape Kerkeling.

»Ich kann meine Zukunft auch nicht mit einem Sukkulenten wie dir planen!«

Ein Fremdwort, pah! Habe zwar selbst seine Bedeutung vergessen und nehme an, es passt null.

Aber wer mich als dumm bezeichnet, tut gut daran, selbst im Unwissen gelassen zu werden.

Seinem verdutzten Blick nach war mein Hieb erfolgreich.

»Leila, ich wollte nie, dass es so endet.«

Ab zum gönnerhaften Teil. Er will tatsächlich meine Absolution.

Wenn er jetzt noch sagt, er wollte mir nie wehtun, fange ich hysterisch an zu lachen.

Denn diesen sinnfreien Satz habe ich nie verstanden.

Ich habe Ihr Auto beim Einparken touchiert.

War aber keine Absicht!

Ja, das wäre ja auch noch schöner!

Irgendwo auf der Welt muss es demnach Leben geben, das absichtlich Menschen und Autos verletzt. Wäre dem nicht so, würde dieser überflüssigste aller Sätze endlich aussterben.

In meiner Brust macht sich so was wie eine Panikattacke breit.

Ein Film aus Schweiß belegt meine Stirn, das Atmen fällt schwer.

Meine Rippen drohen zu brechen wie Zweige, wenn dieser Penner nicht bald verschwindet.

Er tat wie ihm geheißen.

Und verschwand.

Aus meiner Wohnung, aus meinem Leben.

Als wäre er nie da gewesen.

Abgepasst an die ins Schloss fallende Tür, schießen mir Tränen in die Augen.

Einem zerknüllten H&M-Kleid, dem ich vom Sitzkissen zur nächsten Zweckentfremdung als Taschentuch verhelfen will, kommt Maja mit einer WhatsApp-Nachricht zur Rettung:

> *»Noch wach?*
> *PS: Männer, die trocken sind, können viel länger, wenn du weißt, was ich meine.«*

Ich weiß immer, was Maja meint.

Nie war ich weniger in Stimmung für eine Sexgeschichte. Was soll's.

Jede Ablenkung von meinem ganz privaten Weltuntergang ist willkommen.

Rufe Maja an und stelle auf laut; unterdessen klaube ich die Trümmer in meiner Wohnung zusammen.

Lennards Sachen finden ihr neues Zuhause in einem Riesenmüllsack, ideal zum Verstauen von Hausrat und Leichen (der Abend ist noch jung).

Seine saudoofe Schürze mit meinen blauen Akzenten, die leider das Autogramm verfehlt haben, fliegt als Erstes rein.

Eher würde ich mir eine Zahnbürste mit Udo Lindenberg teilen, als für diesen Menschen noch mal Wäsche zu waschen.

Dieses Teil gehört angezündet, besser noch bis zur Unkenntlichkeit zerstückelt.

»Hey, Chica! Wie lief's noch bei dir? Konntet ihr euch aussprechen?«

Es rauscht im Hintergrund.

Wie kommt's, dass mich Leute immer dann anrufen, wenn sie unterwegs sind?

An alle meine künftigen Anrufer: Greift erst zum Hörer, wenn ihr an einem Ort seid, wo es nicht klingt wie im Atemloch eines Blauwals!

»Tja, also ... es ist vorbei.«

Als ich mich das sagen höre, spüre ich wieder diesen Kloß im Hals.

RRRTSCHHHHH!

Der Soundtrack unseres Telefonats kommt mir ausnahmsweise zugute, denn Maja scheint nicht zu merken, wie sehr ich mit den Symptomen meiner Verzweiflung kämpfe.

»Ist das dein Ernst?«

Ist das *sein* Ernst, ist die statthafte Frage. Halte immer noch Ausschau nach versteckten Kameras.

»Sorry, falls es so laut ist, der Bus hält an. Es war kein Scheißtaxi zu kriegen. Ekelhaft. Ich habe ihn noch nie gemocht! Ich meine, wer schenkt einer Frau mit Flugangst ein Witzebuch über Flugpannen, kurz bevor sie in einen Flieger steigt? Aber er ist nicht mit dieser Tussi zusammen, oder? Ich hasse ihn! Ist es zu früh, um über ihn herzufallen?«

Der Kloß in meinem Hals hat inzwischen die Größe einer Billardkugel erreicht.

»Angeblich sind sie nicht zusammen. Ich ... ich habe keine Ahnung. Und nein, es ist nicht zu früh.«

Es ist viel zu früh.

TSCHHHHH!

»Und weißt du noch, wie laut er auf dieser Hochzeit gelacht hat, als sein Freund meinte, ihr seid sicher die nächsten?«

Das war wirklich laut. Wie eine Hyäne.

So, als wäre das *Unvorstellbarste* auf der Welt, mit *mir* vor den Altar zu treten.

Hab ich mich da geschämt!

Für mich, für ihn, für jede Frau, die je in herabwürdigender Begleitung war.

Aber genau die Art von in-Erinnerungen-schwelgen kann ich jetzt nicht gebrauchen.

»Süße, es geht in den Tunnel. Kann sein, dass meine Verbindung gleich weg ist.«

Mein Stichwort.

Das habe ich bei Maja vorher noch nie gemacht.

Genau genommen habe ich überhaupt erst einmal mitten im Gespräch aufgelegt. Bei meiner Mutter.

Sie rief an mit dem Auftrag, ihr ein anderes Wort für »erregt« zu liefern, mitten in meiner Korrektur von Schulaufsätzen über die Bedeutung des Sommers.

Das war mir einfach zu viel.

Meine Mutter ist Autorin für »Erwachsenenbücher«, verfügt Wikipedia.

Letztlich sind es nichts anderes als Pornoblättchen für gelangweilte Hausfrauen, Eintrittskarten für eine mentale Parallelrealität.

Eine, in der sie von einem »Mann des Volkes« entführt werden in ein sinnliches Raum-Zeit-Kontinuum, fernab von Heimchen-Pflichten und desinteressierten, unförmigen Ehemännern, welche die Oberhand über die Fernbedienung haben. Erstaunlicherweise verachtet Dorothea Sternenberg die »Shades of Grey«-Buchreihe und lässt keine Vergleiche mit ihren Werken zu.

»Ein erniedrigender Haufen Mist ist das und sonst nichts! Bücher wie diese sind abträglich für uns Frauen! Und weißt du, warum diese ganze Sache überhaupt funktioniert, Liebchen? Weil der Typ stinkreich ist! Wäre er ein Habenichts, würden alle es als das erkennen, was es ist: kranke Scheiße! Und kein Mensch würde es lesen!

Eine arme Frau, die sich von einem noch ärmeren Mann mit einer preisreduzierten Peitsche versohlen lässt? Kannst du dir was Traurigeres vorstellen? Eben! Deshalb sind die Männer in meinen Büchern Normalverdiener, die auf normale Sachen stehen!«

Hab nie erfragt, was *normale Sachen* sind aus Angst, mir eine Paartherapie für Mütter und Töchter einzubüßen.

Zugegebenermaßen habe ich noch keins ihrer Werke gelesen.

Kenne allerdings einige Ausschnitte, die sie ihrem Diktafon verrät, vorzugsweise an öffentlichen Orten.

Dann heißt es an der Supermarktkasse:

»Wollen Sie eine Tüte?«

KLICK!

»... und sie wusste, dass dieser Nachmittag ganz anders enden würde beim Anblick seiner geschwollenen Hose, die seinen Gürtel beinahe zum Platzen brachte.«

KLICK!

»*Zwei* Tüten, bitte.«

Meine Wohnung sieht immer noch aus, als hätte ein Opossum auf LSD hier gewütet.

Auf jeden Gegenstand, den ich anfasse, folgt eine Heulpause.

Schon komisch.

Bis eben vertraute ich darauf, dass, wenn einer fremdgeht, stünde die betrogene Person auf der demokratisch besseren Seite.

Gedemütigt, aber immerhin wahlberechtigt.

Die Zeiten haben sich offenbar geändert.

Jeder schmerzfreie Muggel mit Smartphone begrüßt Promistatus und monogame Beziehungen sind seit der Tinder-Epidemie nichts als Wegwerfartikel.

Ein Hoch auf das Internet! Danke für nichts!

Allmählich verstehe ich den Reiz daran, alles stehen und liegen zu lassen, um aufs Land zu ziehen.

Andererseits ... tagtäglich vom Krähen der Hühner geweckt werden?

Und wenn man sich zu einem Date überreden lässt, wissen es gleich die ganzen Einheimischen.

Alle dreiundzwanzig.

Weil man als Tratschtante, zu der man zu werden hat, wenn man auf einem Fleckchen mit dreistelligen Autokennzeichen überleben will, alles haarklein dem einzigen lumpigen Friseur erzählt hat.

Also vielleicht doch lieber ein Leben mit elektromagnetischen, fruchtbarkeitsgefährdenden Strahlen, die uns den Alltag erleichtern.

Ich kann mich nicht erinnern, wann ich mich je so elend gefühlt habe.

Meine letzten festen Beziehungen endeten in summa wie das Finale einer Jugendserie aus den 90ern: vorhersehbar, aufgesetzt-rührselig und halbherzig gespielt.

Entweder ist einer umgezogen, was dem anderen mehr als entgegenkam (wer zieht schon für seine erste Liebe nach Darmstadt?) oder über Nacht entbrannte eine unaufhaltsame Hingabe zum Beruf.

Ein ehrliches Gespräch fiel regelmäßig aus.

Selbst mit Max, meiner jüngsten Station vor Lennard, ging ich so hitzig auseinander wie immerzu mit dem Postboten. (»Das war schon alles?« – »Jepp.« – »Na gut.«)

Etwa ein Jahr hielten wir einander aus.

Wir haben nie wirklich zusammengepasst.

Er geht gerne angeln und verabscheut Filmabende.

Muss ich noch mehr sagen?

Meine flüchtigeren Episoden erwiesen sich ebenso früher oder später als schlechte Mandarinen. Viel Fummelei und Geduld, nur um festzustellen: wieder ein Flop!

Auch wenn das Spektrum meiner vergossenen Tränen für das Y-Chromosom sicher die ein oder andere Dürre hätte abwenden können, ist die akute Gefühlslage Neuland für mich.

Bleierne Glieder und juckende Augen, das kenne ich schon.

Etwas essen könnte ich dagegen nicht mal, wenn es frittiert wäre.

Appetitlosigkeit ist mir noch nie untergekommen.

Mein Körper litt immer am stärksten unter meinem Herzschmerz und durfte zusehen, wie er die fünftausend Kalorien am Tag verarbeitet.

Vielleicht geht es mir besonders mies, weil wir so lange zusammen waren und mir eine Entwöhnung im Schneckenmodus bevorsteht.

Immerhin sprechen wir hier von achtundzwanzig Hundejahren Beziehung.

Obwohl ich gar nicht glaube, dass es das ist.

Ich habe schon vor Lennard geliebt. Bloß verliebt war ich nur in ihn.

Zum ersten Mal kreuzten sich unsere Wege in der Zionskirchstraße.

Wir trugen beide Schlafbekleidung. Gern würde ich sagen, weil wir Gäste einer sexuell freizügigen Party waren. Doch es war bloß eine ungewöhnliche Uhrzeit in einer lauen Sommernacht.

Vor meiner Müllabfuhr-App hatte ich öfters Probleme, mein Timing mit dem der Abfallentsorgung abzustimmen.

In der Mietskaserne, in der meine Wohnung festsitzt, herrscht leider ein strenges Abwechslungsregime, was das Rausstellen der Mülltonnen angeht. Und in dieser Nacht war ich an der Reihe.

Der Vorgarten des guten Herrn Stein sollte mein Ausweg sein.

Ich bin nicht stolz drauf, aber wie sonst in Berlin überleben ohne Einfallsreichtum?

Gegen 1 Uhr 30 machte ich mich also los, um Herr Steins Müll mit meinem zu verkuppeln. Ganz der Gewohnheitsmensch ließ seine Tonne immer so viel Luft nach oben wie meine Abi-Noten in Physik. Nicht in dieser Nacht.

Auf meinem Weg hin zum vermeintlich erlösenden Kubikmeter, ertappte ich wen, der mir zuvorkam. Trotz trügerischer Kombination aus fehlenden Kontaktlinsen und einer kaputten Straßenlaterne inszenierte das Mondlicht einen Mann, der augenscheinlich nicht Herr Stein war.

Er sah ihm nicht im Entferntesten ähnlich, auch nicht mithilfe eines ethisch fragwürdigen Verjüngungsmittels. Selbst Benjamin Button bräuchte zwei Werbepausen bis zu diesem Stadium. Ich konnte nicht umdrehen.

Kapitulieren? Barfuß? Nicht mein Stil.

»Was machen Sie da?«, fiel ich über den Saboteur her, dessen Arme ellenbogentief in einer Tonne steckten, die niemandem weniger zustand als mir.

»Hi. Mir gefällt Ihr Outfit. Toll mal eine Frau zu sehen, die sich befreit von der Tyrannei der Pflege. Nimmt uns Männern den Druck, euch zu beeindrucken.«

»Diese Mülltonne gehört mir! Sie können also gehen und Ihren Dreck schön wieder rausnehmen.«

Ein Zopfgummi und mit Zahnpasta zugekleisterte Pickel waren kein Hindernis, so selbstbewusst wie Jennifer Lawrence zu agieren in ... na ja, jeder Rolle.

Ich war wütend. Und so sah ich auch aus, durch meine vorherige Gesichtsmarterung mit dem Dermaroller (2,5 Millimeter Nadelstärke).

Der Unbekannte trug eine Simpsons-Schlafanzughose, das zugehörige T-Shirt hatte keinen Freigang. Es brauchte weitaus mehr, um ihn lächerlich auszusehen zu lassen.

Nur nicht ablenken lassen!

Bizepse und Grübchen waren zweitrangig gegenüber der Ungehörigkeit, meine Pläne zu durchkreuzen.

»Mein Müll bleibt, wo er ist! Oder sind Sie vielleicht *Herr* Stein?«

Dabei schüttelte er den Kopf und klappte die Tonne so fest zu, als sei das Gespräch beendet.

»Ich bin Herrn Steins Frau.«

Hilfe! Ich war niemandes Frau!

»Ach. Wirklich? Seine Frau? Herr Stein ist etwa einhundert Jahre alt und Sie sind seine Frau?«

Mein Desinteresse an so was wie guter Nachbarschaft habe ich mir nie zum Vorwurf gemacht. Doch diese Peinlichkeit wäre mir erspart geblieben, hätte ich mehr Infos als ein selbstbeschriftetes Klingelschild und asketischen Lebensmittelkonsum.

»Ja, bin ich.«

Stolz strecke ich meine ungepushte Brust raus. Das Einzige, was man am Lügen falsch machen kann, ist zu früh damit aufzuhören.

»Okay, jetzt weiß ich genau, dass Sie lügen. Sie sehen nicht gerade wie der Typ Goldgräberin aus.«

Klang aus seinem Mund nicht wie ein Kompliment.

»Ich bin aber seine Goldgräberin! Äh, seine Frau! Harald und ich haben uns im Bus kennengelernt.«

Er war alt, er *musste* Harald heißen!

»Hätten Sie sich als seine Tochter ausgegeben, hätte ich erst nachdenken müssen.«

Schhhh...!

»Aber auch dann hätte ich Ihnen nicht geglaubt. Das ist genauso wenig Ihre Tonne wie meine.«

Woher wusste er das?

»Woher ich das weiß? Ich glaube kaum, dass sich Ihre Tonne bzw. die von Ihrem angeblichen Mann *Peter* Stein zwölf Häuser von Ihrer Wohnung entfernt befindet! Ich hab Sie nämlich schon von Weitem gesehen, Sie haben drei Pausen gemacht. Also dann, schönen Abend noch und grüßen Sie Harald von mir!«

Wut kochte in mir auf, als mir einfiel, wann ich am selbigen Tag aufstehen musste (in sechs Stunden stand Schmetterlinge-aus-Eierkartons-basteln an).

Also tat ich, wozu ich gekommen war. Ich brachte die Sache zu Ende.

»Sind Sie verrückt, meinen Müll wieder rauszuschmeißen? Was fällt Ihnen ein? Sie trauen sich ja was, das glaub ich jetzt nicht!!!«

Der nach wie vor Unbekannte kam schneller und wacher zurück, als er sich zuvor entfernt hatte. Hätte vermutlich warten sollen, bis er um die Ecke war, doch irgendwie fand ich Gefallen an unserem Eroberungskrieg und wollte, dass er bleibt. Ich wollte immer, dass er bleibt.

»Nein, *Sie* trauen sich was, einer Frau nicht mal eine popelige Tonne zu überlassen!«

Nicht sehr feministisch auf die Tränendrüse zu drücken, aber mir waren inzwischen alle Mittel recht, um zu gewinnen.

»Wissen Sie was? Das ist mir zu blöd, mich um eine Mülltonne zu streiten wie ein Waschbär. Sie können sie haben.«

Mein erster Sieg! Dieser Moment entschädigte mich für all' die Teilnehmerurkunden.

Nicht eine Sekunde zögerte ich, den Deckel mit der Aufschrift »AWB Berlin« aufzuklappen.

»Passiert das gerade wirklich? Und dabei werden Sie nicht mal rot!«

»Na, Sie meinten doch selbst, Sie wollen sie nicht mehr.«

»Aber nur weil ich dachte, dass Sie sie dann aus Anstand nicht mehr nehmen würden.«

Geschmeichelt, dass er einer Frau in diesem Aufzug (ich trug nichts als ein knielanges T-Shirt von meinem Bruder mit einem zeitungslesenden Schimpansen, der auf dem Klo hockt) Anstand zusprach, war mir wie auf einem klassischen Date zumute. Eins, das dem weiblichen Geschlecht abverlangt, halbherzig nach dem Portemonnaie zu suchen, um Zahlungswilligkeit vorzutäuschen.

»Ich mache Ihnen einen sonderbaren Vorschlag. Interessiert?«

Seine dunkelbraunen Augen strahlten die gleiche Wärme aus wie die von Thilo Holzner.

Zwei Jahre über mein Interesse hinausgehend bezahlten meine Eltern den Gitarrenunterricht bei ihm.

»Ich höre«, erwiderte ich, darauf bauend, seine Offerte bestünde in einem gemeinsamen Abendessen.

»Derjenige, der die Tonne kriegt, muss dem anderen seinen Müll zeigen. Ganz einfach.«

Oder so.

Der Hausmüll ist das Privateste überhaupt. Sind Sie noch bei Trost?, lag mir auf der Zunge.

»Das klingt fair«, verließ meine Zunge.

Mein Entsorgungsunterfangen barg unter anderem:

- das Buch »Lass los, was dich klein macht!«,
- eine abgelaufene Kondompackung,
- massenhaft »After Eight«-Tütchen.

Demütigung zum Mitnehmen? – Kommt sofort!

Abgesehen von meiner Ignoranz gegenüber einer umweltgerechten Mülltrennung, wollte ich eher sterben, als dass der verhandlungssichere Schönling die Memoiren meines traurigen Single-Lebens zu Gesicht bekam.

Er bekam sie zu Gesicht (dämliches »Schnick, Schnack, Schnuck«).

Ein flüchtiger Blick in meine Tüte brachte ihn zum Schmunzeln.

Gerade als ich mir aussuchte, wo ich hinziehen könnte, zog er seine Hand zurück und knotete seine Tüte auf.

Wie ein Fünfjähriger, der beim Kaugummiklauen erwischt wurde, schaute er zur Seite.

Falls das wieder so ein Nein-danke-Test war, durfte er mir wiederholt beim Durchfallen zusehen.

Ich zog an rausragenden Ecken von Oreo-Packungen, um freie Sicht zu bekommen auf:

- zwei »Ristorante«-Pizzaschachteln (Salami und Funghi) und
- ein leeres Glas Erdnussbutter, das nicht nur ausgelöffelt, sondern mit Fingern ehrgeizig ausgehöhlt wurde.

Weiter südlich hinter der cholesterinreichen Ernährung erspähte ich das Unwiderstehlichste, was ein Mann besitzen kann: ein Möbelkatalog für Katzen. Dauerabo. Kein Werbeprospekt (rückseitiger Adressaufdruck). Einige Seiten wurden rausgerissen oder geknickt.

»Ich finde, das reicht jetzt. Kaffee? Immerhin haben Sie meinen Abfall gesehen. So weit gehe ich sonst erst beim dritten Date.«

Mir schlug das Herz bis zum Hals. Der knackige Katzenliebhaber wollte ein Date! Mit mir! Der Frau mit den Röstzwiebeln im Ausschnitt! Ich war also immer noch eine Lady.

»An welchen Tag hatten Sie gedacht?«

»Wie wär's mit *sofort*?«

»Und was ist mit Ihrem Müll?«

Wollte er den etwa mit ins Café schleppen? Hätte zumindest von meiner Pracht abgelenkt.

»Den stell ich einfach neben die Tonne. Weiß ja keiner, dass der von mir ist«, sagte er salopp, das Adressetikett von dem »Clevercat«-Katalog abziehend.

»Hätten wir das nicht von vornerein so machen können?«

»Aber das hätte weniger Spaß gemacht. Ich heiße übrigens Lennard.«

Da saßen wir.

Im Café Kastanientörtchen. In Zeichentrick-Pyjamas. In der Stadt, die nie schläft.

Parlierten über unser Lieblingsessen, spekulierten ob Katzen einen wirklich lieben können oder uns nur als Futterquelle auf zwei Beinen wahrnehmen, ärgerten uns über das Phänomen reduzierter Ware unmittelbar nach zähneknirschendem Einkauf und gestanden, welchem Schauspieler wir gerne mal eine verpassen würden.

Meine Beißschiene hatte ich während meiner drei Kakaos nicht ausgezogen.

Ein ehrlicheres Kennenlernen hatte ich nie zuvor erlebt. Und ohne überheblich klingen zu wollen … ich bin sicher, niemand hat das.

Vier Jahre später vermacht der Zauber eine vollgekotzte Schürze von dem Mann, der mein Herz entjungfert hat und neuerdings eine Lolita datet.

Solch exorbitanten Schaden in so kurzer Zeit anzurichten war meines Wissens bislang nur Jurys von Umstylingshows vergönnt. Vielleicht probiere ich es mal mit diesem Schlafen.

Zwecklos. Meine ganze Bettwäsche riecht und schreit förmlich: L-e-n-n-a-r-d!

»Glücklich machen kannst du dich nur selbst, mein Kind!«, pflegte meine Oma zu sagen.

Ist vermutlich was Wahres dran.

Unglücklich machen können einen dummerweise auch andere.

2. Kapitel

»Zum Glück können wir die Zukunft nicht voraussagen. Wir kämen nie aus dem Bett.«
(»Im August in Osage County« – Julia Roberts)

Da ist er auch schon. Der Tag danach. Das freudige Erwachen.

Diese eine Millisekunde, bevor einem einfällt, dass man ja von jetzt an unglücklich zu sein hat.

In der man fast sicher ist: *Das war nur ein böser Traum!*

Bis die Kopfschmerzen – schlafmangelbedingt – einen wieder auf den Boden der Tatsachen zurückschmettern.

Würde diese Sekunde gerne anzeigen, vor Gericht zerren und steinigen lassen.

Und ihre Familie gleich mit dazu!

Fühle mich so, als wäre ich gestern auf einer Ölspur ausgerutscht, die mich unmittelbar in eine Langzeitdepression geschickt hat.

Ich hasse meinen »Zustand«.

Vor allem, wenn er sich einen Sonntag ausgesucht hat und man nicht mal zum Supermarkt gehen kann, um sich den *guten* Alkohol zu besorgen.

Einzig im Kiosk verfügbar sind der staubbeschichtete Pflaumenwein und der Wodka mit dem plumpen Aufdruck in Großbuchstaben, beide zu einem skandalösen Aufschlag.

Leute wie ich sind es, denen dieses freche Preis-Leistungs-Verhältnis seine Daseinsberechtigung verdankt.

Finde die Vorstellung da jetzt schon hinzutrotten zutiefst armselig. Heute Abend dürfte ich aber darüber hinweg und bereit sein für meinen Walk-of-shame.

11 Uhr 24 ist einfach zu früh für öffentlich bekundetes Selbstmitleid!

Immerhin spazieren andere gerade mit ihren Kindern durch den Park, besuchen die Schwiegereltern oder putzen ihre Wohnung. Meine Neidgefühle zu alledem halten sich allerdings in Grenzen.

Schon lächerlich, wie viele Gepflogenheiten erst zu einer bestimmten Tageszeit gesellschaftlich gestattet sind.

Wenn man am helllichten Tage, noch dazu unter der Woche, ja am besten sogar auf offener Straße in eine Beischlafofferte reinläuft, kommt das Pfefferspray praktisch von selbst zum Einsatz.

Gleiche Frage führt am Samstagabend in einer Bar zu 64 Prozent zu einem Morgen auf den man (bzw. Frau), nun ja, sagen wir mal nicht stolz ist.

Wir halten also fest: Nachts und besser noch am Wochenende dürfen wir trinken, Sex haben, Ordnungswidrigkeiten begehen und politisch inkorrekte Witze machen.

Niemand würde diesen Ablauf missbilligen.

Am Tag sollten wir dann zusehen, wo unsere Manieren bleiben, Kuchen backen, einen Bericht zu Ende tippen (zumindest die Wichtigtuer unter uns) oder sonst etwas Produktives machen.

Nun gut. Wenn ich also dieses Spielchen der Konventionen à la Hester Prynne mitspiele und mir meinen Alkoholrausch am Vormittag verkneife, bin ich gezwungen, in meiner nach Verzweiflung miefenden Bude zu hocken. Nüchtern. Single. Bedauernswert. Zum Glück nicht auch noch hungrig.

Noch nie kam mir meine Existenz so anstrengend vor.

Ich bin zu Gast in meinem eigenen Körper.

Es heißt, man durchlebt vier Trennungsphasen:

Verleugnung, Schmerz, Wut und schließlich Akzeptanz.

Ich sehe mich noch nicht die erste Zeitzone verlassen.

Aber es ist ja auch erst wenige Stunden her, dass Lennard und ich uns ... unterhalten haben.

Meine Nase ist so zu, dass es schier unmöglich scheint zu glauben, dieses Organ sei je zur Wahrnehmung von Gerüchen bestimmt gewesen. Atme seit letzter Nacht durch den Mund wie ein Pudel im Hochsommer, der darauf wartet, endlich geschoren zu werden.

Meine Augen jucken und sind zugeschwollen.

Wenn ich nur halb so sexy aussehe wie vermutet, habe ich eine Idee für mein nächstes Halloweenkostüm: sitzengelassene Grundschullehrerin auf Valium.

Die Kids werden es lieben.

Mein ganzer Körper tut mir weh. Dabei sollte ich schleunigst raus aus diesem quietschenden IKEA-Bett, das Lennards Geruch vollständig aufgesogen hat.

Über diesen Sonderling ohne Eigengeruch aus »Das Parfum« (Grenouille?) hinwegzukommen wäre leichter.

Ich sollte es neu beziehen – mit einem Set, das zur Abwechslung mal zusammenpasst; obwohl Blumen und Giraffen sich eigentlich verstehen müssten.

Vielleicht später. Wenn meine Augen sich nicht mehr so anfühlen, als würden Brennnesseln eine Swingerparty in meinem Gesicht feiern.

Bin sicher, Lennard geht's gerade blendend und er ist wohlauf. Und könnte Bäume ausreißen. Der soll sich mir noch mal unter die Augen trauen.

Eine neue WhatsApp-Nachricht.

Endlich! Ich wusste es! Er will mich zurück!

Das gestern war ja auch wirklich mehr als albern. Albern und unnötig!

Beinahe so unnötig wie diese Allergietests in Haarfärbeverpackungen mit der Empfehlung, man tupfe erst etwas Farbe hinter sein Ohr und warte achtundvierzig Stunden, ob man sich in ein »Fantastic Four«-Mitglied verwandle. Mal ehrlich, wer tut so was?

Und wer wirft vier Jahre Beziehung über Nacht weg, ohne dass einer Mundgeruch bekommen hat oder Veganer geworden ist?

> *»Leili!*
> *Treffe mich gleich wieder mit dem AA-Typen! Soll ich das lachsfarbene Kleid anziehen von deinem Geb. oder zu plump? Sry! Weiß ja, du hast gerade echt andere Sorgen, aber wollte 'ne Beratung von einem Profi in Stilfragen.*
> *PS: AA steht für animalischer ...«*

Ich lese die Nachricht nicht weiter, weil ich ahne, wie sie ausgeht.

Dieser Frau wird wohl niemals langweilig.

Sende einen erhobenen Daumen zu ihrem geplanten Outfit.

Mehr Enthusiasmus schaffe ich gerade nicht für das Liebesleben anderer aufzubringen.

Erst jetzt, wo ich wieder allein bin, bemerke ich, dass meine Wohnung gar nicht so klein ist.

Hätte mich all' die Jahre gar nicht so vehement bei meinen Dates entschuldigen müssen, dass ich sie in so ein Puppentheater einlade.

Immerhin haben die mir auch nicht gerade den Louvre geboten.

Aufblasbare Möbel und halbgefrorene Fischstäbchen schon eher.

Na gut, meine Behausung ist jetzt auch nicht riesig, schon klar.

Man läuft nicht Gefahr, sich hier zu verlaufen wie bei »Shining«.

Auch auf der Suche nach einer Putzkraft wird man nicht fündig.

Aber sie ist halbwegs geschmackvoll und halbwegs groß; sozusagen der Jake Gyllenhall unter den Wohnungen.

»Ich fühle mich wie eine Prinzessin! Oh my Gosh!!!

Ich liebe es! Magst du es auch, Maddy?«

Anscheinend habe ich den Fernseher über Nacht angelassen.

Nebenan läuft irgendein »My fair ... supersupersweet wedding«-Quatsch.

Das durch die Wand zu hören ist noch schlimmer, als es zu sehen.

Bin sicher, es handelt sich wieder um eine Blondine mit Blocksträhnen, deren Daddy im Tausch für Töchterchens High-School-Abschluss eine Turnhalle hat springen lassen.

Die völlig überrascht tut, als sie vom Wedding-Planer ausgewählt wird.

Wie eine Krankenschwester so erstaunten Auges sein kann, wenn ihre Station bereits den ganzen Morgen von einem Kamerateam frequentiert wird, werde ich nie verstehen.

So, bevor ich nun eins werde mit der Matratze ... UFF!

Immerhin habe ich es ins Wohnzimmer geschafft.

Die Pulle Wein gestern hat wider Erwarten nicht alle Motoriksynapsen (Medizinkenntnisse: »Grey's Anatomy« Staffel 1-3) gekappt.

»Meine Mom sieht aus wie Cinderella!«

Nun mach aber mal 'nen Punkt, Maddy! Nur weil man zu einem Sahnebaiser aus Tüll zusammengepresst wird, ist man noch lange keine Schönheit. Es tut mir leid, das so hart sagen zu müssen, aber so ist es doch nun mal.

Dieses ekelhafte Getue, dass Menschen unter Druck meinen, bestimmte Dinge sagen zu müssen!

Etwa wie, dass Schwangere immerzu strahlen und ihnen der pralle Wanst steht oder dass alle Kinder malen können. Nein, nein und nein!

Merke gerade, dass ich ziemlich verbittert bin.

Vermutlich bloß aus Neid, weil mein Traum von einer Hochzeit gestern geplatzt ist.

Ich meine, ich weiß, dass das noch kein Thema zwischen Lennard und mir war, aber ich hatte schon damit gerechnet, dass es eines Tages passieren wird.

Doch wenn ich mir diese »Cinderella« anhöre, die klingt, als hätte sie gerade eine erfolgreiche Lobotomie hinter sich und könne es kaum erwarten, ein Leben als Anhängsel zu fristen, bin ich beinah froh über meine Lage.

Ach, einen Scheiß bin ich!

Ich würde alles tun, um wieder mit Lennard zusammen zu sein! Ich würde einen Tantrasex-Workshop belegen, um wieder Schwung in unser Nacktleben zu bringen. Ich würde sogar Dill essen (mit einer Nasenklammer) und »Tagesschau« gucken.

Oh Mann. Der Geist der Frau, die vor mir diese vier Wände bezogen hat, gibt mir gerade zig Nackenschläge.

Ob Lennard gerade bei ihr ist?

Ich war nie ein besonders eifersüchtiger Mensch.

Jedenfalls nicht so, dass ich eine Perückensammlung bei Amazon geordert und die Erfahrung gewonnen hätte, mich in ein fremdes GPS einzuhacken.

Eben nur diese gesunde Art von Eifersucht, die sich von Gleichgültigkeit abhebt.

Vielleicht war das gerade mein Fehler. Was wäre die Alternative gewesen?

Einen Peilsender an den Penis meines Freundes anzubringen, bevor er das Haus verlässt, um Croissants zu kaufen?

Irgendwo auf der Welt gibt es sicher gerade jemanden, der diese Idee ganz und gar nicht zum Lachen findet.

Lennard war immer sehr eifersüchtig.

Wenn ich Elternsprechtag in meiner Schule hatte, holte er mich immer ein bisschen zu früh ab, damit auch alle ledigen Väter mitbekommen, wer hier nicht mehr zu haben ist.

Damals fand ich das süß. Heute könnte ich ihm dafür eine reinhauen.

Gerade fällt mir ein Artikel ein, in dem stand, dass es Partnern schwerfällt zu vertrauen, weil sie von sich auf andere schließen, sprich selbst fremdgehen.

Entsprechende Zeitung hat allerdings auch beschworen, Haferflocken helfen gegen Cellulitis.

Tun! Sie! Entschieden! Nicht!

Und man kann seinen Tag sicher schöner verbringen, als sich unter ziependen Schmerzen abzuduschen und anschließend einem Klempner den Hintergrund für seinen Einsatz zu erläutern.

PLINGGG!

Wieder eine WhatsApp-Nachricht. Das muss er aber jetzt sein!

»Hallihallohallöööchen!
Ich wollte dich nur daran erinnern, dass du morgen meine Pause übernehmen musst, weil ich ja beim Zahnarzt bin.
Deine allerliebste Marmeladenfreundin«

Oh Gott, ich könnte kotzen.

Agathe Baumann. Arbeitskollegin und zwischenzeitlich auch Stalkerin.

Aus irgendeinem Grund himmelt sie mich an und bildet sich ein, wir seien Freundinnen.

Wir unterrichten beide eine zweite Klasse (wenn Sie schon fragen: ich die 2b und sie die 2d).

Sie hat immer abscheulich-groteske Ideen in Sachen Freizeitgestaltung.

Ihre Überredungskünste zündeten, als es darum ging, gemeinsam einen Insektenkochkurs zu besuchen (und nein! Die Viecher sind nicht alle vorher schon tot!), mich auf die Themenhochzeit ihrer Cousine zu schleppen (Zwerge als Trauzeugen machen sich auf Fotos vorteilhafter als gedacht!) oder eben Früchte mit zu viel Gelierzucker in einen Topf zu knallen und die Suppe danach »Marmelade« zu taufen.

Wenn jemand *immer, immer, immer* nach einem Treffen fragt und diese Person selbst *immer, immer, immer* Zeit hat, muss man sich manchmal ergeben – allein schon aus Vorsicht, damit man nicht zu einem Kriminalstatistikwert wird.

Bringe es einfach nicht fertig, diese Frau endgültig loszuwerden.

Immerhin hat sie weder meine Familie bedroht noch eine abfällige Bemerkung über mein Make-up gemacht. Was kann man da schon machen? Knoblauch an die Haustür hängen? Sie stalken von wegen umgekehrter Psychologie, damit sie *mich* satthat?

Noch ein Grund, warum ich diese Frau so überhabe wie den »Friends«-Vorspann ist, dass ich sie bereits fünf Tage die Woche um mich habe.

In der Pause darf ich mir die Beziehungsprobleme mit ihrem Lover/unserem Hausmeister Günni anhören.

Die bildhaften Ausführungen zu ihrem Sexleben wären die sicherste Haupteinnahmequelle eines Psychiaters, den sie nie brauchen wird – sie hat ja mich, den allzeit abrufbaren Trottel.

Dass ich ihre bescheuerte Pause morgen übernehme, kann sie sich aber schön abschminken.

Werde nämlich die nächsten Tage zu beschäftigt sein, mich in Selbstmitleid zu suhlen und Handyfotos von Lennard zu löschen (und mir vorher als E-Mail zu schicken).

Beschließe meinen schlecht bezahlten Hintern ins Bad zu hieven, um das Grauen aus der Nähe zu betrachten.

Wow.

Sieht aus, als wäre der Abartigkeitsfaktor-Rekord vom Morgen nach meiner Blinddarm-OP nicht mehr aktuell.

In meinem Spiegel steht eine Frau, die es eindeutig hinter sich hat. Ich bin mir nicht mal sicher, ob sie es je vor sich hatte.

Zwei überfahrene Tomaten, die sich Augen schimpfen und ein unebener Teint, gedankt einem Potpourri aus Heulen und Make-up-Überbleibseln.

Doch der unerfreulichste Anblick an diesem, nennen wir es Morgen (12 Uhr 03), sind meine gelblich schimmernden Zähne.

Ein optisches Defizit, das sich eigentlich nicht innerhalb von zehn Stunden ausbilden kann. Selbst Entführungsopfer haben bei ihrer Rückkehr weißere Zähne!

Ein Gedanke, den ich lieber schnell verdränge.

Fantastisch. Ich sehe keinen Tag jünger aus als Iggy Pop.

Ich sollte wirklich mit dem Rauchen aufhören. Aber nicht heute.

Es ist ungesund, sich mehr als eine Sache gleichzeitig abzugewöhnen.

Beim Anblick von Lennards Zahnbürste wird mir ganz flau im Magen.

Werde meine Wohnung ab sofort behandeln wie einen selbst initiierten Tatort und jeden Beweis dafür, dass er jemals hier war, beseitigen.

Keine aufgebrauchten Billig-Deos mehr, kein Ersatzparfum, kein »got2b«-Haarwachs und keine Zahnbürste, die aussieht, als hätten katholische Kinder mit ihr den Fußboden geschrubbt (keine Ahnung, wie er das immer geschafft hat).

Das Badezimmer ist von jetzt an eine Lennard-freie Zone.

Seine Kleidung habe ich gestern Nacht noch unter meinem Bett verstaut.

Von nun an gibt es nichts mehr, was mich an dieses heiße Arschgesicht erinnert.

Außer mir rollt meine Pille unters Bett.

Obwohl mir nicht klar ist, wozu ich die weiter nehmen sollte.

DRRRRIIING!

Er ist es! Das kann ich deutlich spüren.

Und mein Gesicht sieht aus wie das Erste, was ein Kind je mit Knetgummi modelliert hat!

Tupfe schnell etwas Concealer in meine Visage. Schon besser.

DRRRRIIING! DRRRRIIING!

Es *muss* Lennard sein. Er hatte mir gestern seinen bzw. vorerst wieder meinen (und gleich wieder seinen) Schlüssel auf den Küchentisch gelegt.

Schon peinlich, wenn man so ein Pussygehabe in Windeseile wieder rückgängig machen will.

Haste hektisch zur Tür.

Habe zwar noch Klamotten von gestern an, weil darin geschlafen, aber so was merken Männer sich nicht. Er wird eher denken, ich war bereits unterwegs.

Voller Tatendrang! Selbst ist die Frau!

Leila Sternenberg 2.0, die absolut nichts aus der Bahn werfen kann!

»Liebchen, wie siehst du denn aus?! Lange Nacht?«

Korrektur. Leila Sternenberg 1.0.

Beschenkt mit der nervigsten Mutter der Welt.

Ich trete zur Seite und lasse sie reinstürmen.

Ein sehr aufwendiger Akt, da sie nicht allein gekommen ist.

»Was zum …?«

Drei gelbe Plastiktüten mit dem Fassungsvermögen eines vollstreckten Räumungsbescheids werden mühselig in mein Wohnzimmer geschliffen.

Will sie etwa bei mir einziehen? Muss ich mit zweiunddreißig wieder heimlich im Bad rauchen?

»Hast du es etwa vergessen? Heute wollten wir doch ein paar Flöhe in die Pfoten kriegen! Hahaha! Hast du den Wortwitz verstanden?«

Der Weihnachtsmann in den Wechseljahren scheint sich mehr als witzig zu finden.

»Was?«

»Ab auf den Flohmarkt, Liebchen!«

Scheiße!

Auch wenn ich dankbar sein müsste, dass mich jemand aus meiner Abwärtsspirale rausziehen will ... DAS packe ich jetzt nicht.

Hatte noch nie etwas für Flohmärkte übrig.

Finde es weder amüsant sie zu besuchen und das olle Zeugs anderer Leute zu mustern (*einäugige Teddys von 1978? – Nein danke, ich hab schon!*) noch hat der aktive Teil als Überredungskünstlerin eine anziehende Wirkung auf mich.

Dazu diese ganzen Vielleicht-später-aber-eher-nicht-Blicke, die dort ein- und ausgehen, mit denen man sonst nur seine Netflix-Watchliste straft.

Das klingt jetzt so, als wäre ich eine Latte Macchiato schlürfende Schickimicki-Tussi, die ihre Kleider in die Reinigung gibt.

Wenn Sie auch nur einen Blick werfen auf meinen Jutebeutel, den ich mit einem Permanentspray (Farbe: Montana Gold) zum Ausgehtäschchen umfunktioniert habe, wissen Sie, dass dem nicht so ist.

Mir fehlt einfach dieses natürliche, unbeschwerte Geschick mit Leuten zu schäkern und ihnen auf freundliche, aber bestimmte Weise das Gefühl zu geben, dass ich habe, wonach sie suchen.

Wie meine Mutter darauf kommt, dass ausgerechnet *sie* diese Gabe des Aufschwatzens hat, ist mir ein Rätsel.

Sie hat noch nie Gewinn erzielt. Im Gegenteil.

Meine Mutter feiert sich schon selbst, wenn die Standgebühren wieder reinkommen.

Am meisten ärgert mich daran, dass sie das Geld nicht einmal braucht. Ihre Bücher verkaufen sich gut.

Vielleicht ist sie einsam und versucht über solche Aktionen mir näher zu sein.

Mit seiner Tochter einfach mal einen Kaffee trinken zu gehen wäre ja eine Idee ad absurdum.

»Mama, ich hab jetzt keinen Nerv für so was.«

»Sei nicht albern! Ist Lennard da? Ich muss ihn noch etwas zu einem neuen Rucolasalat-Rezept fragen, das ich ausprobieren will.«

In diesem Leben ist es mir nicht vergönnt eine begabte Pokerspielerin zu werden.

Meine Mutter lässt ihre Tüten fallen, aus denen mein altes Jojo mit den glitzernden Sternstickern rauskullert und stürmt mit offenen Armen auf mich zu.

Ihr Hippiegewand umhüllt mich wie Bonbonpapier.

»Was bildet der sich ein, dieser Koch-Fuzzi? Soll ich meine Voodoo-Freundin aus dem Schwarzwald anrufen?«

Frieda? Bitte nicht!

»Vielleicht später.«

Schlimmster Mutter-Tochter-Ausflug aller Zeiten.

Es war unser erster und bislang einziger Urlaub zu zweit, unmittelbar nach ihrer Scheidung von meinem Vater.

Geplant war, in ein Wellness-Hotel abzusteigen, was sich jedoch sehr bald als Sektennest entpuppen sollte.

Traumfänger über dem Bett, dem Balkon – sogar über der Dusche!

Mohnkapseln auf dem Nachttisch und Prospekte über »den richtigen Pfad«, wohin man blickte.

Darüber hinaus noch unzählige weitere Hinweise auf systematisch betriebenen Wahnsinn, die ich zum Glück verdrängt habe.

Den Höhepunkt der Kuriosität erreichte (Abreise-) Tag 3, als eine gewisse Frieda unserem Schlammbad beiwohnte (eine sehr nackte Erfahrung, die ich gerne mit jeder anderen

Person als der Frau, die mich zur Welt gebracht hat, geteilt hätte) und sich zunächst als Gast tarnte, um unser Vertrauen zu gewinnen.

Tatsächlich war sie die Inhaberin des »Spa der wahren Familie«.

Mit ihren sechzig Jahren hatte sie es immer noch nicht verstanden, sich zu bekleiden. Um fair zu sein, die grauen langen Haare hatten ihren Busen zuverlässig bedeckt, wenn sie sich nicht gerade bückte, um zu meditieren.

Wir erfuhren nach dem dritten Aufguss von »Heilwasser« in unseren Privatsumpf, dass all' ihre Ex-Freunde mit dem Auto verunglückt sind oder einen Zahn verloren haben.

Letztere sammelte sie – ihrem sonderbaren Fußkettchen nach zu urteilen – als Trophäe.

Noch mal zum Mitschreiben: Ein Urlaub mit einer spirituellen Führerin auf den Fersen und keltischer Begleitmusik ist *kein Urlaub*, allenfalls eine Verdammnis. Aber das ist nur meine bescheidene Meinung.

Für mich *die* Gruselexpedition, für meine Mutter, die frohlockend ihre Nummer rausrückte, eine Kontaktbörse.

Seitdem überprüfe ich immer peinlich genau die Zähne meines Vaters auf ihre Vollständigkeit hin.

»Ich versteh das nicht mit Lennard und dir. Ihr wart doch so ein glückliches Paar! Bist du sicher, dass es vorbei ist?«

Nein, ich dachte, es wäre bloß witzig das zu sagen.

»Ziemlich sicher. Könntest du jetzt bitte deinen Krempel nehmen und wieder gehen?«

Meine Mutter sieht das erste Mal seit langer Zeit ernsthaft besorgt aus.

»Komm schon! Frische Luft und mit neuen Menschen reden! Das wird dir guttun. Hast du was Nettes zum Anziehen da? Denn so zerknittert kannst du nicht bleiben! Sonst denkt man noch, wir machen das da hauptberuflich.«

Wenn ich mich auf der Arbeit so lange krank melde wie geplant, wird dem auch so sein.

Sieht nach einem langen Sonntag aus, der da auf mich zukommt.

Etwa zweiundvierzig Bäumchen-wechsel-dich-Umdrehungen später bin ich mehr als sicher, heute nirgendwo mehr hinzugehen.

»Das sieht doch super aus! Grün ist einfach deine Farbe, Liebchen! So, das hätten wir schon mal. Ich brauche jetzt erst mal einen Kaffee. Hast du Sojamilch da?«

»Mutter, wie lange wollen wir dieses Tänzchen eigentlich noch führen? Ich habe keine Sojamilch! Ich werde auch nie welche haben! Wasser und Mehl hätte ich allerdings da, ist ja vom Geschmack her identisch.«

Resigniert starrt sie auf meinen Kühlschrankmagneten:

»Liebe Veganer, bitte hört auf Pilze zu essen. Da wohnen Schlümpfe drin.«

»Tja, dann hole ich mir wohl unterwegs einen Kaffee.«

»Gute Idee! Aber wie gesagt, ich komme nicht mit.«

»Und *ob* du mitkommst, Fräulein! Oder soll ich wieder anfangen, dir Fotos von abgefaulten Zungen über SMS-App zu schicken?«

»Das sind Gendefekte und keine Folgen von Nikotin! Ich rauche doch auch gar nicht mehr! Außerdem heißt es *WhatsApp*. Mama, ich lebe mein Leben, wie es mir gefällt! Du kannst mich zu nichts zwingen, denn es ist mir inzwischen egal, ob du sauer auf mich bist, wenn ich mal nicht nach deiner Pfeife tanze!«, sagte das alte Kind im giftgrünen Jumpsuit.

»I love it! Dieses Kleid ist das schönste, was ich je anhatte! Bryan wird es lieben!«

»Guck mal, so ein Hochzeitskleid würde dir auch stehen! Das kaschiert deine breiten Schultern und den kleinen Busen. Das hast du beides nicht von mir! Deine Tante Gerda ist des Übels Wurzel.«

Selbstverständlich ein Familienmitglied väterlicherseits.

»Willst du den Fernseher nicht ausmachen, bevor wir gehen?«

»Nein, ich mag es so! Und ich bin gerade wirklich nicht in Stimmung über Hochzeitskleider zu reden. Und auch wenn ich mich wiederhole, ich werde heute keinen Schrott verkaufen!«

Nach etlichen Körben von Taxifahrern, einer beengenden Bahnfahrt und ein paar Handschlägen mit Gleichgesinnten (»Halte dich immer gut mit der Konkurrenz, Liebchen!«) ist unser Stand endlich aufgebaut.

Na ja … fast.

Status: Tisch wackelt so stark wie meine erste Waschmaschine zu Studienzeiten. Gerüst, das bei allen anderen für Überdachung sorgt, liegt uns immer noch als sperriger Haufen Metallstäbe zu Füßen.

Beides aufzustellen würde schneller gehen, wenn eine gewisse Pseudofeministin nicht vehement jede Hilfe ablehnen würde.

Seit ihrer Scheidung meint meine Mutter, alles allein schaffen zu müssen.

»Ist das wirklich nötig? Der Himmel ist ganz klar, es wird sicher nicht regnen!«

»Wenn die sehen, dass wir es nicht mal hinbekommen, so einen Stand aufzustellen, kauft uns niemand etwas ab. Dann haben die schon gewonnen!«

»Okay, also erst mal, wer sind *die*? Das interessiert doch niemanden! Und da wir hoffentlich keine Papiervögel verkaufen, *brauchen* wir keinen Schutz vor Wind oder Regen.«

Eine kunterbunte Mischung von Ständen und Menschen umgibt uns.

Von handgefertigten Tontassen über selbst gestrickte Schals bis hin zu VHS-Kassetten. Alle sind hier versammelt in der Hoffnung, einen neuen Besitzer zu beglücken.

Gegenüber von uns verkauft eine junge Frau mit Dreadlocks Badeenten und Taschenmesser.

Frage mich, wie die zusammenhängen.

Das Gerüst macht weiterhin einen auf Heuschrecke, ich bemühe mich nach Kräften meinen Nikotindurst zu kaschieren, meine Mutter drapiert irgendwelche Weihnachtsfigürchen vor ihrem Sitzkissen.

Wo geht's zur nächstgelegenen Klapsmühle?

»Es ist Juni! Glaubst du wirklich, auch nur ein Mensch ist in Stimmung für Porzellan-Elfen?«

»Hör auf zu zappeln und hilf mir lieber dieses Stockdingsda in den Boden zu bekommen!«

Wenn ich für jedes Augenrollen meinerseits auch nur einen Cent bekommen würde, wäre ich morgen früh mit Steffi Graf zum Lunch verabredet (und würde sie heute Abend daran erinnern, mir meine Dior-Sonnenbrille zurückzugeben).

Geschafft! Oder so ähnlich.

Auch wenn ich es nicht gerne zugebe, aber einige Dinge liegen mir wirklich nicht im Blut.

Ich kann keinen Reifen wechseln, dafür aber nach dem Aufbau eines Regals mindestens drei Schrauben erübrigen und werde wohl niemals die »Abseitsregel« begreifen.

Mit dem mageren Handwerksgeschick hat das Mutter-Tochter-Duo wieder sämtliche Klischees bedient.

Lennard hat solche Dinge immer für mich erledigt. Wenn jetzt die Heizung leckt, werde ich umziehen müssen.

Oder den gruseligen Hausmeister mit dem Glasauge (mein Vermieter – Dauerurlauber – verweist immerzu auf ihn) um Hilfe bitten.

Habe Herrn Hücker bisher nur einmal gebeten, eine gebrochene Badezimmerfliese instand zu setzen, nachdem ich mir zum vierten Mal in einer Woche den Zeh daran aufgeschnitten hatte.

»Das ist aber das allerletzte Mal! Ihr verwöhnten Weiber könnt aber auch gar nichts allein!«, lauteten seine warmherzigen Worte, als ich ihm mein blutdurchtränktes Pflaster zeigte und mich hyperventilierend für meine Existenz entschuldigte.

Da hatte er sogar einen *guten* Tag.

Er gehört zu der Sorte Mann, die Frauen ganz einfach hasst.

Die Sorte, die über uns denkt, wir hätten im Gegensatz zu ihnen das einfachere Leben.

Dass wir Kriege für Mythen halten, das Geld unserer Ex-Männer verprassen und uns aus jedem Strafzettel rausflirten. Ja, Herr Hücker glaubt, die größte Bürde des schönen Geschlechts bestünde darin, den zum Tagesoutfit farblich passenden Nagellack zu finden.

Wenn der nur wüsste!

Mit dem genetischen Fluch der Bindegewebsschwäche und der Tendenz zum Haarbruch Ohr abwärts, habe ich schon mein eigenes Päckchen zu tragen.

Werde vermutlich noch ganze zwölf Minuten so gut aussehen wie in dieser Sekunde.

Meine Mutter kocht vor Wut, dass unser Pisa-Tisch dem Spott des streberhaften Verkaufsbüdchens neben uns ausgesetzt ist.

Das gewollt-charmante Zwinkern von unserem Gegenüber mit dem Goldzahn ignoriere ich höflich, indem ich angestrengt probiere, das Stockdingsda in den Boden zu bekommen.

Überraschenderweise sogar mit Erfolg.

Könnte gerade töten für eine Zigarette.

»Liebchen, versuch doch bitte, den Leuten etwas von unseren kleinen Schätzen zu verkaufen.«

Und ich weiß auch wen.

»Haben die hier keinen Kaffee?«

Nach einer Zigarette zu fragen, verkneife ich mir bei dem hinter uns befindlichen Schild mit dem durchgestrichenen Hund drauf. Unlustiges Pack!

»Klar, da vorne! Der nette Herr mit den Bongos kocht auch Kaffee.«

Auch Kaffee? Ich hatte ja keine Ahnung.

Das Risiko, dass unser Multitasker dafür das Würstchenwasser vom Hotdog-Stand nebenan benutzt, ist mir dann doch zu hoch.

Unglaublich, dass ich das hier auch noch durchmachen muss.

Habe ich nicht schon genug gelitten?

Doch mich jetzt mit meiner Mutter anzulegen, ist auch kein Weg, die Zeit schneller totzuschlagen.

Und wenn ich an meine Wohnung denke, die ich heute das erste Mal als Single betreten werde, erscheint mir dieser Ort hier plötzlich in einem anderen Licht.

Nun gut, was haben wir denn überhaupt anzubieten?

Meine Mutter hat bereits einiges ausgebreitet, während ich mit Jammern und Notausgangschild suchen beschäftigt war.

Mich trifft der Schlag.

Vor mir liegt praktisch meine ganze Kindheit.

Hier! Ungeschützt! Ausgebreitet! Vor aller Augen!

Ich merke, wie mein Gesicht anfängt zu glühen.

Mein Auto-Kindersitz, meine Barbies und noch viele weitere Altersabschnitte starren mich verloren an.

»Ich kapier das nicht. Soll das witzig sein? Sag mal, spinnst du jetzt völlig? Das sind ja nur Sachen von mir! Ist mein Kinderzimmer inzwischen schon ein Fitnessraum?«

»Jetzt sei doch nicht so melodramatisch! Oder hast du vielleicht vor, in diesem Leben noch mal mit deiner Barbie zu spielen?«

»Vielleicht die Tochter, die ich mal haben werde? Hast du schon mal daran gedacht?«

An dieser Stelle wird mir bloß ein verächtliches Schnauben entgegengebracht, da ich offenbar gerade das Absonderlichste von mir gegeben habe, was die Welt je gehört hat.

Jetzt reicht's. Wenn es jemals angemessen war, egoistisch zu sein, dann jetzt!

Doch gerade als ich beschließe zu gehen ...

»Öffnen!«

»Wie bitte?«

Die wütendste Version meiner selbst zeigt mit dem Finger auf die letzte prall gefüllte Tüte wie auf einen Beschuldigten.

»Ich will sofort wissen, was du noch aus meinem offenbar geradezu erbärmlichen Leben verhökern willst!«

PLUMPS!

Schaulustige bekommen zu sehen, wie eine Frau, Mitte sechzig, possessorisch eine gestapelte Ladung Erinnerungen als Sitzsack benutzt, um den Zugriff zu verwehren.

Spielen wir jetzt hier »Reise nach Jerusalem«? So was Kindisches.

»Steh sofort auf! Was ist da drin? Meine erste Zahnspange? Mein Tagebuch? Meine Eizellen, die ich ja sowieso nicht brauche?«

»So kannst du nicht mit mir reden, ich bin deine Mutter! Ich helfe dir doch nur, dich von alten Dingen zu trennen, Liebchen! Aauuua!«

Nicht gerade die feine englische Art, die eigene Mutter dazu zu bringen … um es mit den Worten eines Fußballproleten auszudrücken: Gras zu fressen.

Lennard tut wohl recht daran, dass man es mir anmerkt, mit welcher Altersklasse ich vierzig Stunden die Woche verbringe.

Das Gewaltopfer begutachtet den grünen Fleck auf seinem Ellenbogen.

Die Gunst nutzend, reiße ich den letzten Sack auf. Und öffne damit die Büchse der Pandora.

Anscheinend waren Puppen und Kindersitze nur die Aufwärmübung.

Mein Sternenbuch aus der zweiten Klasse kriege ich als Erstes zu fassen.

»Dafür habe ich eine Eins Plus bekommen! Hier hinten steht es sogar noch!«

»Es war eine Eins *Minus*. Du hast dich schon immer überschätzt. Das hast du von deinem Vater!«

»Das ist ja so krank! Du hast meine abgeschnittenen Haare zusammengeklebt?«

»Als Ponyteil! Glaub mir, diese Hippie-Stars lieben so was!«

»*Hipster*, Mutter! *Hipster*! Lies einmal eine Klatschzeitung, bitte! Oder gib es endlich auf, ein Teil der modernen Welt sein zu wollen! Sag mal, ist unter dieser Plunderhölle auch nur irgendwas von dir?«

»Und ob! Mein schöner Hut!«

»Pfff, bitte! Als ob ein stilbewusstes Wesen mit diesem Dreckhaufen von Filzhütchen was zu tun haben will! Die Leute würden lieber sterben, als damit gesehen zu werden! Bin sogar sicher, dass bei Bühnenauftritten inzwischen mit so was anstelle von Tomaten geworfen wird.«

»Wie kannst du nur? Der ist aus Paris! Ich hänge sehr daran!«

»Ist er nicht! DA! Hier! Da steht es! *Made in China!*«

Eine Interessentin, die unseren Stand anvisiert hat, macht eine scharfe Kehrtwende.

»Allen Ernstes, hast du irgendwas gegen mich? Mein Babyhandabdruck aus Ton? Wirklich? Den willst du auch verkaufen?«

Meine Mutter liegt immer noch schmollend auf dem ausgeblichenen Gras und reibt sich ihren Unterarm wie eine schlecht behandelte Gänsemagd. Ich frage mich, ob sie da unten liegen bleibt, weil sie sich nicht traut aufzustehen oder weil sie zu Recht findet, dass sie genau dort hingehört.

»Liebchen, komm schon. Sag bloß, du kannst dich noch daran erinnern, wie wir den angefertigt haben!«

Erst Lennard, jetzt meine Mutter. Offenbar bin ich für jeden verzichtbar geworden.

»Du willst wissen, warum du keinen meiner Wohnungsschlüssel besitzt und ich dich nie zurückrufe? Genau deswegen! Hier, mitten auf diesem scheißwackeligen-feministischen Tisch liegt der Grund. Du bist der egoistischste Mensch, den ich kenne! Deshalb hat Papa auch die Kurve gekratzt! Entweder kriegt man ein grünes Kleidungsstück von dir verpasst oder man kann zusehen, wo man bleibt. Und ich entscheide mich definitiv für Nummer zwei.«

So wild mit den Händen habe ich zuletzt gestikuliert bei dem verzweifelten Versuch aus nicht unerheblicher Entfernung »SOS« zu signalisieren, nachdem mein Schlauchboot auf dem Wannsee durch ein Zigarettenbrandloch (schuldig!) Luft verloren hatte.

Die damals noch trinkende Christin hatte sich lachend auf das Pfeifen gesetzt und weiter getrunken.

Ihr umfangreiches Hinterteil brachte uns sicher wieder an Land.

Ob Christin je wieder mit mir reden wird?

»Das verzeihe ich dir nie! Wie kannst du mich nur so blamieren, wo du genau weißt, dass ich jeden Monat hier bin!«

Die Schmierenkomödie geht weiter.

»Auf einem Flohmarkt KANN man sich nicht blamieren, Mutter! Deshalb hat auch niemand von den Leuten hier ein Deo drauf! Oder geputzte Zähne! Da vorne verkauft einer benutzte Kontaktlinsen! Also entschuldige bitte, wenn ich mir ausgerechnet diesen dekadenten Ort für eine Szene ausgesucht habe!«

Verdufte so schnell ich kann, ohne mich umzudrehen, zum nächsten Kiosk. Ich renne nicht. Ich gehe nur schnell. Nicht aus Stolz, eher aus Angst, für einen Langfinger gehalten zu werden. Von einem schnoddrigen Schrebergartenbesitzer überwältigt zu werden, würde dem Tag die Krone aufsetzen.

»Ein großes Päckchen Lucky Strike! Und einmal Big Red Kaugummis, bitte. Ach nein, vergessen Sie's. Nur die Zigaretten.«

Im Bus überkommt mich eine Lawine von miesen Gefühlen.

Ich fürchte, ich bin zu weit gegangen. Hätte meinen Vater nicht erwähnen sollen.

Und mal ehrlich ... ich kann mich beim besten Willen nicht an diesen hässlichen Tonabdruck erinnern.

Gut gemacht, Leila! Deinen ganzen Frust wegen Lennard auf die Person, die dir das Leben geschenkt hat, zu projizieren – starke Leistung!

Dieses Bild, wie sie da jetzt gedemütigt steht und ihre Sachen zusammenpackt … grauenvoll.

Weil wir so viel rumkrakeelt haben, wird ihr wohl auch niemand Hilfe beim Abbau anbieten.

Also *sie* hat mich auch beleidigt, das wollen wir nicht vergessen! Und von so was wie einer Entschuldigung keine Spur.

Immerhin habe ich gerade eine Trennung hinter mir und sie hat nichts Besseres zu tun, als mich an einen Ort zu ziehen, wo sie Hotdogs direkt neben gebrauchten Katzenbürsten anbieten?

Ich werde nicht klein beigeben! Nicht diesmal!

Muss das mal lernen, zu meiner Meinung zu stehen.

Auch wenn sie etwas anders hätte verpackt werden können. Eigentlich würde ich in so einem Moment Lennard schreiben. Er würde mich beruhigen und sagen, dass Mütter nun mal so sind und solche Tage wie heute nicht das Ende der Welt bedeuten.

Hab ihn bis jetzt bei WhatsApp nur archiviert, es aber noch nicht über mich gebracht, seine Nummer zu löschen.

23:14
»Haben wir noch Mascarpone da, kleine Lady?«
23:19
»Nope! Wir lange musst du noch arbeiten?«
23:19
»Sind schon am Spülen:-«*
23:19
»<3«

Das war unser letzter Chat. Freitagabend.

Hätte ich gewusst, dass es unsere letzte Korrespondenz sein würde, hätte ich weniger Belangloses geschrieben.

Hilfe! Er ist online. Mein Herz steht still vor Schreck.

Lächerlich, natürlich ist er online. Er ist ja nicht tot. Oder ausgewandert auf einen Planeten mit WLAN-Verbot.

Aber man wird ja wohl noch träumen dürfen.

Er ist immer noch er und ich bin immer noch ich.

Nur eben nicht mehr als Liebespaar. Das ist die härteste Lektion der Welt.

Erst sein Leben mit jemandem zu teilen und dann über Nacht damit klarzukommen, das nicht mehr zu tun.

»Nä! Leila? Leila Sternenberg?«

Allmählich glaube ich, Gott ist jemand, dem ich noch Geld schulde oder in dessen Einfahrt ich mal gekotzt habe – Entschuldigung exklusive.

Vielleicht sehe ich auch seiner Ex-Freundin ähnlich.

Warum muss ausgerechnet von allen Halunken dieser Welt dieses eklige Biest in meinen Bus steigen?

»Tessa Reinartz! Lange nicht gesehen. Geht's dir gut?«

Immer dieses Diktat der Höflichkeitsfloskeln.

In Wahrheit könnte es mir nicht gleichgültiger sein, wie es ihr geht.

Tessa und ich waren auf dem gleichen Gymnasium, bis sie in der achten Klasse dabei erwischt wurde, wie sie einen (wir dachten damals weinenden) Penis mit Edding auf die Sporthallentür gekritzelt hat.

Auf einer katholischen Mädchenschule finden Lehrer so was noch mal unlustiger als sowieso schon.

Sie wurde daraufhin der Schule verwiesen bzw. ist laut ihrer Mutter »gegangen«, weil sie angeblich unterfordert war. Komisch, dass es in ihrem Zeugnis lauter Fünfen regnete. Aber Tessas Mutter litt – wie der Großteil der weiblichen Ü-40-Generation – unter dem Mein-Kind-hat-keine-Schuld-Syndrom.

Tessa war die klassische Mobberin.

Und wenn ich sehe wie sie gerade breitbeinig, auf einem Zahnstocher rumkauend vor mir steht, scheint das nicht zu den Wesenszügen zu gehören, die sich über Nacht verflüchtigen.

Alle Lehrer hatten Angst vor ihr und die Schülerinnen waren froh, wenn sie ohne Kaugummis in den Haaren, Cola durchtränkte Schulranzen oder sonstige psychische Störungen entlassen wurden.

Ich kann gar nicht mehr zählen, wie oft meine Mutter sich bei der Direktorin darüber beschwert hat, dass solch ein Verhalten nicht aufgehalten werde.

Gerade auf einer Mädchenschule erwarte man doch ein gewisses Maß an Anstand und Sicherheit.

Der Grund, dass ich Tessa eine zusätzliche Prise mehr hasste als der Rest der Schule, war natürlich – wie sollte es bei Vierzehnjährigen auch anders sein? – ein Junge.

Pierre war ein französischer Austauschschüler, in den ich furchtbar verknallt war.

Ein Mädchen vergisst nie seinen ersten Schwarm.

Vor allem nicht, wenn er grüne Augen und blondes wippendes Haar hat.

Tessa und ich sollten ihn im Schulgebäude herumführen.

An meiner Stotterei und der dazu passenden Gesichtsfarbe in seiner Nähe konnte selbst dieses Trampeltier unschwer erkennen, dass ich ihn sehr mochte; sie bot an uns zu verkuppeln.

Da ihr ein freizügiger Ruf vorausging und sie somit als einzige Achtklässlerin mehr Erfahrungen vorweisen konnte als Knutschflecken auf dem Handrücken, ließ ich sie gewähren.

Auch war ich geschmeichelt, dass sie sich meiner annahm.

Wir alle hassten sie, doch wollten gleichzeitig von ihr gemocht werden.

Im Grunde unterscheiden sich Jugendfreundschaften in ihren Anfängen kaum von Liebesbeziehungen.

Dieses Streben danach, einer bestimmten Person imponieren zu wollen, liegt glaube ich in unser aller DNA.

Wir verschenken uns immer an Menschen, die unerreichbar sind.

Schaffen wir es ihnen zu gefallen, fühlen wir uns als etwas Besonderes.

Weil wir uns dann nicht umsonst hingegeben haben.

Weil wir glauben, einen Safe geknackt zu haben, von dem sonst keiner den Code kennt.

Bei Kindern kommt außerdem noch der Coolness-Faktor hinzu.

Erst Jahre später in einem nach Schweiß und reifen Windeln stinkenden Bus begreift man dann, wie uncool es ist, die Ex-Nachläuferin von jemandem zu sein, der anderen Dickmann's in die Sportschuhe stopfte.

Die Sache mit mir und Pierre (mit vierzehn ist es bereits eine *Sache,* wenn man in der Woche mehr als drei Worte gewechselt hat und eine *echte Beziehung,* wenn man sich seinen Stift leiht, sogar wenn er ihn auch an andere verleiht – das zählt!) hatte sich erledigt, noch bevor sie richtig anfing.

Tessa ist freilich mit ihm ins Bett gestiegen. Das ist der Teil, der mich am wenigsten verletzte. Immerhin hatte ich damals noch keinen Sex. Ich hielt Sex für etwas Interessantes, das aber noch weit weg von mir ist, ähnlich wie ein Hebräisch-Sprachkurs.

Tessa hatte dem schönsten Franzosen Metz' auch all' meine intimen Gedanken mitgeteilt, sodass ich ein ganzes Jahr lang das Gespött der Klasse war (bzw. »la moquerie de ses camarades«).

Über den ausgestopften BH, den ich nur anzog, wenn ich wusste, dass ich ihn sehe, bis hin zur angefertigten Strichliste für alle Blicke, die er mir zuwarf, hatte sie ihm alles haarklein aufgetischt.

Diese vorgetäuschte Freundschaft habe ich ihr nie verzeihen können.

Da war der Frosch in meiner Butterbrotdose in der Physikstunde nichts gegen.

Zum Glück gab es damals noch keine Fotohandys.

Wer weiß, wie kreativ sie sonst noch geworden wäre.

Ich glaube ja, dass Mädchen einen viel tiefer verletzen können, als Jungs dazu je fähig wären.

Bei Jungs spielt man gerne mal den Gnadenrichter vor dem Hintergrund, dass sie einfach anders ticken als wir und vielleicht nicht die Tragweite ihres Handelns begreifen.

Tessa sieht noch genauso aus wie früher.

Dieser verschlagene Gesichtsausdruck, die angedeuteten Augenbrauen, die Haut mit der großzügigen Schippe Lebenserfahrung, die schlecht gefärbten kirschroten Haare und der viel zu früh in Erscheinung getretene Busen.

»Mir geht's supi! War grad zwei Monate Ibiza. Boah die Männer sind da vielleischt süß. Warste schonmal da? Was machst'n so? War da nisch was, dass du Behinderten Lesen beibringst oder so?«

»Grundschullehrerin bin ich eigentlich.«

»Jaaa! Sorry. Is' scheiße mit Kindern, 'ne? Isch würd' mir die Kugel geben.«

Lass dich nicht aufhalten.

»Es ist okay. Und? Was machst du so, Tessa?«

Komme mir vor wie Dexter Morgan, so wie ich hier Aufmerksamkeit heuchle.

»Isch bin Kontrolleur! Hast'n Ticket? Spaaaß. Isch hab gerade meinen Job beim Callcenter verloren. Da gab's so 'ne blöde Verwechslung wegen so 'ner Datenschutzgeschischte. Aber auf die scheiß isch eh, weißte.«

Oh Gott, wie ich diese Frau hasse.

Wie die es überhaupt mal geschafft hat, mich zum Weinen zu bringen, ist mir schleierhaft.

Ich kann damals selbst nicht schlauer gewesen sein, wenn ich mit ihr befreundet sein wollte, dass ich es nicht besser verdient hatte.

»Was gibt's denn bei dir Neues? Erzähl! Erzähl!«

Ich habe meine arme Mutter in aller Öffentlichkeit verbal und physisch attackiert, bin seit gestern Single, weil mein Freund eine andere vögelt und habe – wie es scheint – ein ausgewachsenes Alkoholproblem.

»Ach, eigentlich gar nichts.«

Es ist genau genommen ziemlich arm, dass ich noch nach all' den Jahren einen Groll gegen sie hege.

Immerhin hat Tessa ihren Job verloren. Das ist Strafe genug. Vielleicht muss ich dieses Kapitel hinter mir lassen.

»Endlisch haste verstanden, was mit deinen Haaren anzustellen! Boah, Alter! Sahen die kacke aus in der Schule! Weißte noch, du hattest imma diesen fettigen Pony! Imma!«

Einen Scheißdreck muss ich.

»Haarwachs war das, ja. Wir waren eben nicht alle schon so früh so stilsicher wie du.«

Schallendes Gelächter erfüllt den ganzen Bus.

Die Mutter mit dem noch schlafenden Baby auf ihrem Arm guckt schon zum zweiten Mal nervös zu uns rüber.

Ist das peinlich gesehen zu werden mit dieser lauten Prolltante.

Hoffentlich steigt nicht noch jemand dazu, den ich kenne.

»So! Bleib sauber, Digger! Isch muss hier raus, meine Töle von der Impfung abholen.«

»Verstehe. Tja, dann mach's mal gut.«

»Mach's besser!!!«

Kein schwerer Job.

TSCHHHHH!

Der Bus hält an. Endlich ist es ausgestiegen.

»AH! MOMENT! BISTE FACEBOOK??? ISCH HEISSE DA TESSA MIT DREI SSS!«

Ein gewiefter Trick, damit ihre Gläubiger sie nicht so leicht finden können?

Ich nicke nur und schäme mich zu Tode.

»KANNST MICH JA MA ÄÄÄDDEN!!!«

Der Bus hat sich bereits entfernt, aber durch das gekippte Fenster hört man ihre Frequenz noch an der nächsten Ampel.

»UUUUUUÄÄÄÄÄHHHH!«

Das Baby ist aufgewacht. Seine Mutter zündet mich mit ihren Blicken gerade an. Wieder und wieder. Der Busfahrer schüttelt den Kopf, die anderen Mitfahrer üben sich in kollektiver Telekinese, mich bei 70 Kilometer pro Stunde rauszupfeffern.

Es ist gerade mal halb vier.

Ist heute der längste Tag des Jahres oder nur der längste Tag meines Lebens?

Tessas Phlegma gegenüber meiner Verachtung verblüfft mich. Sie ist sich ihrer Wirkung auf andere gar nicht bewusst. Dennoch kein Grund, sie freizusprechen.

»UUUUUUÄÄÄÄÄH!«

Vor allem nicht, wenn man bedenkt, dass sie sich nach all' der Zeit immer noch treu bleibt, mich in eine unangenehme Lage zu manövrieren.

PIIEEEP!

»Sie haben keine neuen Nachrichten.«

Mein Anrufbeantworter hat etwas gegen mich.

Das *keine* ist viel feindseliger als bei anderen Festnetztelefonen. Hab das bereits überprüft.

Gynäkologen und Festnetze sollten nicht über einen urteilen dürfen. (Meine Mutter ist die einzige Person, die mich noch über mein Haustelefon anruft, doch ein Restfunke Nostalgie lässt mich vor einer Kündigung zurückschrecken.)

Allmählich bin ich richtig gut darin. Im Leute verprellen, meine ich.

Sollte das hauptberuflich machen.

Leila Sternenberg, professionelle Mitarbeiterin und Geschäftsführerin der Vergrauler-GmbH.

Eine Annonce, die sich auf einer Seite den Platz teilen kann mit Liebeskummerexperten, Katzentherapeuten, Geisterbeschwörern und sonstigen Jobs, die geradezu erfunden klingen, aber mit Sicherheit mehr einbringen als jene, für die man ein abgeschlossenes Aufbaustudium vorweisen muss.

PIIEEEP!

»Sie haben keine neuen Nachrichten.«

Soll mir nur recht sein.

Ist ganz angenehm so eine Stille. Sonntage sind ja ohnehin schon hektisch genug.

Ich selbst habe auch nicht vor, mich bei irgendwem zu melden.

Eine Weisheit, die niemand laut ausspricht:

Der Grund, weshalb frisch Getrennte sich nicht bei ihren Freunden melden, ist nicht der, dass sie allein sein wollen, sondern weil sich ansonsten die Wahrscheinlichkeit verringert, dass unter den Rückmeldungen eine von der einzigen Person stammt, von der man sich sehnlichst eine wünscht.

Und wer will schon jedes Mal wie der pawlowsche Hund zum klingelnden Telefon sprinten und der Gefahr begegnen, sich einen Zeh zu verstauchen für ein mütterliches *Kommst du klar?!*

Komme weder *klar* noch habe ich es *im Griff*.

Werde also niemandem schreiben und keinen anrufen, basta!

Fühle mich in meiner freiwilligen Quarantäne ein bisschen wie Harrison Ford in »Auf der Flucht«.

Nur dass leider niemand hinter mir her ist.

Einzig positive Nebenwirkung von Liebeskummer: Ich bin immer noch nicht hungrig.

Allerdings nur, bis die Phase anfängt, in der alles in sich reingeschaufelt wird wie bei einer römischen Orgie. Ich schiebe es auf die Filme.

Frauenfilme verschreiben Verlassenen ihre Cholesterinwerte auf Hochtouren zu bringen.

Im Moment gibt es bei mir erst mal nur Kettenrauchen im Angebot.

Könnte meine Lunge sprechen, würde sie ... sie würde vermutlich nur husten und den Mittelfinger zücken.

Habe fast die ganzen Lucky-Strikes aufgeraucht. Bin ja auch seit fünfundvierzig Minuten wieder zu Hause.

Diese Person möchte ich von jetzt an sein: rauchend, hungernd, bis ich aussehe wie eine ausgedörrte Französin.

Auweia, meine *Arbeit*!

Hatte völlig vergessen, dass ich nicht mit einem Scheich verheiratet bin und etwas tun muss für meinen neuen französischen Lifestyle.

Frau Sternenberg, warum sehen Sie so traurig aus?

Frau Sternenberg, Sie stinken nach Rauch!

Frau Sternenberg, wie alt sind Sie eigentlich? Einhundertfünf?

Dem hält mein Selbstwertgefühl gerade nicht stand.

Brauche Menschen um mich herum, die mich kontinuierlich anlügen.

Die mir sagen, ich habe nie besser ausgesehen, mir unter Eid versichern, dass ich schnell wieder auf die Beine komme.

Ich hasse Lügen nur in Beziehungsangelegenheiten.

Überall sonst sind sie sehr willkommen und werden viel zu geizig kundgetan.

Von Zahnpastatuben lasse ich mich gerne für dumm verkaufen und in den Glauben versetzen, dass Zähne für ganze 2 Euro genauso hell erstrahlen wie nach drei professionellen Zahnarztbesuchen.

Bin völlig k. o. und habe nicht mal die Kraft das Sixx-Programm zu wechseln.

Dafür müsste ich immerhin die Fernbedienung anheben und auf das Gerät richten.

»Wow! Lexi ist wieder ganz die Alte! Sie knurrt auch nicht mehr, wenn ich nach Hause komme und hat keine Angst mehr vor der Leine!«

Ob man diesen Hundeflüsterer für einen Zwanni auch auf Ex-Freunde ansetzen kann?

Rein anthropologisches Interesse – versteht sich. So etwas würde ich nie tun (jedenfalls nicht unter meinem richtigen Namen)!

3. Kapitel

»Lass dich nicht gehen, geh' selbst.«
(Magda Bentrup)

Zwitschernde Vögel im Sonnenschein, Kaffees zum Mitnehmen, Berufstätige, die zur Bahn hechten.

Und mittendrin ein frisch gebackenes Trennungsopfer, das auf all' das pfeift.

Montagmorgen, was habe ich dir eigentlich getan?

Habe ich vergessen, deine Blumen zu gießen, während du verreist warst?

Oder zu selten über deine Witze gelacht?

Bereits zwei Wochen sind verstrichen, seit ich meine Wohnung verlassen habe.

Zum einen, um den Schein auf meiner Arbeit zu wahren, dass ich wirklich die Grippe habe und zum anderen, um die Orte zu meiden, an denen ich mit Lennard war. Jemals.

Also jeder freie Fleck in Berlin, abgesehen vom Afro-Perücken-Shop zwei Straßen weiter.

Vierzehn Tage und noch immer kein Lebenszeichen.

Seinen Kram hat er auch nicht abgeholt.

Der stolze Stapel Pizzakartons hat mittlerweile eine Höhe erreicht, die als zusätzliche Ablagefläche dienlich ist. Ob der wiedergewonnene Hunger ein Fortschritt ist oder nicht, muss ich noch rausfinden. Meine Hosen sagen *Nein*, aber mein Verstand sagt mir: *Ameisenschritt in Richtung Normalität voraus!*

Mein Dasein als Eremit lege ich dagegen nicht so schnell wieder ab.

Die einzigen Personen, die sich regelmäßig melden, sind Maja und Agathe.

Maja prahlt mit ihrem AA-Sex und Agathe hält mich auf dem Laufenden, wie ach so verrückt es angeblich in der Pausenzeit zugeht.

> *»Timi hat Esther wieder gebissen! Und es gab in der Cafeteria eine Mentos-Schlacht!*
> *Hier geht es drunter und drüber, seit du krank bist. Werde schnell wieder gesund!*
> *Deine Saufkumpanin«*

Ich kann mich nicht entsinnen, je auch nur einen Drink mit dieser Person zusammen gekippt zu haben.

Agathe ist neben ihrer Signatur außerdem bekannt für ihre nicht minder unpassenden Emojis, mit denen sie ihre WhatsApp-Nachrichten ziert.

Ihrer letzten Nachricht hatte sie mit einem Elchkopf, einer Knarre, einem Baby und einem Sombrero Nachdruck verliehen.

Für mich immer noch einfacher zu deuten als Lennards aktuelle Gefühlslage in Bezug auf mich.

»Keine Antwort is' auch 'ne Antwort, du Nuss!«, würde mein Bruder jetzt sagen. Aber die vernünftige Frau vertraut niemandem, der sich einen Sommer lang viermal in Folge den Daumen an seinem Gameboy verstaucht hat.

Lennard wird dich nicht anrufen!

Ich ertrag es nicht! Ich ertrag es nicht!

Im Grunde kann ich gar nichts mehr ertragen, abgesehen von meinem Netflix-Account, dem ganz allein ich meine gefasste Haltung verdanke.

Halt! Es gab etwas Positives dieser Tage!

Habe vorgestern einen Lieferservice entdeckt, der auch Wein bringt.

Die Verzweifelten gilt es zu versorgen.

Die Übergabe verläuft zum Glück immer diskret, da die »Wine not?«-Kette am richtigen Ende spart und ihre Autos nicht mit Logos versieht.

Auf die Art bleibt mein Verlangen zwischen mir und dem mürrischen Typen, der es jedes Mal spannend macht, indem er mir meinen gelben Muskateller so reicht, dass er um Haaresbreite auf den Boden knallt. Und diese Zechschwester hier besitzt keine abfedernde Fußmatte.

Entweder hat der Junge tiefe Berührungsängste oder er will mich vorführen.

So nach dem Motto: *Sooo nötig haben Sie es, Mademoiselle?*

Ich bin nicht suizidal, Mama braucht nur ihren Stoff!

Bis dahin laufe ich weiter im Schlafanzug umher und trage meine klirrenden Freunde in der Morgenmanteltasche wie eine Sauerstoffflasche bei mir. Jedenfalls heute noch.

Morgen bin ich ein neuer Mensch.

»I'm walking on sunshine, whoa!
I'm walking on sunshine, whoa
I'm walking on sunshine, whoa!
And don't it feel good …«

RUMMMS!

Frage mich, wie oft dieses Gerät meine tätliche Seite noch aushält, bis es zu Bruch geht.

Was das angeht, bin ich froh, mir nie ein iPhone zugelegt zu haben.

Dieser exzentrische, angebissene Apfel!

Wird an seinem zweiten Geburtstag müder als ein Profisportler nach einem schonungslosen Dopingentzug.

Mein Smartphone ist die reinste Küchenschabe in puncto Robustheit.

Sollte meinen Wecker-Klingelton endlich ändern.

Was wäre der passende Song, um einen Single aus zweiter Hand, emanzipiert von jeglicher Gutgläubigkeit, aufzuwecken?

Vielleicht »Caught Out There« von Kelis?

»I'm walking on …«

Immer diese widerliche Erinnerungsfunktion!

Hab schon verstanden, meine Arbeitsscheu lässt sich nicht noch weiter hinausschieben.

Das übliche Ich-male-mir-ein-Gesicht-Ritual.

Wäre ich gleich nicht umgeben von Kollegen, die die Tiefpunkte anderer als Trumpfkarte benutzen, würde ich auf Make-up verzichten und allenfalls meine Haare von Käseflips befreien. Und eine Mundspülung benutzen, damit ich meinen Schülern über die Schulter gucken kann, ohne sie in Ohnmacht zu versetzen.

Doch für das Privileg eines solch semi-charmanten Auftritts habe ich mich zu lange krankgemeldet.

Man erwartet von mir in alter Frische zurückzukommen, erpicht darauf, meine Klasse intellektuell zu foltern.

Die Dusche war leider auch kein Fitmacher.

Ist ja auch keine Überraschung bei einer Warmduscherin wie mir.

TOCK! TOCK! TOCK!

Mist!

Vor Schreck habe ich mir Mascara in meine rechte Braue gerammt.

Gehe mit diesem Look als laienhafter Pantomime durch.

TOCKTOCKTOCKTOCKTOCKTOCK!

TOCK!

TOCK!

Ich fahre zusammen. Mir läuft es plötzlich eiskalt den Rücken runter.

Vielleicht sind zwei Wochen doch ein realistischer Zeitraum für ein Comeback.

Immerhin hatte Lennard sich schon immer viel Zeit gelassen. Zum Beispiel damit Witze zu verstehen, Lebensmittel in Tüten zu packen und Espresso zu trinken.

Und anscheinend auch damit Einsicht zu gewinnen.

Nur bedeckt mit einem »FC BAYERN MÜNCHEN«-Handtuch (wo das herkommt, weiß keiner!), reiße ich die Tür auf.

Niemand da.

Es ist also rechtskräftig entschieden.

Lennard macht *nicht* auf Richard Gere. Er rettet mich nicht – aus einer weißen Limousine emporsteigend – vor der harten Arbeitswelt, um mich ab in die 50er-Jahre zu entführen.

Ich bin jetzt Single.

Die ganze Welt steht mir offen.

Bei Nachher-Frau aus Proactiv-Werbung klingt das irgendwie überzeugender als in meinem Kopf.

Was fange ich nun mit meiner ungewollten Freiheit an?

Ich könnte ein Flittchen werden!

Immer die neueste Unterwäsche, einen Sex-Workshop belegen (nur bis ich den Laden selbst schmeiße!) und Männer unter Kosenamen wie »Typ aus dem Waschsalon« einspeichern.

Obwohl das irgendwie nach Arbeit klingt.

Das sieht bei anderen immer so leicht aus, aber … ich weiß nicht.

Gut, das Flittchen wird auf Eis gelegt.

Aber ich könnte eine Weltreise machen!

Mich selbst finden oder zumindest den Teil, der mich in diese Misere manövriert hat, um ihn zu eliminieren.

Aber so was ist bestimmt teuer.

Und ich müsste mich impfen lassen.

Fliegen länger als eine Stunde kann ich auch nur, wenn ich mich vorher sediere.

Brauche nur irgendwas, was mir neben meiner Arbeit sonst noch Routine gibt.

Ein Kochkurs! Das wär's doch.

Wäre toll, mehr als Käsetoast und »Spaghetti aglio e olio« drauf zu haben.

Wie deprimierend! Und dann alles zu Hause alleine essen?

Am besten noch auf so einem kleinen Stuhl, der ein eingebautes Tablett hat.

Oder über der Spüle – find ich fast wieder besser. Ist wenigstens ehrlich.

Was kommt als Nächstes? Heißluftballonfahrt für *eine* Person gefällig?

Oder ich mache etwas Soziales!

Kümmere mich endlich um andere als mich selbst. Hunde sind doch super.

Dann merke ich auch wieder, wie gut es mir eigentlich geht.

Fff ... Hab mir gerade beim Haare glätten meinen Nagellack eingedötscht!

Doch, doch, die Idee mit dem Vierbeiner gefällt mir immer besser.

Vielleicht einer aus dem Tierheim?

Puh, mit dem müsste ich dann jeden Tag raus ... und das vorher mit meinem Vermieter abklären.

Müssen Hunde nicht in so eine Schule für Pelztiere?

Ohne mich! *Eine* Schule, die ich unter der Woche besuchen muss, reicht völlig.

Okay, was gibt es denn noch ...

Ich erweitere meinen Horizont! Und lerne eine Sprache – vielleicht Russisch?

Ach, wem mache ich hier etwas vor?

Ich kann gerade mal »Desperate Housewives« ohne Untertitel gucken.

Aber ein neues Alphabet über die Bühne bringen?

Christin schwärmt immer von ihrem Selbstverteidigungskurs *(Kraff maga? Krav maga! Krafmagga?)*.

Aber Lennards Arschtritt hält noch lange vor. Mehr brauche ich nicht.

Ich verharre vorerst in meinem 0815-Leben.

Ein Schritt nach dem anderen.

»Diesen Tag musst du nur ohne zu heulen überstehen.«

Sagen andere Frauen so was auch zu ihrem Spiegelbild, bevor sie das Haus verlassen?

TOCK! TOCK! TOCK!

Nicht schon wieder!

Was soll das?

»Kindchen, sind Sie tot?«

Der hatte mir noch gefehlt.

»Nein, Herr Roth!«, rufe ich durch meine Tür hindurch.

Bin zwar schon fertig und müsste schleunigst los, um die Tram zu kriegen, aber ich verstecke mich lieber noch, bis der Hausflur wieder eine sichere Zone ist.

Hauptsache ich trichtere täglich meinen Schülern ein, sie seien Feiglinge, wenn sie sich ihren Problemen nicht stellen.

»Dann ist gut! Denn im Fernsehen meinten sie neulich, man muss das selbst zahlen, wenn man die Polizei bei falschem Alarm ruft, es sei denn, es riecht verwest. Und … nun ja ... vor Ihrer Tür riecht es wirklich etwas …«

»DANKE, Herr Roth! Mir geht es gut. Ich habe nur ... äh … ein veganes Spülmittel ausprobiert.«

Ausgerechnet *der* will *mir* Belehrungen über Haushalt und Hygiene erteilen?

Herr Roth hat zuletzt Wasser und Seife benutzt, als man sich noch nicht über Madonna lustig gemacht hat.

»In Ordnung. Kindchen, Sie wissen ja, was jetzt kommt.«

Nicht das schon wieder.

Herr Roth hat Paranoia, für die ich nur in kleinen Dosen Humor erübrigen kann.

Mein lieber Nachbar ist nämlich der festen Überzeugung, dass Aliens Besitz von unseren Körpern ergreifen, um die Regierung zu stürzen. Dementsprechend stellt er mir regelmäßig Kontrollfragen, die ihm verraten, ob ich noch ich bin.

Einer friedlichen Koexistenz zugeneigt, sah ich mich damals gezwungen, diesen Humbug auswendig zu lernen (drei Tage meines Lebens, die ich nie wiederkriege).

»Was ist mein Lieblingstier?«

»Die Kängururatte, Herr Roth«, antworte ich – verzweifelt meine Tasche suchend (in einem Meer von Überresten meiner kalorienreichsten letzten zwei Wochen) – lehrbuchmäßig. Beim Anblick der in einem leeren Senfglas entsorgten Hühnerknochen kommt es mir fast hoch. Sind die Heinzelmännchen bei mir eingestiegen oder habe ich das wirklich alles allein gegessen?

»Guuut, weil …?«

»… weil sie als einziges Tier kein Wasser braucht, um zu überleben.«

»Ist das nicht faszinierend, Kindchen?«

»Wie schon gesagt, *ja,* Herr Roth.«

Endlich!

Mein knuffiges auberginefarbenes Täschchen!

Raus hier.

Weil Aufpasser und Nachbar mich wieder mit Stielaugen ermahnt hat, meine Tür sieben Mal abzuschließen, komme ich erwartungsgemäß zu spät zur Arbeit.

Das kommt sicher super nach meinem halbmonatigen Depriurlaub.

Die Anschlussbahn kommt in vier Minuten.

Bin optimistisch, bei Ankunft bloß einem verachtenden Augenrollen anstelle einer Standpauke ausgesetzt zu werden.

Jede Verspätung unter zwölf Minuten, so fand ich schon immer, ist leicht zu verkraften.

Ach du Schreck! Was starrt mich denn da so finster an?

In meinem Puder-Spiegel sehe ich erst, wie ernst es um mein Augen-Make-up steht.

Hätte oben ohne gehen sollen, damit man mir nicht mehr ins Gesicht guckt.

Dann wäre ich meinen Job zwar schneller los als Prince William seine Haare, würde dafür aber auch künftig Geld für ein chirurgisches Gesichtsupgrade sparen.

Zu gern wüsste ich, wie weit man als Flitzer kommen würde, bis einen jemand aufhält.

Holländische Grenze? Briefkasten?

So wie mein Körper meinen lockeren Lifestyle ausposaunt, wird mir vermutlich noch im Treppenhaus mit Handtüchern und Anoraks nachgerannt.

7 Uhr 51.

Um acht muss ich da sein. Wird sportlich. Im übertragenen Sinne.

Die Tram fährt endlich ein.

Durch den hustenden Sozialschlauch geschoben, meide ich bewusst jeden Blickkontakt mit fremden Handys.

Aus Erfahrung klug geworden!

Auf der anderen Seite … was könnte meine letzte Zufallsentdeckung noch toppen?

Ein Bericht vom Gesundheitsamt über McDonald's?

Marilyn Manson ungeschminkt?

Nichts kann mich mehr schocken!

Versucht es nur, meine lieben Mitfahrer!

Schießt mir die unzensierte Wahrheit direkt in meine Venen!

»Nächster Halt: Krumme Lanke.«

Das ist mein Stichwort. Auf in den Kampf.

Und zwar wortgetreu nach dem Eintreffen des Kakaolieferanten.

Ich könnte den Mann jedes Mal ans Ohr flitschen!

Warum pumpt man Unter-Zehnjährige mit Zucker voll, wenn sie schon ohne Zusatzstoffe mehr Energie als ein zugekokster Flummi haben?

Ist wieder so ein kranker Scherz von dem gleichen hohen Tier, das auch die Parkuhr erfunden hat.

Angekommen am Eingangstor höre ich ein durchdringendes, zweifaches Hupen.

Notiz an mich selbst: *Dreh dich nicht um!*

Verflucht! Sie hat mich schon gesehen.

Auf dem Lehrerparkplatz winkt mir ein selbstgefälliges Miststück zu, das auf einen noch selbstgefälligeren Namen hört: Charlotte Königsberg.

Jedes Mal, wenn sie aus ihrem Porsche steigt, blendet sie alle Welt mit den postkoitalen Aufmerksamkeiten ihres Mannes.

Jetzt winkt die mir auch noch zu.

Steigt sie gerade in Zeitlupe aus ihrem Porsche oder meine ich das nur?

Wir kriegen dasselbe Gehalt, was es mir ungemein leicht macht, Berlins bekanntester Mätresse genauso selbstherrlich zurückzuwinken.

Man könnte meinen, ich sei eifersüchtig.

Doch dem ist nicht so. Ehrlich nicht!

Zugegeben ... Kuchenbasare sind so Anlässe, da wäre auf die öffentlichen Verkehrsmittel zu verzichten, kein unattraktives Gedankenspiel.

Eine Charlotte Königsberg würde sich nie herablassen, zweiunddreißig Cupcakes zwischen vergrämten Männern, deren Ausdünstungen riechen wie das weltälteste Käsesandwich, zu balancieren.

Die Tram macht einen nicht stark!

Sie bereitet einen nicht auf den Ernst des Lebens vor, sie ist nicht mal günstig.

Um das ganze Bohei um die Prinzessin auf der Erbse abzukürzen: Unsere Sport- und Geschichtslehrerin mit dem extravaganten Lebensstil ist ein Biest.

Damit wir uns nicht falsch verstehen, ich hasse Charlotte nicht. Zuviel der Ehre.

Wenn wir allerdings in Geiselhaft säßen und der einzig mögliche Befreiungsakt wäre der, dass wir uns gegenseitig ein ehrliches Kompliment machen, dann sollten wir uns besser an den Gedanken gewöhnen, in den gleichen Eimer zu pinkeln.

Es gibt auf der ganzen Welt keinen mir unähnlicheren Menschen.

Nach maximal drei Sätzen, die entweder organisatorischer Art sind, das Wetter oder ihre Angeberei betreffen, neigt sich unsere Konversation zuverlässig dem Ende zu.

Charlotte war die Erste unter den Kollegen, die mich ansprach und gleich zum Essen einlud.

Die Neue an einer Schule zu sein ist nie lustig – für Schüler. Aber die Neue auf der falschen (notenvergebenden!) Seite zu sein ist unvorstellbar.

Also nahm ich die Einladung von dem Flintenweib an.

Das war das erste und letzte Mal, dass ich auf mein Bauchgefühl gehört habe.

Charlotte und ihr Mann Artur Königsberg wohnen in – wen wundert's? – Charlottenburg.

Lennard, eine Flasche Wein, die er von seiner Arbeit stibitzte, und ich besuchten das neureiche Ehepaar an einem Samstagabend.

Uns erwartete ein Eingangstor – imposanter als Fort Knox – sowie eine von Safrankrokussen und Orchideen umringte Auffahrt.

Der Weg zur Haustür war mein Workout in dieser Woche.

Auf ein eingefrorenes »Das wäre doch nicht nötig gewesen!« gegenüber unserem 12-prozentigen Diebesgut, passierten wir eine marmorierte Diele, die von einem kläffenden Toupet bewacht wurde.

Klein wie ein Kulturbeutel, ungehorsamer als eine satte Katze, lauter als ein Fernseher im Seniorenheim.

Rufname: Mieux.

»Sollte es nicht eher *Wuff* heißen?«, wollte ich die Stimmung auflockern und von der Laufmasche in meiner Strumpfhose ablenken.

»Nein, Liebes. M-I-E-U-X! Das heißt *besser* auf Französisch.«

In diesem Moment übte ich mich erstmalig darin, mich mit Blicken zu entschuldigen.

Lennard konnte genauso gut verzeihen, ohne die Lippen zu bewegen.

Nach diesem krampfigen Auftakt wurden wir ins Esszimmer geleitet. Wir sollten an einem von diesen unkommunikativ-langen Tischen, die man sonst nur aus protzigen Musikclips oder High Society Dramen kennt, speisen. (Warum sollte man sich aufgehübscht an so was setzen, wenn der Gegenüber einen nur mit einem Fernrohr erkennt?!)

Artur (der Mann des Hauses bot uns, nachdem Lennard ihn bereits dreimal duzte, nun ganz offiziell das *Du* an) zündete lachsfarbene Kerzen an, während Charlotte uns bedeutete Platz zu nehmen.

Charlottes Mann sieht – zu meinem großen Bedauern – sehr gut aus.

Groß und schlaksig, dunkles, sehr dichtes Haar und perlweiße Zähne. Seine zarten Hände sind mir aufgefallen, als er die Kerzen anzündete.

Würde die Wissenschaft ihr Augenmerk endlich auf das Wesentliche richten, könnten alle Männer so aussehen.

»Legere Kleidung« stand in der Einladung.

Das Ende vom Lied?

Zwei Dorftrottel, so gekleidet, dass sie derartige Räumlichkeiten nur für einen Toilettengang aufsuchen könnten, dinierten mit einem Paar, das auf das Cover einer Illustrierten gehört.

Charlotte trug zu ihren hochgesteckten schwarzen Haaren ein wallendes nachtblaues Kleid.

Ihre sehr viel bessere Hälfte entschied sich für einen schlichten Anzug mit einer Krawatte, die farblich zu Charlottes Kleid passte.

Fand ich das vielleicht albern!

Nicht albern genug, dass mir meine Stonewashed-Jeans und Lennards Flanellhemd weniger peinlich waren, aber es half.

Durch den tiefen Ausschnitt wurde Charlottes Busen perfekt betont.

Leicht angehoben, aber noch kein Playmatestadium.

Mit freundlichen Grüßen ihres Chirurgen – was sie nie zugeben würde.

Noch so eine Sache, die ich an Charlotte nicht mag.

Wir leben in einem Zeitalter, in dem der Durchschnittsbürger (vielleicht auch nur der Durchschnittsberliner) sich in der Mittagspause die Schamlippen piercen lässt.

Wozu da noch Dinge verheimlichen?

Wozu einen Hehl aus dem Offensichtlichen machen?

Neider begutachten einen nur noch penetranter, hält man weiter an seinen Lügen fest.

Ich bin doch tatsächlich von einer Biene in beide Lippen gestochen worden!

Die Impfspritze wurde mir diesmal in die Stirn gesetzt!

Viel zu lange habe ich die magische Wirkung von Push-up-BHs unterschätzt!

Mhm! Ist klar.

Lennard hat immer wenig von ästhetischen Eingriffen gehalten.

»Manches gehört unverändert. Du würdest doch auch keine Eiswürfel in ein Bier kippen.«

Ich weiß bis heute nicht, was er mir mit diesem Vergleich eigentlich sagen wollte.

Miau bellte so lange weiter, bis Charlotte die Hausdame zurechtwies.

»Wir haben Gäste, Marta! Ich sagte doch mehrfach, wie wichtig dieser Abend ist! Jetzt bring den Hund schon nach oben!«

Ich wusste nicht, ob ich Mitleid haben, irritiert, genervt oder sogar geschmeichelt sein sollte.

Vor allem schämte ich mich vor Lennard, dass ich ihn wegen meinem Wunsch nach Anschluss diesem Dream-Team zum Fraß vorwarf.

Vollstens entfaltete sich die Prahlerei in drei Gängen, die nicht lange auf sich warten ließen.

Als Vorspeise wurde eine perfekt temperierte Endiviensuppe mit Ziegenkäse serviert.

Als Hauptgang folgte ein Fenchelschmorbraten (medium!), wie von Jamie Oliver persönlich zubereitet.

Pilzknödel, Selleriepüree und rote Beete rundeten die Gerichte ab.

Der Gaumenschmaus und unser süffiger Wein harmonierten miteinander – wie die reichen Kids sagen würden – *fulminant.*

Dass unser Mitbringsel etwas taugte, schien die Hälfte am Tisch zu schockieren, zwei nippenden, positiv überraschten Gesichtern zu urteilen.

Ein Dessert, das ich bis heute nicht aussprechen kann, befreite mich endlich von der Bürde, mehr als zwei Bestecke zu beschäftigen.

Zwischen den Gängen beugte Charlotte sich zu mir rüber und zeigte mir ihre Urlaubsfotos auf Bali.

Das, was Lennard und ich unter Urlaub verstanden, war ein Wochenende, an dem wir beide nicht arbeiten, uns Gesichtsmasken auftragen, Lambrusco trinken und »Black Mirror« gucken.

Ich weiß noch, dass ich, als ich so an diesem Tisch saß, keine Sekunde lang tauschen wollte mit Charlotte.

»Lennard, darf ich fragen, was machen du beruflich?«

Immer wieder schön, wenn man über sich selber lachen kann, wenn es kein anderer tut.

Charlotte wollte damit wohl nach ganzen zwei Stunden endlich das Eis brechen. Ging nach hinten los. Auch Artur beförderte sein Weinglas in die Senkrechte.

Mit diesem holprigen Wortspiel wollte sie die Ernsthaftigkeit ihrer Frage abfedern. In der Hoffnung, es falle keinem auf.

Frauen untereinander erkennen diese Taktik natürlich im Schlaf.

Männer wie Lennard, die nur Beleidigungen mit der Subtilität eines Stoppschildes erreichen, sind blind für weibliche Kriegsführung.

»Ich arbeite als Koch im …«

»Nein, wie wunderbar! Apropos! Mein Artur hat eine App erfunden! Sie heißt ›EatNotRead‹.«

Das musste sie einfach raushauen.

Hätten eine Stoppuhr mitnehmen sollen.

Herr Königsberg ist Erfinder einer Gesundheits-App; sie gibt in Blitzgeschwindigkeit Auskunft über Kalorien, Gluten- und Zuckergehalt von abfotografierten Supermarktartikeln.

»Ist also nicht nur für die schlanke Linie, sondern auch für Allergiker von Vorteil! Und dadurch, dass man sich nicht mehr die Inhaltsstoffe durchlesen muss, spart man erheblich viel Zeit beim Einkaufen! Ist das nicht phänomenal, Leute?«

Artur selbst spielte den Bescheidenen, nickte nur das Geplapper seiner Frau ab, während er heimlich dem erschöpften Fellball unter seinem Stuhl Reste von seiner Rote Beete zuspielte.

Lennard und ich wurden indes breitgeschlagen, die App, ohne die niemand leben kann, herunterzuladen (Monatspreis: 9 Euro).

Das ist jetzt drei Jahre her.

Charlotte ist seither dank ihres plastischen Chirurgen keinen Tag gealtert.

»Süße, du und … also ihr zwei müsst unbedingt mal wieder bei uns zum Essen vorbeischneien!«

Autsch.

Mit *ihr zwei* meint sie Lennard und meine Wenigkeit. Seinen Namen konnte sie sich noch nie merken.

»Unbedingt.«

Eher lasse ich mich ein Jahr lang von Daniela Katzenberger einkleiden.

»Wie geht es … deinem Liebsten?«

Vergesse manchmal, dass Miststücke einen Riecher für Miseren anderer haben.

Sie hat in all' den Jahren, die wir uns kennen, noch nie nach ihm gefragt.

»Sehr gut. Fantastisch. Grandios!«

Auweia. Die letzten beiden waren zu viel.

Wer hat schon einen Freund, dem es fantastisch und grandios zugleich geht?

Charlotte darf nicht als Erste aus dem Kollegium vom Scheiterhaufen meines Privatlebens erfahren!

Werde den gesamten Lehrkörper anlügen und so tun, als seien die zwei letzten Wochen vom Universum verschluckt worden.

Wahnsinnig gesund.

Charlotte zieht sich mit irgendwas von Dior die Lippen nach in ihrem Rückspiegel.

Sie arbeitet nur zum Spaß.

Sie kann es sich leisten, zu spät zu kommen und gefeuert zu werden, *du* nicht!

»Ich muss dann mal rein. War nett, mit dir zu plaudern.«

»Warte mal. Du warst krank, habe ich gehört?«

Ha! Charlotte hat Lippenstift auf den Zähnen.

»Oh ... ja. Mich hatte es echt erwischt, sage ich dir.«

»Du hast dich sicher in deiner Straßenbahn angesteckt.«

Deiner Straßenbahn – schön wär's.

Dann würde ich sicher keine Diktate durchgehen mit Dreikäsehochs, die aus Sicherheitsgründen nicht einmal Achterbahn fahren dürfen.

Und auch wieder dieser herablassende Ton.

Als hätten Leute, die sich keinen Porsche leisten können, es verdient oder gar herausgefordert, sich etwas einzufangen.

Genug ist genug!

Diesmal lasse ich sie nicht so leicht davonkommen!

Der werde ich jetzt mal ein paar Takte geigen, dass ihr ganz schwindelig wird.

»Ja, das wird es wohl sein.«

Nie hatte ich weniger Respekt vor mir selbst.

Aber das mit den geschminkten Zähnen behalte ich für mich. (Na, wenn ich nicht kess bin!)

Charlotte umarmt mich fest. Ahnt sie etwa was oder will sie nur die Belastbarkeit ihrer Implantate testen?

»Hör auf die Tapfere zu spielen, Liebes! Das mit dir und … das mit euch tut mir so leid! Muss echt hart sein, wenn man erst betrogen und dann auch noch sitzen gelassen wird.«

»Ich weiß nicht, wovon du sprichst.«

»Die Kabinen. Es wissen bereits alle.«

Die Toilettenwände in unserer Schule sind verhext. Und aufschlussreich.

Es herrscht das unerklärliche Phänomen, dass der neueste Klatsch vor Spruchreife bekannt und – dank der Marke Edding – verewigt wird.

Niemand weiß, wer der Maulwurf ist.

Unser mysteriöser Buschfunk hat schon für viel Lästerstoff gesorgt:

Herr Borchers (stellvertretender Schulleiter) leidet unter einer Katzenhaarallergie.

»Dreibrustwarzen-Magda« aus unserer Kantinenküche hat sich diesen Titel sicher nicht selbst verliehen.

Der uns seit 2018 beigetretene Musiklehrer, den ich anfänglich ganz süß fand (bis sein Monolog über Teichthermostate mich fast dahinraffte), hatte auch einen unkonventionellen Einstieg:

»Herr Banse wischt sich nie den Arsch ab« konnte aber schnell entkräftet werden. Er hatte sich nur unbemerkt in ein Lindt-Nougat-Ei reingesetzt.

Ich kann es kaum erwarten, den neuesten Eintrag zu bewundern:

»Frau Sternenberg ist die Abservierte des Monats!«

Hoffentlich werde ich bald abgelöst vom nächsten Nougat-Ei.

Zur Not muss ich selbst nachhelfen und schreibe einfach, dass Charlotte auf Mangapornos steht.

Etwas lässt mich nicht los. Unser Spionageverein hat meine schändlichste Tat bislang nicht aufgedeckt.

Wenn dem so wäre, wäre ich meinen Job los.

Schon mal vorweg:

Ich habe nicht das Züchtigungsrecht wieder aufleben lassen, ich hatte auch keine Affäre mit dem Milchlieferanten.

Viel schlimmer. Und vor allem peinlicher.

Mein schmutzigstes Geheimnis – neben dem Besitz eines Hilary-Duff-Albums, das ich in der Hülle meines »The Age of Bowie«-Hörbuchs verstecke – ist (Trommelwirbel!), dass ich eine Diebin bin.

Jawohl. Ich, Leila Sternenberg, klaue.

Weder Kleptomanie noch philanthropische Gründe (ich muss keine kostspielige Pflegekraft für meine Mutter bezahlen) zwingen mich dazu.

Ich mache es einfach. Weil ich es kann.

Streng genommen leihe ich mir nur eine gewisse Summe, ohne die Berechtigten vorher zu fragen.

Aber ich will mich nicht rausreden.

Die Klassenkasse zu plündern, wenn im Kleiderschrank wieder mal Dürre herrscht, ist wahrlich niederträchtig. Dieses Geld ist für die Bildungs- und Freizeitausflüge der Kinder angelegt.

Und doch habe ich regelmäßig den Metallbauch von T-Rex geöffnet.

Letztes Jahr – nach der verkaufsoffenen KaDeWe-Nacht – hatte ich meiner Klasse erzählt, die Karten für den Zoo seien ausverkauft, um Zeit zu schinden, das Geld wieder nachzufüllen.

Kam mir so schäbig vor wie noch nie, als ich mit meinen nagelneuen Wildlederstiefeln in die traurigen kleinen Gesichter guckte. Hatte mein schlechtes Gewissen umgehend mit Hitzefrei bei 14 Grad beschwichtigt.

Danach habe ich mir geschworen, dass meine Langfingerkarriere gelaufen ist.

Und bis jetzt habe ich mich drangehalten.

Ich frage mich, ob sich Menschen wirklich ändern oder nur zusammenreißen können.

Werde ich je wieder stehlen, wenn es bisher noch nie aufgeflogen ist?

Und wird Lennard niemals treu sein können?

Vielleicht sind wir ohne Gelegenheiten alle gute Menschen.

Vielleicht stellen wir die falschen Fragen und es gibt kein Gut oder Böse, nur Handlungen, die bewertet oder ignoriert werden können.

Vielleicht will ich es gar nicht wissen.

»Tach, Knöpfchen, woll'n wa eenen zwitschaan?«

»Morgen, Rolf!«

Charlotte macht kopfschüttelnd einen Bogen um den Mann, der einst mit uns den gleichen Arbeitsplatz teilte und dann zum Menetekel der Eingangsschwelle degradiert wurde.

Acht Monate sind vergangen seit der Entlassung von Rolf Breuer.

»Fristlose Kündigung!«

So hieß es damals, als seine Alkoholsucht für die meisten untragbar wurde.

Ich habe den Grund für seinen unstillbaren Durst nie erfahren und irgendwann den Punkt verpasst, danach zu fragen.

Es fing recht harmlos an.

Zunächst ein paar Bierchen zu viel auf der Weihnachtsfeier, mal ein gepanschter Kaffee in der Mittagspause und schließlich die klirrenden Kurzen direkt vor Schulbeginn.

Das Suchen nach Anlässen zum Feiern wurde schlagartig zur schamfreien Gewohnheit.

Beendet wurde seine Laufbahn durch eine Unterschriftenpetition des Lehrpersonals.

Ich denke, deshalb sitzt Rolf täglich als scharlachroter Buchstabe hier. Um seine Ex-Kollegen daran zu erinnern, was sie ihm angetan haben.

Die Entlassungsinitiative habe ich als Einzige nicht unterschrieben.

Rolf hat die Unterschriftenliste nie gesehen, aber so nett, wie er zu mir ist, weiß er von allein, dass ich schon immer auf seiner Seite war.

8 Uhr 14.

Ich sollte zusehen, dass ich reingehe.

»Komm in 'ne Puschen, zieh schon eene!«

Rolf hält mir einen zittrigen Fächer aus vergilbten Karten entgegen.

Wir zwei haben da so ein Ritual am Laufen.

Jeden Morgen ziehe ich eine Karte, von der er mir nach Schulschluss offenbart, welche es ist.

Noch nie lag er richtig.

»Ich dachte schon, du fragst nie! Her damit!«

Kreuz Sieben.

»Icke hab dit jehört mit deenem Mann, dem falschen Fuffziger. Auwacka, dit is'n Ding! Den hab ick uff'n Kieka! Der krit Dresche, du!«

Ich bemühe mich um ein mildes Lächeln.

»Er ist nicht mein Mann. Wir haben nie geheiratet.«

Nicht einmal das, in all' den Jahren.

Normalerweise sind Leute in meinem Alter geschieden und nicht getrennt. Oder sie sind verheiratet und nicht auf Dates.

Ich bin eine Fünfzehnjährige mit Bankkonto und Orangenhaut.

»Piepenhagen, ihr ward een Paar. Dit is' mehr als ick von mir und meenen letzten Ischen behaupten kann. Aber ihr Kinder kriegt dit schon wieder hin, wa?«

DING ...! DONG ...! DUNG ...!

Die Klingel rettet mich vor einer gezwungenen Antwort.

»Wir sehen uns um halb drei, Mister!«

Als ich durch die Tür hechte, zischt Rolfs Bierdose hinter mir.

»Guten MOOOOOOORGEN, Frau Sternenberg!«

Ich unterrichte eine zweite Klasse in Deutsch und Kunst.

Die meiste Zeit mag ich meinen Job; vor allem mit Pausen ohne aufgeschürfte Knie.

Heute steht Kunst an. Ein Schiedsrichter könnte meinen Job auch machen.

»Das habe ich gesehen«, »Auseinander« und »Gelbe Karte« sind alle Vokabeln, die es braucht, um zu vermeiden, dass Pinsel als Waffen benutzt werden.

Ironischerweise haben wir im Moment das Thema »Glück«.

Für Kinder ist Glück in allen möglichen Formen denkbar.

Das Format durften sie selbst wählen.

Manche haben Ton benutzt, andere haben zur Pappe gegriffen.

Einige sind beim altbewährten Buntstift geblieben oder haben sich mit Fingerfarben ausgedrückt.

Es ist erfrischend ihnen dabei zuzusehen.

Umgeben von kindlicher Unbefangenheit, vergesse ich sogar die Kehrseite meines Jobs.

Ich mag Kinder, aber ich habe mich nie als Mutter gesehen. Als Tochter, als Ehefrau, aber nie als Mutter.

Lennard fand das immer egoistisch, auch wenn er es so nie ausgesprochen hat.

Es ist eine Sache, ihnen Hausaufgaben aufzugeben, eine ganz andere, ein Leben lang für sie zu sorgen.

Aber eines Tages könnte ich mir vorstellen, so weit zu sein.

So in sechzig Jahren. Wenn die Medizin so weit ist.

Wer weiß. Jetzt, wo Lennard weg ist, kommt mir dieses Thema sehr weit weg vor.

»Wow, ich war ja eine ganze Weile krank, wie ich sehe. Ihr habt ja richtig was geschafft!«

Ich drehe meine übliche Aufseherrunde mit gefalteten Händen hinter dem Rücken, ganz das Lehrerklischee.

»Wie hübsch du das gemacht hast, Leonie! Ist das eine ...?«

»Maaannnoo! Ich hasse es, wenn Sie das tun!«, fährt unsere kleine Perfektionistin zusammen und verdeckt mit ihren Händen die Katze aus Filz.

Ich halte meine Hände ergebend hoch und schleiche weiter, um den nächsten Schüler zu verunsichern.

»Gucken Sie mal!«

Oh Gott.

Bei Daniels Werk wird mir ganz flau im Magen.

»Das ist eine Eistüte mit all' meinen Lieblingssorten. Erdbeere, Vanille und Pistazie!«

Mir fällt schlagartig das Bild von Lennard und der anderen Frau ein.

Ein starkes Schwindelgefühl überkommt mich.

Ich darf jetzt nicht weinen und die Fassung verlieren. Nicht hier.

»Das ist ganz toll, Daniel! Erdbeere mag ich auch am liebsten. Hör mal, sag den anderen bitte, dass ich ganz dringend was Wichtiges abklären muss. Du hältst die Stellung, darauf kann ich mich doch verlassen, oder?«

Daniel nickt eifrig.

»Alles klar! Ich bin in zwei Minuten wieder da. Macht mir keinen Unsinn.«

Die Tür fällt hinter mir ins Schloss, Totenstille auf allen Gängen.

Niemand in Sicht.

Ich fange bitterlich an zu weinen.

Wie soll das nur in Zukunft weitergehen mit mir?

Soll ich jetzt bei jeder Lächerlichkeit, die mich an Lennard erinnert, zusammenbrechen?

Was gäbe ich dafür, dass dieses Gefühl aufhört.

Würde der Elefant auf meiner Brust nur ein Gramm pro Tag abnehmen!

Plötzlich spüre ich ein Ziepen an meinem Rock.

Huch!

»Das habe ich für Sie gemacht.«

Evi ist meine Lieblingsschülerin. Ich weiß, so was dürfen Lehrer nicht laut sagen.

Der Grund, dass ich sie so mag, ist nicht der, dass sie eine gute Schülerin ist.

Ihre beste Freundin Greta hat letzten Monat mehrfach Mitschüler vom Klettergerüst geschubst.

Ich hatte Aufsicht und traute meinen Augen nicht.

Nach dem ersten Mal wurde sie verwarnt.

Beim zweiten Mal müssen wir ihre Eltern informieren.

Evi, die weiß, wie streng Gretas Eltern sind, hat die Schuld auf sich genommen. So viel Mut vermisse ich in meiner Generation.

»Das ist ein Kleeblatt. Wie finden Sie's?«

»Ihr sollt doch alle in der Klasse bleiben, wenn ich nicht da bin.«

Ich halte schützend das große Stück Pappe vor mein Gesicht und wische meine Tränen weg.

»Das hat ja fünf Blätter. Müssten es nicht eigentlich vier sein?«

»Ich dachte, je mehr Blätter, desto mehr Glück!«

Evi guckt irritiert zu mir hoch.

»Frau Sternenberg, sind Sie traurig?«

Ja, ich bin traurig.

Ich bin traurig, weil der »Throwback Thursday« im Radio »Whenever, Wherever« von Shakira spielt, was mich zu einem Urgestein macht.

Ich bin traurig, weil ich weder die Begabung meines Vaters für analytisches Denken noch die Fremdsprachenaffinität meiner Mutter geerbt habe.

Ich bin traurig, dass ich mir kein Auto leisten kann, denn mein Körper wehrt sich beim Anblick von orientalischen Kommoden und Feinkostläden dagegen etwas zurückzulegen.

Und ich bin traurig darüber, dass ich heute eine schlechte Lehrerin war.

Doch Evis Kleeblatt hebt tatsächlich meine Stimmung.

»Ist es, weil Sie die Wechseljahre haben? Das hat meine Mama jetzt auch erwischt.«

Endlich ist der Tag vorbei.

Bin gegenwärtig gut auf mich zu sprechen.

Habe mich der Welt gezeigt und fühle mich fast wieder wie ein Mensch.

Ein todunglücklicher Mensch, aber immerhin.

Betrete meine Wohnung und merke, dass die Tür nicht abgeschlossen war.

Komisch.

Habe ich nicht heute Morgen meine Bahn verpasst, weil Herr Roth mich eben *dazu* genötigt hat?

Na ja. Bei meinem Schlafpensum, das dem einer Mutter von zahnenden Zwillingen gleicht, kann ich mir selbst nicht mehr trauen.

PLOPP!

Hilfe! Was zur Hölle war das?

Du wirst überfallen. Es ist immerhin Berlin, du *wirst* überfallen.

Oder Herr Roth hatte recht, die Aliens greifen an.

Dabei weiß ich doch gar nichts, außer dass Gurkenscheiben nichts gegen Augenfalten bringen.

Wahrscheinlich ist es ein Einbrecher. Oder gleich mehrere?

Oh, bitte nicht!

Schnappe mir einen Regenschirm.

Welche Seite ist denn die Richtige?

Die Spitze. So wird's gehen. Nein, doch lieber der Griff.

Ich schleiche den Flur entlang, um ins Wohnzimmer zu gelangen. Von dort kann ich über das Fenster rausklettern.

Erster Stock – machbar!

Lautes Knarren unter meinen Schuhen. Der Altbaucharme wird mir in dieser Sekunde zum Verhängnis.

Ich sprinte um die Ecke ins Wohnzimmer, lasse den blöden Schirm einfach fallen.

»Hiergeblieben!«

Maja?

»Ein Gläschen Prosecco gefällig?«

Das war also das Ploppgeräusch.

»Wie bist du hier reingekommen?«

»Ach, dein gruseliger Nachbar hat mir den Schlüssel gegeben. Wusstest du, dass die Kängururatte als einziges Tier ohne Wasser auskommt?«

»Schlimmerweise … ja. Was gibt es denn zu feiern?«

Maja sieht wieder aus wie aus dem Ei gepellt. High Heels, matter roter Lippenstift, bereit für Spontansex im Aufzug.

»Dich! Und deine wiedergewonnene Freiheit! Froh, dass ich hier bin, Leili?«

Schaum tropft aus ihrem Sektglas direkt auf meinen himbeerfarbenen Teppich.

»Immer.«

»Hör mal, ich muss dir etwas sagen.«

Lennard ist verlobt! Ich wäre lieber überfallen worden.

»Ich weiß ja, dir geht's gerade sowieso schon schlecht. Aber ...«

Und er will mit seiner Neuen nach Lettland ziehen!

»Ich habe Toni auch zu dir eingeladen.«

Erschieß mich! Nicht Jammerlappen-Toni!

»Versteh das nicht falsch, aber ... kannst du das noch irgendwie absagen?«

DRRRRIIING!

Schon die Art, wie er klingelt, ist deprimierend.

»Erste Etage! Komm einfach hoch, Schnucki!!!«, brüllt Maja voller Euphorie aus dem Fenster.

Maja kennt Toni aus dem Jurastudium; er hat nach zwei Semestern abgebrochen.

In einer Vorlesung über internationales Privatrecht hatte Maja sich aus Langeweile auf seinen Schoß gesetzt und gefragt, ob ihm ihr Fußkettchen gefallen würde.

Er wies sie ab – Maja outete ihn als schwul. Was nur als Witz gedacht war, wurde zu genau dem Anstoß, den Toni brauchte.

Zu seinem Spitznamen (*Jammerlappen-Toni*) kam er, weil er einen immer, aber auch *immer* übertreffen muss, wenn es um Krisen geht.

»Meine Katze hat Diabetes.«

»MEIN HUND ist letzte Woche dreimal überfahren worden und trägt jetzt ein Radgestell um die Hüften!«

»Ich habe in letzter Zeit irgendwie eine schlechte Haut.«

»MEIN HAUTARZT hat mir gesagt, ich habe eine GANZ SELTENE Entzündung im Gesicht, die sich über den ganzen Körper ausbreiten kann! UND WIRD!«

»Der blöde Postbote wirft immer noch Werbeprospekte bei mir ein!«

»MEIN Postbote wirft meine GANZE POST IMMER mitten in eine Pfütze, die 10 Meter von meiner Haustür entfernt ist!«

Ein kranker Wettkampf.

Toni braucht wohl die ungeteilte Aufmerksamkeit.

Maja und ich wissen bis heute nicht, wo oder als was der Jammerlappen arbeitet.

Er mogelt sich seit Abbruch des Studiums bei Maja und mir mit seiner Ich-hab-Termine-Ausrede durch.

Allerdings bringt er immer anständigen Alkohol mit und hat eine Wohnung in Friedrichshain, die 12 Quadratmeter größer ist als meine. Nicht gerade ein Fall für die Wohlfahrt.

»So, da bin ich, Mädels! Gott, wie gern würde ich auch auf der ersten Etage wohnen. Bei mir gibt's nicht mal einen Aufzug! Ist das zu fassen?«

Und es geht los.

»Sei lieb zu Leila. Sie und Lennard haben sich getrennt, weil er ein unreifer Penner ist.«

»MARCO aus dem Fitnessstudio hat Frau und Kind!«

»Ihr seid doch nur einmal miteinander ausgegangen! Lennard und ich haben vier Jahre zusammengelebt!«

Oh Gott. Es ist auch noch ansteckend.

PLOPP!

Maja hat wirklich immer ein gutes Timing, wenn es darum geht, Alkohol einzuschenken.

Und es folgten noch viele, viele PLOPPS …

»Ihr Frauen seid einfach zu streng. Ich meine, wo fängt Fremdgehen an? Wenn die Gefühle des anderen verletzt werden? Beim eigenen schlechten Gewissen?«

»Doch wohl spätestens da, wo zwei Menschen, die nicht zusammen sind, ihre Hosen runterlassen, Toni! Du laberst Müll!«

»Leute, können wir bitte das Thema wechseln?«, hake ich ein.

»Sehr gern. Ist dieser Armleuchter auch gar nicht wert. Ist er als Aushilfskoch nicht auch so 'ne Hintergrundfigur wie ein … na, wie heißen die noch gleich? Ghostwriter?«

»Ghostcook, hihi«, gackert Toni.

»Jetzt hört schon auf, über ihn herzuziehen! Gut, er hat einen Fehler gemacht, aber Menschen können aus Fehlern lernen!«

Kam das gerade aus meinem Mund? Der Alkohol stimmt mich versöhnlich. Kann aber auch ganz schnell umschlagen.

»Menschen lernen nichts aus Fehlern! Oder hattest du bisher nur einen Kater in deinem Leben? Eben. Menschen können nur anfangen oder aufhören. Aber das Wesen bleibt gleich.«

Ich hoffe, dass das nicht stimmt.

»Ich sage dir das nur, weil wir dich lieben.«

Meint sie mit *wir* etwa sich und Toni, der gerade seine leere Kaugummipackung pulend unter meinem Teppich versteckt?

»Danke. Toni, wen hast du zurzeit? Maja meinte, du triffst dich mit so einem Künstler?«

»Der unrasierte Domenico? Längst passé! Immer wenn wir Sex hatten, war es so, als würde ich mich in ein Vogelnest setzen. Danke schön!«

Maja und ich kreischen vor Lachen. Hatte ganz vergessen, wie sich das anfühlt.

»Und jemand wie ich muss schließlich nicht alles mitmachen. Vor allem nicht, wenn man bedenkt, welcherlei Berühmtheiten mich schon wollten!«

Hatte vergessen zu erwähnen, dass Jammerlappen-Toni, wenn er trinkt, zu Eigenlob-Toni mutiert. Nicht weniger anstrengend, dafür weitaus unterhaltsamer.

»Nicht das schon wieder! Toni, es reicht! Er war es nicht!«

Ich stehe auf dem Schlauch.

»Wen meint ihr?«

»Toni behauptet, Heiner Lauterbach habe sich im »FACIL« beim Pinkeln neben ihn gestellt und einen Blick auf sein bestes Stück geworfen. Und ihm zugezwinkert.«

»Ich sagte nichts von einem Zwinkern! Aber den Blick, den Blick gab es!«

»Die Hauptsache ist, *du* glaubst es, Schätzchen. So, hoch die Gläser!«, diktiert Maja mit der Proseccoflasche wedelnd.

Maja, Toni und ich starten, so wie wir es nach einem gewissen Pegel immer tun, unseren üblichen Ignoranz-Marathon, bei dem jeder nur über sich spricht und die jeweils anderen ausblendet.

»Der meldet sich echt nicht mehr, ich glaub das nicht! Nie mehr Wassermelonen! Die kann man als Frau auf lange Sicht ohne Auto einfach nicht allein tragen! KEIN Mensch spricht über das Trennungsproblem Wassermelone!«

»Glaubt ihr, mir würden auch braune Haare stehen? Habe langsam keinen Bock mehr auf die ewigen Rothaarigenwitze von den Partnern aus meinem Büro. ›Passt der Vorhang zum Teppich?‹ – ›Nein, Mann!‹«

»Ich vermisse Marcel so!«

Toni meint *Marco*.

»Vier Jahre habe ich gegeben! Und was habe ich gekriegt? Ein feuchtes Nichts!«

»Ach, was rede ich da?! Rothaarige sind heiß! Ich bleib so.«

»W-A-S-S-E-R-M-E-L-O-N-E-N!«

Das letzte PLOPP ebnet unseren emotionalen Gipfelpunkt.

Ab jetzt machen wir uns gegenseitig vor, in naher Zukunft zusammenzuziehen und unsere Jobs zu kündigen.

»Hach Leili, du bist soooo hübsch!!! Und Toni, du bist so ein guter Freund!!! Lasst uns zusammen ein Haus kaufen. Oder wenigstens eine Veranda!«

Mein betrunkener Kopf findet die Idee genial. Ich umarme Maja und danke ihr für ihren Besuch.

»Lasst uns was erfinden! Was machen diese Start-ups normalerweise denn so?«

»Toni, das hier ist Berlin! Wir müssen nur eine verkackte Limonade erfinden, in der 'ne Blume drin schwimmt! Die kriegt dann einen englischen Markennamen und einen neonfarbenen Spatzen oder sonst ein dickes Tier als Logo verpasst!«

Maja ist auch nach vier Gläsern Prosecco ideenreich.

Ich dagegen … ich merke gerade, dass ich einen Knoten im Haar hab.

»Idee! Wir melden unsere Tinder bei Leili an! Umgekehrt!«

»Nein!«

»Jawoll!«

Toni klatscht aufgeregt in die Hände. Es klingt, als würde eine verstörte Taube durchs Zimmer fliegen.

Ich greife zur Fernbedienung und schalte auf Sixx, wo gerade eine amerikanische Makeover-Show läuft, die von einem ehemaligen 90er-Fernsehschwarm moderiert wird, den heute aufgrund von Haarverlust und anderen Alterserscheinungen niemand mehr zuordnen kann – außer vielleicht ein forensischer Kieferorthopäde.

Ein von Kopf bis Fuß bemaltes Mädchen will sich ihre Tunnelohrlöcher zunähen lassen.

»Seht euch die an! Glaubt ihr, die schaffen das oder sieht die danach aus wie ein Basset?«

»Netter Versuch, Herzchen!«

Mein Ablenkungsmanöver ging nach hinten los. Toni beschlagnahmt die Fernbedienung, während Maja bereits eifrig auf meinem Handy rumklackert.

Meinen die beiden es gut mit mir oder wollen sie nur unterhalten werden?

»Perfekt! Du kannst jetzt lostindern, du kleine Schlampe. Einfach wischen. Kennst das ja schon von meinem Profil.«

»Ich hab dir schon oft gesagt, diese Apps sind nichts für mich.«

»Wir haben 2019, wo sonst willst du attraktive Männer kennenlernen?«

In der Apotheke, wenn ich etwas gegen eine Pilzinfektion kaufe und die Pharmazeutin laut fragt, ob mir die *VAGINALE EINFÜHRUNG* bekannt ist.

Dann steht in aller Regel ein Jon Hamm hinter mir.

»*Das* Bild hast du als Anzeige genommen? Hast wohl ein Konkurrenzproblem! Und wann hab ich gesagt, ich gehe gerne spazieren? Niemand wird mir ein Ultralike, oder wie das heißt, geben.«

»*Superlike!* Wart's nur ab. Der hier sieht doch süß aus!«

Severin K. aus Berlin trägt auf seinem Profilfoto ein offenes Hemd und striegelt ein Pferd.

»Oh ja, der dürfte mich auch ordentlich durchbürsten! War klar, dass der 'ne Hete ist. Verschwendung!«

NOPE. Und weggewischt.

»Hey, was war verkehrt an dem? Hast du die trainierten Arme nicht gesehen?«

Maja guckt mich verständnislos an.

»Gar nichts. Mir ist heute einfach nicht danach. Und überhaupt, welcher normale Mensch striegelt ein Pferd mit einem offenen Hemd? Der ist sicher einer von diesen Lackaffen, die im Anzug in den Zoo gehen und sogar im Urlaub fasten. Außerdem fühle ich mich unwohl, einfach jemanden wegzuwischen. Das ist doch unmenschlich.«

»Trink lieber noch was, danach sehen wir weiter. L'Chaim!«

NOPE.

Das fiel mir leichter, als ich dachte.

NOPE.

NOPE.

NOPE.

Allmählich bekommt mir dieses Niveau.

»Was stimmte denn mit dem schon wieder nicht?«

»Wen meinst du? Den mit dem Päderastenschnurrbart oder den mit dem Tattoo?«

»Du magst doch Tattoos!«

»Nicht, wenn es ein Joint ist! Noch dazu am Hals!«

»Und was war mit dem davor? Der hatte ein Pink-Floyd-T-Shirt an.«

»Jemand, der Spiegel-Selfies im Aufzug von sich macht, hält Pink Floyd bestimmt für einen Cocktail.«

Ein einziges Trauerspiel. Und man bedenke dazu, dass die ganzen Typen wahrscheinlich ihr allerbestes Foto ausgewählt haben.

»Komm schon, noch drei Versuche, dann bist du uns los.«

NOPE.

NOPE.

SHIT.

Lennard. Das Bild habe ich von ihm gemacht. Er trägt seine Pilotensonnenbrille und prostet mit einem Radler der Kamera zu.

Meine Brust brennt. Ich kann nicht atmen.

Ich lasse mein Handy leblos auf den Teppich fallen.

Maja reißt es an sich und klickt sich weiter durch.

»Mieser kleiner Drecksack! Auf Felsen steigen? Echt jetzt? Leili, wusstest du das?«

Offenbar wusste ich gar nichts.

»Gib her!«

»Was machst du denn da?«

»Hab die App gelöscht. Bitte geht jetzt!«

Dumpfe Übelkeit macht sich breit in mir.

Toni schenkt mir Prosecco nach.

»Danke, ich will nichts mehr.«

»Sieh es so, er ist offenbar nicht fest mit dieser Trulla zusammen oder er betrügt sie auch munter. Ich könnte dich mit einem meiner Anwaltskollegen verkuppeln!«

»Ja klar, das hilft ihr sicher. Alle in deiner Kanzlei sind kahl und langweilig«, sagt Toni kopfschüttelnd und frischt sein halb volles Glas noch mal mit einem Schuss Prosecco auf.

»Das sagst du eifersüchtiges Stück doch nur, weil du das Jurastudium nicht gepackt hast!«

»Oh ja, hast mich erwischt. Aktenstapel und eine kaputte Kaffeemaschine! Wo darf ich mich anmelden?«

»Leili, sag doch auch mal was!«

»Sie sagt nichts, weil es wahr ist! Anwälte sind langweilig! Leila, ich kenne einen, der eventuell bi ist. Er wird dir gefallen. Hier! Guck doch, wie süß er ist! Er hat sogar Grübchen. Wenn ich es mir so recht überlege ... Wärst du sauer, wenn ich es doch lieber erst noch mal mit ihm versuche?«

»Bitte! Geht! Jetzt!«

4. Kapitel

»Ein Flirt ist wie eine Tablette:
Niemand kann die Nebenwirkung genau voraussagen.«
(Catherine Deneuve)

Lennard ist also auf Tinder. Meine große Liebe macht jetzt einen auf Single.

S.I.N.G.L.E.

Nicht »In einer Beziehung«, nicht »Getrennt«, kein »Es ist kompliziert«. Sondern bereit für etwas Neues. Das will ich auch sein.

Aber ich bin immer noch am gleichen Punkt wie vor einem halben Monat.

Auch wenn ich wieder zur Arbeit gehe, meine Freundinnen zurückrufe und damit Normalität einkehren lasse, es geht mir keinen Deut besser.

Langsam gehe ich mir selbst auf die Nerven! Diese ewige Wolke, die über mir schwebt und die Geigenmusik im Hintergrund, das kann doch nicht *ich* sein, über die wir hier reden?

Ich bin jung! Ich verdiene mein eigenes Geld! Ich habe eine schöne Wohnung!

Da sind sie wieder.

Die Tränen, die blitzartig in meine Augen schießen. Die letzte Runde ist vier Stunden her.

Vor einer Woche habe ich noch im Zwölfminutentakt geheult. Es wird besser.

Wäre da nicht mein – seit gestern Nacht ausgebrochener – Kontrollzwang.

Vor siebenunddreißig Minuten war Lennard aktiv bei Instagram (was auch immer »aktiv« heißen mag), bei WhatsApp war er vor drei Minuten online.

Lennard ist auf Instagram nur einer von den Gaffern.

Auf Facebook hat er gestern aber ein Foto hochgeladen von einem Zanderfilet mit Parmesan und Kräuterkruste.

Eine gewisse *Natti K.* hatte das Bild geliked, was mir ein Kopfkino bescherte, das mich bis 3 Uhr morgens wachhielt. Dann entdeckte ich unsere Natti (unter dem Namen *Flower_1992*) auch auf Instagram, wo sie eine Story von sich, ihrem Mann und drei Kindern sowie ein Rückreiseticket nach Hamburg postete.

Ich darf Lennard nicht kontaktieren!

Und deshalb höre ich von jetzt an mit dem Trinken auf.

Jetzt nicht so affig-radikal wie in einem Ashram. Ein stilvolles Glas Wein am Abend, das muss sein.

Rein hypothetisch: Was hätte ich Lennard überhaupt zu sagen, wenn ich ihm schreiben würde?

Ich habe dich bei Tinder gesehen! Schönes Leben noch!

Gerade habe ich einen Schwangerschaftstest gemacht. Du meldest dich!

Bedeute ich dir wirklich gar nichts mehr? Wir waren doch mal glücklich!

Rück meinen blauen Zara-Pulli raus, elender Mistkerl!

Nichts davon ist förderlich für meine Genesung.

Wenn ich mich nicht melde, besteht immerhin Hoffnung, er denke, mein Leben laufe auch ohne ihn bestens.

KLATSCH! KLATSCH!

Moderne Frauen müssen sich manchmal selbst ohrfeigen.

Eine Trennung ist etwas ganz Normales und passiert jeden Tag irgendwem auf der Welt!

Ich kann so nicht weiterleben und muss irgendwas tun. Vor allem muss ich ruhiger werden.

Zum Beispiel über Yoga?

OMMMM … Lennard war vor drei Minuten aktiv ... OMMMM … Lennard ist jetzt aktiv ... OMMMM ... jemand verliert hier gleich seinen Verstand ... OMMMM ...

Rausgeschmissenes Geld so einen Kurs zu belegen.

Gäbe es doch einen Weg neu anzufangen, ohne etwas dafür zu tun.

Gerade fällt mir ein, dass Lennard meinen Netflix-Account mitbenutzt – auf meine Kosten!

Geben Sie Ihr altes Passwort ein.

Alles klar. »F-l-u-f-f-i-g-e-r-g-e-h-t-s-n-i-c-h-t«.

Geben Sie Ihr neues Passwort ein.

Hm. »F-l-u-f-f-i-g-e-r-g-e-h-t-s-n-i-c-h-t-1-2-3«?

»C-r-è-m-e-b-r-û-l-é-e«? – Zu einfach. Lennard weiß, wie sehr ich die liebe.

»I-c-h-h-a-s-s-e-m-e-i-n-L-e-b-e-n«?

Nein, da würde selbst mein Vermieter draufkommen.

Ich hab's!

»M-a-t-r-i-x«.

Ich hasse diesen Film. Abgespeichert.

So. Meine erste Amtshandlung als Single.

Ich fühl mich besser. Kleinlich und rachsüchtig, aber trotzdem besser.

6 Uhr 15.

So früh, wie ich heute wach bin, werde ich mal zu Fuß zur Arbeit gehen.

Ich tu was für meinen Hintern und kann Herrn Roth entgehen – zwei Fliegen.

Exe meinen zweiten Espresso und klopfe mir noch etwas Rouge ins Gesicht, bevor ich aufbreche.

Frische Luft und die ersten Sonnenstrahlen sind ein Zeichen. *Mein Zeichen,* dass es ab heute Berg auf geht.

»Ey, du Furzkopf, haste'n paar Cent?«

Dahin! Meine frisch aufgetragene, wasserlösliche Wimperntusche bei dem entzündlichen Fusel-Atem dieses Morgenmenschen, ohne den Berlin nicht Berlin wäre.

»Äh. Ja ... hier.«

Völlig durchgeschwitzt stehe ich wieder Charlotte auf unserem Lehrerparkplatz gegenüber.

Welche kosmische Gemeinheit wohl dahintersteckt.

»Wow! Du siehst ja ...«

Mach schnell! Ich muss noch mein Gesicht abtupfen.

»... super aus!«

Hm? Da kommt noch was Fieses hinterher.

»Ach, danke. Ich dachte, bei dem schönen Wetter spaziere ich runter. Also, wir sehen uns dann drinnen.«

»Gut für dich! Ich wünschte, ich hätte deine gute Figur. Aber mit den vier Rädern unterm Hintern ist es immer so schwer, in Bewegung zu bleiben.«

Ich muss mich verhört haben.

Hat da wirklich Charlotte Königsberg mir, Leila Sternenberg, ein Kompliment gemacht?

»Denkst du an den Kuchen für den Elternabend nachher?«

Da! Wusste ich's doch, dass da noch ein Rattenschwanz dranhängt.

»*Heute?* Im Sinne von noch *vor morgen?*«

Schadenfreude bekommt ihrem Gesicht besser als Heuchelei.

»Ja, heute. Um 18 Uhr. Hast du denn die Rundmail nicht gekriegt?«

Sollte ab und zu meinen Spamordner checken.

»Dochdoch! Jetzt erinnere ich mich wieder.«

Was backen angeht, brauche ich eine Woche Vorlaufzeit, um mich seelisch darauf vorzubereiten.

Das letzte Mal habe ich für Christin gebacken.

Ich habe mich immer noch nicht bei ihr entschuldigt für meinen Auftritt bei den Anonymen Alkoholikern.

»Und back doch bitte diesmal selbst einen Kuchen, ja? Ich weiß, Trennungen sind eine unschöne Sache, aber das ist kein Grund, das an den armen Eltern auszulassen mit einer Tiefkühltorte von Coppenrath & Wiese.«

Sie ist und bleibt ein Miststück.

»Hat dir schon mal jemand gesagt, dass dein Mann viel zu scharf für dich ist?«

Oh, Worte! Kommt zu mir zurück! Zurück, zurück, zurück!

»Was hast du gerade zu mir gesagt?«

Charlotte drückt ihr Schlüsselbund so fest zusammen, dass zwischen ihren Knöcheln Metallspitzen rausragen.

»Ich … ähem … Wir sehen uns dann auf dem Elternabend.«

Wenn ich es richtig angestellt habe, wird Charlotte nie wieder mit mir reden.

Mein Puls rast. Was ist nur in mich gefahren? Sonst fiel es mir nie schwer, sie zu ignorieren.

»Hahahaha! Du bist meen Heldin, du! Tut der blöden Ziege ganz gut. Los! Zieh eene, Knöpfchen!«

Rolf trocknet mit dem Kartenfächer die Lachtränen ab.

Herzbube.

DING …! DONG …! DUNG …!

»Guten MOOOOORGEN, Frau Sternenberg!«

»Morgen, meine Lieben. Heute möchte ich, dass ihr ein Gedicht schreibt über das Aaallerwichtigste in eurem Leben. Das kann ein Freund sein oder eure Eltern, ein Hobby oder euer Haustier. Ganz egal was. Die Schule könnt ihr natürlich auch wählen.«

Gelächter im ganzen Klassenzimmer.

»Frau Sternenberg, Frau Sternenberg, Frau Sternenberg???«

»Ja, Anita?«

Anita schnippt bei jeder Meldung, als ginge es um etwas ganz Dringendes.

»Einmal auf dem Spielplatz hat sich eine ganz große Grille auf meine Schaukel gesetzt!«

»Und die hat dir so gut gefallen, dass du über sie schreiben möchtest?«

»Nein, die war voll eklig!«

»Okay, Kinder. Fangt bitte an und versucht, leise zu sein, damit ihr die anderen nicht stört.«

SCHNIPP! SCHNIPP!

»Ja, Anita?«

Sie zeigt aufgeregt auf meinen Schreibtisch, auf dem unser Kummerkasten steht. Offenbar haben Achtjährige auch Sorgen.

Heute ist nur ein Zettel drin.

»Der fätte Malte soll weniger frässen sonst wacht er noch mit rosa Ringelschwanz auf!«

Manche Nachrichten gilt es nur im Stillen zu lesen.

Tim Friedemann. Unverkennbar.

Seine krakelige Schrift und der rote Wachsmalstift, so fest aufgedrückt, dass das Blatt beidseitig lesbar ist, kann ich noch aus zehn Telefonmasten Entfernung zuordnen.

»Wer auch immer das hier war, sollte sich schämen.«

Nicht zuletzt für seine Rechtschreibung.

»Das gibt Konsequenzen. Das hier ist ein Kummerkasten. Da gehören ausschließlich eure Ängste und Probleme rein, hört ihr?«

Tim kichert hinter seinem Fußballmäppchen, das er als Schutzmauer aufgestellt hat.

»Erfreulicherweise ist heute Elternabend. Dort werde ich diesen Zettel ansprechen.«

Tim verstummt.

»Und auf *deine* Eltern bin ich besonders gespannt, Tim.«

Während die Schüler (sogar Tim besinnt sich und gönnt den anderen eine Pause von seinen zerkauten Papierkügelchen) ihre Gedichte schreiben, überprüfe ich mein E-Mail-Postfach. Mist, im Spamordner steht es tatsächlich:

»Elternabend am 15.07. von 18 - 21 Uhr«

DING …! DONG …! DUNG …!

Ein lautes Durcheinander und verrückte Stühle reißen mich aus meiner Welt.

So, du müder Plattarsch, ab in die Pausenaufsicht mit dir!

Erst mal eine rauchen hinter meiner Trauerweide (Ironie lässt grüßen).

»Dafür entschuldigst du dich bei mir!«

Vor Schreck fällt mir meine Kippe aus dem Mund. Und landet im nassen Gras. Das war schon der richtige Instinkt, die Spendenaktion für die neue Sprinkleranlage nicht zu unterstützen.

Charlotte stellt sich vor mich, wütend wie ein Sack Hornissen.

Hab mich so erschrocken, dass es mich schüttelt.

Moment mal. Ich vibriere tatsächlich! Meine Mutter ruft zum ersten Mal zur richtigen Zeit an.

Ich halte Charlotte den Zeigefinger entgegen und setzte meine Da-muss-ich-leider-rangehen-Miene auf, während ich mein Handy aus der Gesäßtasche ziehe. Charlotte antwortet mit einem kalten Wir-sind-noch-nicht-fertig-Blick.

Habe meine Mutter nicht mehr gesprochen, seit dem Flohmarkt-Debakel.

Jetzt habe ich die Wahl zwischen zwei unangenehmen Gesprächen, die unausweichlich sind.

Doch wenigstens die Reihenfolge sollte mir überlassen sein.

»Liebchen, hast du gerade Pause?«

»Hey, Mama. Es tut mir leid, wie ich mich neulich aufgeführt habe. Hast du noch was verkauft?«

»Das macht nichts.«

Ich verzeihe dir auch, Mutter!

»Ja, ich bin mein gepunktetes Kopftuch und meine Armbänder aus Nylon losgeworden.«

Sie meint sicher mein Kopftuch aus meiner Jennifer Lopez Phase und meine Tattooketten. Aber ich beherrsche mich.

»Das freut mich, Mama.«

DING …! DONG …! DUNG …!

»Bist du in einer Kirche?«

»Nein, meine Pause ist nur vorbei. Sag mal, hast du noch dieses Kirschkuchenrezept?«

»Sicher! Das mit der Buttercreme? Bis wann brauchst du es denn?«

»Gestern wäre gut.«

»Verstehe. Bring ich dir heute Nachmittag vorbei.«

»Mama, du kannst es einfach abfotografieren und mir per WhatsApp schicken.«

»Oh. Richtig, das wäre einfacher.«

Und wieder ein schlechtes Gewissen, das sich mir ankündigt.

»Das wäre wirklich toll. Okay, dann schätze ich ... wir sehen uns?«

»Wir sehen uns, Liebchen.«

Noch eine Stunde Diktat vorlesen und dann bin ich hier raus. Nach Charlottes flatternden Nasenflügeln fühle ich mich hier auch nicht mehr sicher.

Bevor ich da reingehe, gönne ich mir aber ein paar Züge.

»Huhu!«

Das darf doch nicht wahr sein!

Agathe hält mir ihre abgeknickte Hand hin. Kein Ring in Sicht. Erwartet sie einen Knicks von mir?

»Hast du schon mal so was Schönes gesehen?«

Sie schwenkt mit ihrem Handgelenk hin und her, sodass ich nicht umhinkomme, das bunte Etwas drumherum zu bemerken.

»Wow! Das ist wirklich was ganz ... ganz Besonderes.«

Es sieht aus, als hätte man ein Loch in die Mitte eines Traumfängers geschnitten. Die vielen bunten Holzperlen beißen sich mit Agathes blasser Haut. Aber so wie sie strahlt, will ich sie nicht infizieren mit meinem Zynismus.

»Hat Günni mir geschenkt!«

Oh nein, die Sache mit unserem Hausmeister läuft also weiter!

Damit das klar ist: Hier geht es nicht um einen snobistischen Bullshit.

Meine Devise lautet: Geh aus mit wem du willst, solang volljährig und gepflegt.

Aber Günni?

Er sträubt sich seit Monaten, die Beziehung mit Agathe öffentlich zu machen. Seine ekelhaften Schmuckstücke sind reine Beschwichtigungsmaßnahmen. Abgesehen davon, dass nichts davon zusammenpasst! Korallenrote Plastikohrstecker, eine Haizahnkette, ein gelbgoldener Schlangenzehenring; kann man nicht erfinden.

Junge, wenn du schon keinen Geschmack hast, dann bleib wenigstens bei einer scheußlichen Spur.

Agathe muss Günni sehr mögen, wenn sie für ihn diesen Basar umlegt.

»Das ist sooo aufregend! Ich weiß ja, dass er sich so was eigentlich nicht leisten kann, er ist so romantisch. Bin ich nicht die glücklichste Frau der Welt?«

Günther Kissels alias Günni hat keinen Geschmack, schämt sich für dich und stellt Kindern gerne ein Bein mit dem Besen. Nicht zu vergessen seine Zähne, die alle untereinander Sicherheitsabstand halten. Den dünnen grauen Pferdeschwanz spar ich aus, für den kann er nichts.

»Wenn du glücklich bist, dann bin ich es auch.«

Agathe umarmt mich überschwänglich.

Frauen. Die gutmütigste Spezies von allen.

»Sehen wir zwei Hühner uns heute Abend vor Gericht?«

»Wie bitte?«

»Na, der Elternabend. Du kommst doch?«

»Oh. Klar.«

Als Diktat verlese ich achtundsechzig Wörter über den ersten Zoobesuch eines Großstadtmädchens.

»All' die langen Hälse der Giraffen! Ich mache mir große Sorgen. Was, wenn sie Halsweh haben? Bekommen sie dann extragroße Schals?«

Vier Jahre Uni. Für Giraffen mit Halsweh.

Während alle schreiben oder wild radieren, vermerke ich ein unterdrücktes Schluchzen.

Melanie weint. Ich bringe ihr ein Taschentuch, doch sie bemerkt mich gar nicht und schreibt eifrig weiter.

Meine Augen suchen sofort nach Tim, der sicher wieder der Ursprung des Problems ist, aber selbst der ist beschäftigt.

Am Ende der Stunde flitzt Melanie so schnell aus dem Klassenzimmer, dass ich es nicht mehr schaffe, sie anzusprechen; die flachsblonden Zöpfe verschwinden federnd in der Masse.

Auch in den Kummerkasten hat sie nichts eingeworfen.

Nach drei Anläufen *(Mama schreibt … Mama schreibt … Mama schreibt …)* hat meine Mutter es tatsächlich geschafft, mir das Kirschkuchenrezept aus einer »Homes & Gardens«-Ausgabe zu schicken.

Trennen Sie nun die Eier und schlagen Sie das Eigelb zusammen mit dem Zucker schaumig.

Ach herrje.

Achten Sie darauf, dass Butter und Pudding die gleiche Temperatur haben, bevor Sie beides miteinander vermischen.

17 Uhr 02.

Wieder alles auf den letzten Drücker.

Die Frauen, die sich diese Zeitschriften holen, sind auch keine Übermenschen. Das ist zu schaffen. Sogar für mich. Darf nur nicht vergessen, hiernach die Batterien aus der Küchenwaage zurück in den Rauchmelder zu stecken.

Rührbesen, rette mich!

Es ist immerhin nur ein Kuchen, keine Bombenentschärfung. Was kann da schon schief gehen?

17 Uhr 31.

Ich könnte weinen. Erfrischenderweise mal aus einem neuen Grund.

Die gelbe, klumpige, unansehnliche Grütze, die ich gezaubert habe, wird wohl heute nicht mehr angeschnitten.

Pfff, Buttercreme! Wer braucht dich schon?

Die lächelnde Frau neben dem Rezept macht mich gerade echt wütend. Dämliche Ausgeburt von Fröhlichkeit. Hilft jetzt auch nicht weiter.

Warum habe ich nicht einfach wieder den simplen Cheesecake gemacht?

Weil du nicht vor Charlotte wie eine Vollidiotin dastehen wolltest. Die ganz sicher wieder mit einem Karamell spuckenden Vulkan von einem Kuchen den Raum betreten wird. Mir fehlen jegliche Beweise, aber mir schwant, dass ihre arme Haushälterin dahintersteckt.

17 Uhr 36.

Ich muss mich noch umziehen und um 18 Uhr da sein. Ohne Supermans Kontaktdaten wird's schwierig.

»Coppenrath & Wiese! Rewe! Schönhauserstraße!!!«, brülle ich in mein Smartphone rein, weil meine Hände noch fettig von der Butter sind.

Wehe diese Filiale hat nur noch den Kuchen, den ich das letzte Mal schon mitgebracht habe.

Würde jetzt gerne Lennard anrufen.

Er hätte im Nu etwas gezaubert.

Selbst mit den mickrigen Zutaten, die sich hier noch verirrt haben.

Ich sollte mich daran gewöhnen, mit Krisen allein fertig zu werden.

DRING!

Bitte nicht auch noch Maja und ihre lässige Scheiß-drauf-Attitüde.

Ich drücke auf und seh mich schon zwei Aspirin einschmeißen.

»Liebchen, brauchst du vielleicht Hilfe?«

Manchmal haben Mütter einen sechsten Sinn. Und nicht auf die gruselige Art wie der kleine Spinner aus dem Horrorfilm. Ich nehme ihr die zwei vollen Einkaufstüten ab.

»Du bist also schon davon ausgegangen, dass ich versage?«

»Nein! Das heißt ... na ja, diese Buttercremes sind nichts für Anfänger und ... es war nur so ein Gefühl. Ich wollte einfach auf alles vorbereitet sein.«

Dafür liebe ich sie. Anscheinend habe ich mich geirrt und bin doch nicht allein im Katastrophenbewältigen.

Du bist nicht der Grund!

Du bist nicht der Grund für die Lernschwächen oder die Eingewöhnungsprobleme ihrer Kinder.

Ich stehe mit meiner Blechform vor dem Schulgebäude und muss sagen, ich hab's drauf!

Schön, meine Mutter hat's drauf. Ihr allein verdanke ich diesen süßlich duftenden Kuchentraum.

Während sie gebacken hat, habe ich mich umgezogen.

Ich weiß nie, was ich zu Elternabenden tragen soll.

Chic, aber auf keinen Fall zu aufgedonnert.

Seriös, aber nicht zu stiefmütterlich.

Ich liege etwa in der Mitte. Trage meine 7-Zentimeter-Absätze und kann es kaum erwarten, mit ihnen zu sitzen!

Maja sagt immer, eine Frau, die keine hohen Schuhe trägt, ist keine Frau.

Sie würde sich kranklachen, wenn sie sehen könnte, was ich heute Abend als »hochhackig« definiere.

Zu meinen hellgrauen Riemchenschuhen trage ich mein dunkelblaues Wickelkleid, das den Busen so schön betont und die Hüften übergeht.

Hatte diesen stolzen Bewohner meines Kleiderschranks ganz vergessen.

Vielleicht ist es doch zu dick aufgetragen; nichts da, es ist Freitagabend!

Dennoch, mir ist etwas mulmig zumute.

Eltern haben immer so viele Erwartungen wie ich an die neueste Bachelor-Staffel.

Dabei haben unsere Einschätzungen keinerlei Einfluss auf die Zukunft ihrer Kinder.

Nehmen wir zum Beispiel meinen damals besten Freund Fridolin. Er hat Wetten angenommen (und gewonnen!), dass er vier Murmeln in beide Nasenlöcher bekommt und erstellt heute kommunale Wasserversorgungspläne.

Trotzdem behandeln die meisten Eltern uns Lehrer wie Kristallkugeln.

»Zieh eene Karte!«

»Rolf! Hast du mich erschreckt! Ich habe heute keine freie Hand!«

»Aaah, ick seh schon! Coppenrath?«

»Nein, den habe ich ganz alleine gemacht! Ich sichere dir ein Stück.«

»Dit is' jebongt!«

Ich hole noch einmal tief Luft.

»Frau Sternenberg, Ihr Kleid ist zauberhaft!«

Unser Schulleiter ist unberechenbar.

Heute ist er mit dem richtigen Fuß aufgestanden. Aber nächste Woche könnte er mir den Kopf abreißen wegen genau diesem Outfit.

Ein kleiner Mann ist ein wütender Mann. Herr Wassmeier ist der lebende Beweis.

»Oh, ich danke Ihnen. Ich hab Kuchen mitgebracht.«

»Ach, wir sind eigentlich schon ausreichend gerüstet. Hat Frau Königsberg Sie denn nicht angerufen?«

»Nein, hat sie nicht. Na ja, besser zu viel als zu wenig, stimmt's?«

Herr Wassmeier schießt mich scherzhaft mit Fingerpistolen ab.

Ein verstörendes Bild bei einem Mann von zweiundsechzig Jahren.

Okay. Durchatmen und rein da!

In meinem Klassenzimmer stehen sie schon. Und warten.

Meine Hände sind so verschwitzt, dass mir fast der Kuchen hinfällt.

Hätte nicht gedacht, dass so viele kommen. Es werden jedes Jahr mehr.

Werden Eltern im Schnitt immer rechthaberischer oder ihre Kinder nur … langsamer?

Stelle behutsam den Kuchen auf den Tisch zu den anderen.

Alle sind selbst gebacken. Sieht man leider immer. Etwas Aufgetautes würde daneben richtig auffallen. Krise gerade noch abgewendet.

»Guten Abend. Schön, dass Sie so zahlreich erschienen sind!«

Zwischen den vielen missmutigen Muttis mit den verschränkten Armen sticht ein stahlblaues Augenpaar heraus. Paralysiert komme ich zum Ende meiner Willkommensrede.

»Wenn Sie Fragen haben … dann bin ich natürlich … und der Kuchen steht gleich hier.«

Der schöne Mann wendet seinen Blick nicht von mir ab. Dieses Kleid ziehe ich nie wieder aus (es sei denn, er will es so).

Bisher kann ich nur einen Kopf auf breiten Schultern sehen. Bitte, lass ihn keine Adiletten tragen.

Er ist die zweitgrößte Person im Raum.

Platz eins hat Geheimratsecken bis zum geht nicht mehr – keine Konkurrenz. Habe ich eigentlich eine?

Es gibt doch sicher eine passende Frau dazu, versessen darauf, mir einen Dämpfer zu verpassen.

Langsam setzen sich ein paar Leute, andere greifen zum Kuchen, die Gruppe löst sich.

Keine Adiletten. Kein Ehering. Und er ist wirklich groß.

Lennard ist nur 1,76 Meter groß (auf Tinder hat er sich aufgerundet auf »1,80 Meter«).

Oh! Ich starre ja bloß, ohne zu reden.

Sag schon was, du Vollidiotin!

Irgendwas!

»Also ... ich heiße Sie hiermit herzlich willkommen.«

Das hatten wir schon! Erwähn bloß nicht noch mal den dämlichen Kuchen.

»Ich hab hier eine alphabetische Liste der Nachnamen vorliegen. Am besten halten wir uns einfach an diese Reihenfolge.«

Er ist hoffentlich nicht Sandra Ackermanns Vater.

Ich brauche noch mindestens bis »D« Übung zum Flirten.

»Nänänä! Ich muss mich jetzt einfach mal vordrängeln, denn was ich Ihnen zu sagen habe, KANN nicht warten.«

So was Furchteinflößendes!

»Entschuldigung, Sie sind ...?«

»Ich bin Frau Schneider. Melanies Mutter!«

Allmählich dämmert es mir, warum Melanie heute geweint hat. Müsste ich mit Voldemort und seiner Meg Ryan-Perücke frühstücken, hätte ich auch Albträume.

»Meine Tochter wurde bestohlen! Und das nicht zum ersten Mal!«

»Was ist denn weggekommen?«

»Ein Armband! Gestohlen! Nicht *weggekommen!* Es war ein buntes Armband aus Holzperlen, das ich ihr zum Geburtstag geschenkt habe.«

Agathes Armband! Günnis Zeichen seiner Zuneigung.

Günni ist zwar ein echtes Ekel – aber Diebstahl an Kindern? Niemals.

Andererseits ließ meine Menschenkenntnis in letzter Zeit zu wünschen übrig.

Melanies Mutter starrt mich erwartungsvoll an.

»Also! Was machen Sie dagegen? Ich will eine Antwort, Püppchen!«

Sehr dienlich für meine Attraktivität, mich hier ankeifen zu lassen.

Der süße Typ guckt rüber. Ich muss irgendwas machen, um sexy rüberzukommen.

»Und Sie sind ganz sicher, dass Melanie es nicht vielleicht auf dem Nachhauseweg verloren hat?«, sage ich mit meiner just entdeckten Telefonsexstimme und fahre mir nebenbei mit den Fingern durchs Haar.

»Haben Sie gerade einen Schlaganfall? Ich hole meine Melanie immer ab! Und kommen Sie mir bloß nicht mit Ihrem Fundbüro, das ist für'n Arsch! Da hatte meine Tochter noch nie Glück mit, ein richtiges Drecksloch ist das hier.«

Das Fundbüro! Günni hat als einziger Zugang.

»Es tut mir sehr leid, Frau Schneider. Ich bringe das wieder in Ordnung, ich gebe Ihnen mein Wort. Und falls es Ihnen irgendwie hilft, Melanie macht sich großartig in meiner Klasse.«

Sie würde mir am liebsten eine kleben, aber ich habe sie entwaffnet mit meiner Freundlichkeit.

Der Beau isst etwas von meinem Kuchen! Und er hat ihn nicht wieder ausgespuckt, yes!

»Wie kommt es, dass mein Marvin von einer Eins auf eine Zwei gerutscht ist?«

Uh!

»ICH-BRAUCHE-DRINGEND-EIN-PFEFFERMINZ.COM« steht vor mir.

»Nun, es ist möglich, dass die Leistungen mancher Schüler nachlassen.«

»Aber von ›sehr gut‹ auf ›gut‹??«

Um Gottes willen! Wie eine Kreuzung zwischen überfahrenem Tier, altem Blumenwasser und einem muffigen Schwamm.

»Ich seh, was ich tun kann«, presse ich in meiner Kurzatmigkeit heraus.

Nach vier weiteren Gesprächen – nicht weniger unentspannt – kommt *er* endlich auf mich zu.

»Guten Abend, Frau Sternenberg.«

Hat der weiße Zähne!

»Ich bin Herr Friedemann. Tims Vater.«

Und diese goldbraune Mähne!

Moment. Was war das eben?

»Wie macht er sich denn so?«

Diese Situation ist der Albtraum in einem Albtraum in einem Albtraum.

»Ich hoffe, er benimmt sich.«

In einem Albtraum!

»Nun ja, Tim ist ... wirklich etwas ganz Besonderes, Herr Friedemann.«

»Bitte, nennen Sie mich Karl.«

Nennen Sie mich wie immer Sie wollen!

»Ich bin Leila.«

Und hoffnungslos verzaubert.

»Was für ein besonderer Name.«

»Meine Eltern waren auf einer Ägypten-Kreuzfahrt, als ich zur Welt kam.«

Warum erzähl ich ihm das?

»Ihr Name war also das Souvenir.«

Wieder diese weißen Zähne!

»Also ist er ein guter Schüler? Passt er sich an?«

Von den Mäusefallen in meiner Schreibtischschublade habe ich heute noch Blasen an den Fingern.

»Sicher, ich meine ... Sie wissen ja, wie Kinder so sind.«

»Ja, schon. Doch seit meiner Trennung von seiner Mutter liegt Tim anscheinend viel daran, die Aufmerksamkeit auf sich zu ziehen.«

Trennung!

Das geht mir runter wie Öl. Ich darf mich verknallen.

Fertig? Los!

»Tim ist manchmal schon etwas enthusiastisch, aber ... alles im Rahmen. Wenigstens weiß er, was er will. Nicht viele Kinder wissen das in dem Alter.«

Was mache ich hier eigentlich?

Habe ich es so nötig?

»Das klingt jetzt etwas komisch, aber woll…«

»Warum haben Sie meiner Esther verboten, grüne Füllerpatronen zu benutzen?«

»Abbabbabbab! Was klingt komisch, aber??«

Herr Friedemann lacht, Frau Heger ist verunsichert und ich bin irgendwo dazwischen.

»Hätten Sie Lust, nachher mit mir noch etwas trinken zu gehen, wenn Sie hier fertig sind?«

Ja, habe ich!

Habe mir sogar die Beine rasiert, nur aus Angst, es sprießt durch meine Strumpfhose hindurch (ich bin leider nicht annähernd so selbstsicher wie eine Julia Roberts auf einer Filmpremiere) – nicht weil ich etwas erwartet habe. Aber jetzt erwarte ich was: ein Abenteuer!

Auweia! Ich habe was vergessen!

Hier trägt jemand eine Bauch-weg-Unterhose mit Bananen drauf!

Selbst Katzen wären besser; das hätte wieder was Ironisches.

Die muss ich loswerden!

Oder ich muss mich betrinken! Sich selbst schöntrinken, so verbringen Berliner ihren Freitagabend.

Jetzt nur nicht durchdrehen.

Du bist schön, vergiss das nicht.

Er ist zwar eine 10, aber ohne das Bananenhöschen bist du immerhin eine 8. Eine 8,5 – wenn noch nichts gegessen und das Licht günstig fällt.

Es gibt nur eine Regel bei schönen Männern: Sag es ihnen nicht!

Ich schulde ihm noch eine Antwort.

»Sicher! Liebend gern! Ich bringe die letzten Gespräche noch schnell hinter mich und dann können wir auch schon los.«

»Perfekt. Ich muss eh noch tanken.«

Er hat ein Auto! Wie erfrischend!

Hoffentlich ein Cabrio! Würde zu gerne Charlottes dummes Gesicht sehen, wenn unsere Haare unter dem Mondschein im offenen Verdeck verwehen.

Die letzten Elterngespräche verliefen zum Glück zügig und ohne Aufregung. Mein Kuchen ging auch fast weg.

Jetzt noch hurtig diesen Fetzen loswerden und diskret Mut antrinken.

Kann ich das bringen, meine Unterhose in der Mülltonne einer Grundschule zu entsorgen?

Ach, als wäre das plötzlich unter meiner Würde nach der Nummer mit der geplünderten Klassenkasse.

»Heißes Date, Knöpfchen?«

»Rolf, das geht dich gar nichts an. Sag mal, hast du auch was Stärkeres als Bier zur Hand?«

»Klar, hab imma uff! Ne jute Letze! Mir laust der Affe, dass du den Rachenputzer nich broochst, bevor du in den Klapper rein bist.«

Etwas, das wie Schlangengift und abgelaufener Maracujasaft schmeckt, exe ich in vollen Zügen, um meine Anspannung zu lösen.

»Danke. Hier ein Stück Kuchen für dich! Wünsch mir Glück! Bis Montag!«, verabschiede ich mich mit Grauen davor, dass mein Verstand sich heute Nacht von meinem irdischen Leben trennt.

Schon gleich werde ich hoffentlich sagen können: *Lennard ist nicht mehr der letzte Mann, den ich geküsst habe!*

»Sach ma, darf ick deene Schlüpfer im Internet verhökern?«

Kein Cabrio. Schade.

Golf. Dunkelblau. Sicher. Familienfreundlich.

Kurz gesagt: scheißlangweilig.

Doch als Karl aussteigt, um mir die Tür aufzuhalten, steigt in dem Grace Kelly Fan in mir Vorfreude auf.

Ich habe offiziell die Erlaubnis, mit einem anderen Mann zu schlafen. Ein seltsames Gefühl.

Keine Ausreden. Keine Rechenschaft. Keine Reue.

Mein imaginäres kleines, schwarzes Büchlein wird erweitert, keine große Sache.

Warum schlägt mir dann diese Fahrt nach »Temptation Island« auf wie saure Milch?

Was mache ich nur?

Und noch viel wichtiger: *Wo* mache ich es nur???

Irgendwo hinter Kreuzberg habe ich die Orientierung verloren.

Darf ich vorstellen? Leila Sternenberg.

Bereit zerteilt zu werden, nur um es ihrem Ex mal ordentlich zu zeigen.

Und wenn er nun gar nicht Tims Vater ist?

Ist er überhaupt irgendjemandes Vater?

Oder nur ein kranker Perverser, der sich nachts auf Elternabenden rumtreibt, um ahnungslose Lehrerinnen zu entführen? Ruhig Blut. Du hast soeben deine Unterhose in einer Mülltonne entsorgt und sitzt gerade unten ohne neben einem Fremden. *Du* bist die Perverse.

Er wird langsamer – warum wird er langsamer?!

Wir haben die Fahrt über kaum miteinander gesprochen.

Nur an einer Ampel gab es einen verlegenen Blickaustausch und ein Räuspern meinerseits.

Die enthemmende Wirkung von Rolfs Fusel hat bereits nachgelassen.

KRRRRRRK!

Inmitten einer sehr tristen Ecke Berlins, die ich nie zuvor gesehen habe, zieht Karl die Handbremse an.

Das ist er also. Der Ort, an dem ich Sex habe und/oder tot aufgefunden werde.

»Darf ich bitten?«

Karl bleibt sich seiner Manieren treu. Ich lege meine Hand in seine, während er mir die Tür aufhält.

Wir steuern auf eine rau verputzte Doppelhaushälfte zu.

Die eine Seite ist ockergetönt (nennen wir das Kind beim Namen, es ist ein KACKBRAUN) und verziert mit verschiedenen Graffitis.

»Fick dich Andrea Becker!«,

»Arschfresse«,

»KEINE Macht den Drogen« – *KEINE* ist durchgestrichen mit einer anderen Farbe.

Bitte! Lass ihn in der anderen Hälfte wohnen.

Es ist nicht nur die freundliche, gelbe, gepflegte Seite, die mir entgeht, es fehlt auch ein Aufzug in dem bekritzelten Schuhkarton, den wir betreten.

»Ach Unsinn! Tut mir ganz gut. Sind ja auch nur sechs Stockwerke«, sprießt es aus meinem Mund, ehe ich begreife, was ich mir und meinem Blutdruck zumute.

Und nicht nur das!

Auf die Gefahr hin, dass ich mich wiederhole:

ICH TRAGE KEINE UNTERHOSE!

»Geh du ruhig vor, du weißt ja auch, wo es ist, haha!«, nimmt Karl widerstandslos hin, obwohl er sicher im Stillen gehofft hat, meinen Po beim Treppensteigen zu begaffen.

Endlich sind wir in seiner Wohnung. Wobei *Wohnung* das falsche Wort ist.

Absteige trifft es. Oder besser noch: Lokus mit Vorhängen!

Ich habe viel gesehen, wovon ich dachte, es hätte mich immun gemacht gegen alle Abartigkeiten dieser Welt. Irrtum!

Eine Tetanusspritze, Sagrotan und eine Pille, die mich diesen Anblick schnell wieder vergessen lässt, bitte!

Das, was ich erst für ein Retromuster halte, sind unzählige verschiedenfarbige Flecken unbekannter Herkunft; die Ursprungsfarbe von diesem Filzteppichboden bleibt damit ein Rätsel.

»Ich hol uns was zu trinken. Zum Glück hab ich heute Morgen noch aufgeräumt.«

Ich erstarre.

»Kleiner Scherz! Aber hey, gibt Schlimmeres, nicht wahr?«

Ja, in Crackhöhlen und Independent Filmen. Wenigstens versucht er witzig zu sein.

»Pfff, bitte! Bei mir sieht es noch viel schlimmer aus.«

Ich hasse mich dafür. Meine Wohnung ist ein Operationssaal gegen dieses Drecksloch.

Die »Einrichtung« sieht aus wie drei zusammengewürfelte Hausratsauflösungen.

Warum hat er keine stinknormalen IKEA-Möbel, die er mit irgendwelchen Amazon-Bestellungen kombiniert, um seine Durchschnittlichkeit zu kaschieren, so wie jeder normale Mensch?

Ein rotes Sofa hier, zwei grüne Sessel da. Alles in verschiedenen Stilrichtungen.

Biedermeier meets Omis-gute-Stube meets Hipsterverschlag.

Allen Gegenständen gemein ist: der Schmutz.

An der Decke hängen zwei staubbeschichtete Ballonlampen, von denen immerhin eine leuchtet (die andere hat den Freitod gewählt), so kann man gerade noch erkennen, wo man reingeraten ist.

Sollte ich je eine Tochter haben, werde ich ihr eines mit auf den Weg geben: Verschreib dich nie einem Mann mit Kuckucksuhr.

»Fühl dich wie zu Hause! Mach's dir einfach bequem.«

Sehr witzig.

Was ist das jetzt schon wieder? Eine Mäusefalle?

Er ist süß und ich bin Single.

Er ist süß und ich bin Single.

Er ist süß und ich bin Single.

»Rotwein okay? Halbtrocken.«

Ich hasse Rotwein.

»Klasse!«

Eine Atemmaske wäre mir lieber. An den Wänden sind bestimmt Schimmelsporen, die durch die Blümchentapete im Verborgenen bleiben. Wenn ich hier einen Puppenfriedhof finde, springe ich aus dem Fenster.

»Soll ich dir mal was Cooles zeigen?«

Einen Schlüssel zu einer sauberen Zweitwohnung? Gern!

»Hab ich bei Ebay ersteigert.«

In der Küche erwartet mich ein vergilbter Pappaufsteller von einem boxenden Sylvester Stallone, der ein paar Handtücher hält.

»Der ist in zehn Jahren mindestens das sechsfache wert.«

60 Cent also.

»Wow! Unglaublich!«

Unglaublich deprimierend!

Den Kartoffeln auf der Küchenplatte sind bereits Füße gewachsen – kann man ihnen nicht verdenken, dass sie die Flucht ergreifen wollen.

»Zum Glück schläft Tim heute bei seiner Mutter, wir sind also ungestört.«

Tim! Das arme Kind habe ich noch gar nicht bedacht. Für die hiesigen Verhältnisse ist er gut geraten. Wäre ich so aufwachsen, gäbe es über mich und meine Machete eine Episode »Aktenzeichen XY«.

Den Mann sollte man wegen Kindeswohlgefährdung anzeigen, nicht bespringen. Geht vielleicht beides?

»Soll ich uns etwas Musik anmachen?«

»Danke, nicht für mich.«

Meine Hilfeschreie sollen schon gehört werden!

»Ach, ich guck mal, was ich finde.«

Mich juckt's! Flöhe? Flöhe!

Gutes Aussehen hin oder her, ich muss hier raus. Auch wenn das bedeutet, ich habe die letzte halbe Stunde umsonst flach geatmet.

Ich trinke unter dem strengen Blick von Rocky das Glas Rotwein in einem Zug, während der heiße Messi im Wohnzimmer verschwindet.

Der Wein schmeckt zum Glück so, als ob er nicht hierhergehören würde.

Genauso wie Karl. Er kleidet sich gut und ist sichtlich gepflegt.

Aber selbst für Ryan Gosling würde ich hier nicht bleiben. (Doch, würde ich!)

Ich bestelle mir gleich ein Taxi.

Karl sage ich, ich fühle mich nicht wohl. Der Klassiker. Spontane Kopfschmerzen habe ich außerdem in petto.

»*You are an obsession.*
You're my obsession.
Who do you want me to be,
to make you sleep with me?«

Karl ist ganz schön optimistisch.

»Hör zu, ich fahre besser nach Hause.«

»Was sagst du? Entschuldige, die Musik war zu laut.«

»Ich sagte, dass ich besser ...«

Wow.

Ein Waschbrettbauch vernebelt weibliche Sinne – reine Wissenschaft!

Karl steht nur noch in seiner Jeans vor mir; er könnte locker einen Werbespot für Coca-Cola drehen.

Seine Brust ist weniger behaart, als ich dachte. Eben genau richtig.

Die Unordnung nehme ich nur noch schemenhaft wahr.

Dieser Mann will mit mir schlafen und ich bin bereit!

Ah! Trage ja gar keine Unterwäsche!

Sofort ins Bad mit mir! Er soll denken, ich habe sie dort erst ausgezogen.

»Ich mache mich eben frisch. Wo kann ich …«

»Die zweite Tür links neben der Küche. Ich warte im Schlafzimmer auf dich.«

Entwarnung! Super!

Das Badezimmer ist keine Ultrakloake; nur die weitverbreiteten Zahnpastaspritzer im Spiegel. Mit dieser Prise Studentenwohnheimflair werde ich fertig.

Okay, das ist seltsam.

Er hat ein Katzenklo, aber ich bin fast sicher, dass er keine Katze hat.

Was soll ich denn davon halten?

Egal.

Jetzt folgt der wichtigste Check-in: mein Mund.

L'Oréal Lippenstift hält, was er verspricht.

Ui, meine Zähne sind vom Wein verfärbt.

Doppel-Ui, da hat sich ja ein Ökosystem entwickelt!

Zwischen meinen Schneidezähnen sitzt ein Spinatblatt fest.

»Süße, iss nur etwas Leichtes, damit dein Bauch flach aussieht in dem Kleid!«

Schönen Dank auch, Maja. Das habe ich nun davon, dass ich auf dich gehört habe!

Mit einem Cheeseburger wäre das nie passiert.

Alle Eltern haben das heute Abend gesehen! Karl hat es auch längst gesehen.

Er *muss* es gesehen haben, so dämlich wie ich ihn den ganzen Abend lang angelächelt habe.

Bin ich so eine Art soziales Experiment für ihn? Oder findet er das süß? Oder Grauen über Grauen ... hält er das für eine monströse Zahnlücke?

Egal, dafür ist nachher noch Zeit.

Wo hat sich hier die Zahnseide versteckt?

Teelichter, Geschenkpapier, Zigarren, Garn.

Will der mich veräppeln?

Verdammt! Stecke schon über zehn Minuten hier drin. Das wirkt ja sexy.

Ganz ruhig. Umdenken.

Mit einem Fingernagel krieg ich es raus.

Nö. Ist sogar noch schlimmer geworden.

Spinat steckt jetzt noch tiefer drin, obendrein habe ich mir ein Stück roten Nagellack reingerammt. Wenn ich so weiter mache, sehen meine Zähne bald aus wie ein David-Hockney-Gemälde.

Gut. Nächster Versuch: Haare ausrupfen. Au!

Verzweiflung macht erfinderisch. Zahnseide bestand vor Jahrhunderten sicher auch aus Tierfell. Durchgerissen. Ihr könnt mich mal, ihr Haarkur-Experten von GUHL, ihr!

Nach einer ziemlich wilden Mischung aus Mundspülung, Streichhölzern und per Nagelschere rausgeschnittenen Borsten einer Zahnbürste, habe ich es endlich geschafft!

Kann es kaum erwarten, mit Karl Sex zu haben.

Oder auch nicht? Will ich das überhaupt?

Natürlich will ich!

Ich wäre ja auch geistesgestört, wenn nicht. So eine Chance ergibt sich nie wieder. Ein schöner Mann, der auf einem Elternabend aufschlägt, Single und interessiert ist, widerfährt der zugänglichen Frau so oft wie eine Sonnenfinsternis.

Bin ziemlich gespannt auf Karl – weniger auf die Innenausstattung seines Schlafzimmers.

Hoffentlich keine Stockenten oder noch mehr Pappaufsteller.

Vorsichtig öffne ich die verheißungsvolle Tür.

Was ist das für ein merkwürdiges Geräusch?

Frösche? Eine Kaffeemaschine?

Es ist zu dunkel, um etwas zu erkennen.

Meine Handytaschenlampe leuchtet einen schnarchenden Adonis in Flugzeugboxershorts an.

Nicht zu fassen.

Demonstratives Räuspern. Tür noch mal schließen – diesmal mit ohne Rücksicht. Gefaktes Stolpern, das leider in ein echtes, schmerzhaftes überwechselt. Wirkungslos.

Als ich mich einsichtig zu ihm lege, schnelle ich sofort wieder hoch. Was zur Hölle …?

Ein Tacker. Was sonst? – In dieser Villa Kunterbunt.

Das ist also die aufregende Single-Welt, die ich die ganze Zeit verpasst habe.

Lennard ist nach wie vor der Letzte, der mich nackt gesehen hat.

Gerade wurmt mich jedoch vielmehr: Karl wird mich für immer mit Spinat zwischen den Zähnen in Erinnerung behalten.

23 Uhr 58.

Laut Standort-Navigation brauche ich sechsundfünfzig Minuten zu Fuß bis zu mir nach Hause.

Frische Luft, du hast mir gefehlt (ihr mir genauso, Zigarettchen)!

Die Sommerbrise wird mir hoffentlich keine Blasenentzündung bescheren.

Ein paar moderate Anmachen (»Hola, Chica! Warum so schüschtern?«) und Beleidigungen (»Nee! Für die lohnt's sich nicht, Freddy!«) später krame ich sehnlichst meinen Wohnungsschlüssel hervor.

Oh. Mein. Gott.

Das ist der schlimmste Abend in der Geschichte der Menschheit.

»Hilfe!«

5. Kapitel

*»Life's pretty funny when you're objectively
on the outside looking at it.«
(Philip Seymour Hoffman)*

»Guten Morgen, Schlafmütze!«

RTSCHHH!

Agathe zieht die Rollos ohne Vorwarnung hoch. Genau, was ich brauche; noch mehr Krähenfüße, die mir schmeicheln.

»Danke noch mal, dass ich hier pennen durfte.«

Meine Wahl ist das Ergebnis des Ausschlussprinzips.

Maja, so sehr sie mich auch liebt, wird schon klaustrophobisch, wenn ich mehr als zwei Stunden bei ihr bleibe.

Meine Mutter, die Autorin, beschreibt den ganzen Tag Sexszenen vor ihrem Diktiergerät.

Und zwischen mir und Christin herrscht immer noch Funkstille.

»Ist doch klarokowski! Wer rechnet auch mitten in der Nacht mit einem Wasserschaden? Hast du inzwischen raus, wie das passiert ist?«

Habe ich.

An meiner Haustür klebte gestern Nacht ein Zettel mit dem Gruß: »Du bist jetzt sicher!«

Unterzeichnet von Herrn Roth in Spiegelschrift.

Er glaubt, Aliens spionieren uns neuerdings auch über Wasserrohre aus, was ihn dazu bewegt hat, meine Wände mit einem Hammer zu beglücken.

Ein selten idiotischer Brauch, seinen Nachbarn einen Zweitschlüssel zu überlassen.

»Nein, da bin ich echt überfragt.«

Agathe stellt mir einen Teller vollbepackt mit Bagels und Himbeeren hin.

»So, jetzt isst du dich erst mal richtig satt! Kaffee kommt auch gleich angeflogen!«

Warum habe ich sie als Freundin nie ernst genommen? Sie nervt ein bisschen – wer tut das nicht?!

Immer war ich so misstrauisch, weil ihr so viel daran lag, mit mir befreundet zu sein, dass ich dachte, es *muss* einen Haken geben.

»Danke«, sage ich zu Agathe, die nur noch abwinkt.

»Hattest du denn etwas sehr Wertvolles in deiner Wohnung?«

»Nicht wirklich.«

Mein Fernseher war nicht mehr der *heißeste Shit,* aber es war immerhin ein Fernseher.

Das nuttige Paar Manolos hatte ich mir von Maja ausgeliehen.

Dieses Gespräch wird lustig.

Das Schuljahr ist fast zu Ende, ich hatte also keine Korrekturarbeiten mehr rumliegen.

Allerdings ist auch Lennards Zeug verschüttet worden. Das meiste hatte ich aber vorher in eine Tüte gepackt, die noch unter meinem Bett liegt – sein unverdientes Glück!

»Ich habe eine super Idee! Wollen wir ein Moodboard machen?«

8 Uhr 30! Samstag!

»Ein was?«

»Du weißt schon! So ein motivierendes Wünsche-Plakat. Man schneidet lauter Bilder aus Zeitschriften aus, klebt sie auf das Board, und eine kosmische Fügung erfüllt es einem. Du musst natürlich auch daran glauben!«

8 Uhr 30!!! Samstag!!!

Auch in zwei Stunden ist es einfach noch zu früh für kosmische Fügungen.

»Klingt nach 1980«, antworte ich matt und stopfe mir noch ein paar Himbeeren rein.

Mein Zweibein-Fanclub quietscht vor Vergnügen.

»Lustig, dass du das sagst! Habe auf dem Dachboden noch alle alten Zeitungen meiner Eltern aus den 80ern. Vielleicht finden wir ja ein heißes Bild von David Hasselhoff.«

Wüsste nicht, dass es so eins je gegeben hätte.

Agathe fällt beinah über ihre eigenen Beine, so aufgeregt, wie sie lossprintet, um die Heftchen zu holen. Das Haus ihrer Eltern hat sie unverändert gelassen. Ich weiß nicht, ob ich das könnte.

Doch wenn die eigenen Eltern im Kindesalter verunglücken, fällt es sicher schwer, sich von Dingen zu trennen.

So klein es auch ist, das Haus hat einen gewissen Charme, den es nur in wenigen Familienhäusern gibt: gehäkelte Platzdeckchen, 70er-Vorhänge mit großen Blumen und ein Plattenspieler.

Aber ganz und gar keinen Charme hat das lebensechte Ölporträt von der geschätzt vierjährigen Agathe und ihren Eltern, wie sie in diesem Wohnzimmer sitzen. Und darunter habe ich geschlafen? Ich muss sehr unter Schock gestanden haben, dass ich das übersehen konnte.

Das Riesending kann einem schon Angst machen. Hätte es gestern ein Erdbeben gegeben, hätte es mich erschlagen.

Kein Davonkommen mit einem verstauchten Bein, es hätte mich platt gemacht! Wie in den Cartoons. Kurzer Prozess.

Selbst die Katze haben sie mit drauf gepackt.

Hoffe, das arme Vieh wartet nicht ausgestopft im Bad auf mich. Nach dem gestrigen Abend habe ich genug von Überraschungen dieser Art.

DUMMMS!

»So, das ist alles, was ich habe. Fitness und Einrichtung.«

Hoch wie eine ausgewachsene Deutsche Dogge stapeln sich die verblassten 80er vor meiner Nase.

Ich halte die Hand schützend über meinen Bagel, damit kein Staub drauffliegt.

»Und du bist sicher, dass du die zerschneiden willst?«

»Jajaja, ist doch für 'ne gute Sache!«

Das war wohl nichts. Nächster Sabotageversuch.

»Aber wir haben doch gar keine Pappe oder coole Filzstifte.«

Habe ich gerade *cool* und *Filzstifte* in ein und demselben Satz verwendet?

Wird Zeit, dass ich weiterziehe.

»Was denkst du eigentlich, mit wem du hier redest??«

Agathe kippt auf dem Wohnzimmertisch eine Keksdose mit unzähligen Stiften, Tesafilm und Scheren aus.

»Ich weiß gar nicht, wie so was geht.«

Doof stellen. Letzter Versuch.

»Das ist so, als würdest du sagen, du hast keine Wünsche und Ziele im Leben.«

Okay, *Mama*, das geht natürlich nicht.

Ich wünsche mir, dass Lennard sich in Oliver Pocher verwandelt, damit ich von ihm loskomme.

Seine Freundin/Geliebte/zukünftige Ex-Frau kann gerne von einem Bus angefahren werden.

Aber nur einmal, schließlich bin ich kein Unmensch. Mit 27 Kilometer pro Stunde. Das würde mir schon reichen.

Ziele habe ich keine.

Doch! Ich will mich wieder mit Christin versöhnen.

»Ich fange an. Uuuh … ist der hier nicht sexy? Wer hat eigentlich entschieden, dass Männer heute keine Stirnbänder mehr tragen?«

Liefen nur Männer rum, die Agathes Geschmack entsprächen – die Menschheit würde aussterben.

Auf einmal fällt mir wieder Hausmeister und Hehler Günni ein.

Ich muss es ihr sagen.

Agathe, wie sie behutsam mit ihrer Schere einen Crosstrainer ausschneidet, macht es mir nicht leicht. Ich kann's nicht.

»So. Siehst du? Ganz leicht. Ich wünsche mir einen flacheren Bauch, eine Hängematte und auch gleich diesen sexy Bademeister hier als Freund.«

Steilvorlage!

»Aber du hast doch Günni. Läuft es nicht gut bei euch?«, taste ich mich vor und sehe, sie trägt heute keinen Schmuck.

»Es läuft genau genommen gar nicht mehr.«

Konfettiregen!

»Oh nein. Wie kommt's?«

»Erinnerst du dich noch an das Armband mit den Holzperlen? Mir war, nachdem ich es dir gezeigt hatte, eine Gravur im Herzverschluss aufgefallen. ›Für meine Prinzessin Melanie‹ stand drauf. Ist doch klar, was das heißt. Ich meine, ich bin naiv, aber nicht blöd.«

Sage lieber nichts, bevor sie sich doch blöd findet.

Außerdem verrät mein Bauchgefühl, dass man einer Frau, die eine Heißklebepistole hält, besser nicht widerspricht.

»Er hat eine andere. Entweder hat er die Armbänder verwechselt oder diese Melanie hat ihm den Laufpass gegeben und er hat nicht weit genug gedacht, so wie die meisten.«

»Man soll sich nicht vergleichen«, würde meine alte Sportlehrerin Frau Klarenbach jetzt sagen.

Ich tue es trotzdem. Agathe führt 2:0 gegen mich. Sie hat das bessere Moodboard und die bessere Einstellung. Ich muss wissen, was ihr Geheimnis ist.

»Du, Agathe, sag mal, wie schaffst du das? Diese Trennungskiste. Du scheinst das echt schon überwunden zu haben.«

Sie grinst schelmisch. Diesen Ausdruck habe ich noch nie zuvor bei ihr gesehen.

»Tja, um ehrlich zu sein, es hilft mir immer wieder vor Augen zu führen, dass er nicht der beste Liebhaber ist. Melanie wird sich wundern.«

Melanie wird sich hoffentlich frühestens in zehn Jahren wundern.

»Fünf-Minuten-Terrine?«

»Das nicht. Mh ... wie erklär ich das bloß am besten. Kennst du diese Metalldetektoren, die Leute benutzen, um ihren Ring am Strand wiederzufinden?«

»Die sind der letzte Dreck! Meine Cousine meinte, es dauerte ewig, bis sie endlich – oh.«

Da sitzen wir. Zwei Mädels, die sich über Jungs unterhalten und ein bisschen basteln.

Agathes Moodboard sieht klasse aus.

Anscheinend will sie einen Berg besteigen, Französisch lernen und einen Nutzgarten anlegen.

Mein Werk sieht dagegen … anders aus.

Die Zukunft eines Misanthropen!

Ich bin so blockiert durch meine Unzufriedenheit, sogar meine Fantasie ist gehemmt.

Hab bisher nur ein paar Radieschen aufgeklebt für eine bessere Ernährung. Ich halte im Magazin »kult!« Ausschau nach süßen Schuhen.

»Ich gehe später noch boxen. Kommst du mit?«

»Hm?«

»Das hilft mir immer ganz gut, mal Dampf abzulassen.«

Stille Wasser sind wirklich tief.

Dieselbe Agathe, die monatlich ihre Pastell-Twinsetsammlung erweitert und in der Pause »Nach Bienen schlägt man nicht«-Flyer verteilt, soll mir auf einmal ein Vorbild sein?

»Danke, ich lasse es heute lieber ruhig angehen.«

»Du verpasst was. PAO! PAO! PAO!«, schreit Agathe, deren Fäuste dreimal knapp mein Gesicht verfehlen.

»Entschuldige! Ich bin etwas aufgeregt, dass du hier bist.«

Ich habe nie in einer WG gelebt; es hatte sich nicht ergeben.

In einem Studentenwohnheim war ich für zwei Semester, aber das ist was anderes.

Das Bekleben der eigenen Joghurts mit Post-it-Zetteln war genauso witzlos, wie es zu lassen.

WLAN gab es wegen Überbelastung fast nie und zu den Duschkabinen musste man in Badelatschen quer über den ganzen Flur wandern.

Natürlich immer dick geschminkt in der Fußballsaison, wenn Fangemeinden auf der Etage ihr Unwesen trieben.

So wahr ich die Turnschuhe auf meinem Moodboard mit Glitzerkleber aufpeppe, ich fühle ich mich bei Agathe sehr wohl.

»In zwei Stunden kommt mein Bongokurs vorbei, ich hoffe, das macht nichts.«

Beendet sei der Schnupperkurs.

»Nein, das macht nichts. Ich wollte ohnehin gleich los.«

Agathe verkneift sich eine Antwort.

»Aber weißt du was? Sag mir das nächste Mal Bescheid, wenn du boxen gehst.«

Diesmal ist das kein Getue, um Zeit für neue Ausreden zu gewinnen. Ich habe eine echte Freundin in Agathe gefunden.

»Sehr gerne.«

Stehe schon seit fünfzehn Minuten vor meinem Elternhaus – nur noch väterlicherseits bewohnt – und frage mich, ob es keine andere Möglichkeit gibt.

Nein. Ich bin alles noch mal durchgegangen. Hier habe ich zumindest mein eigenes Zimmer.

Mein Finger liegt bereits auf der Klingel, als Maja anruft.

»Du MUSST deine Wohnung kündigen, Leili!«

»Maja, mein Vermieter weiß, dass ich nichts für den Schaden kann. Die Versicherung zahlt und in ein paar Wochen kann ich wieder einziehen.«

Seufzen am anderen Ende der Leitung.

»Bist du sicher, dass du das noch willst? Dein Nachbar ist ein gestörter Freak. Du bist dort nicht sicher.«

Hatte Maja gestern Nacht noch eine Sprachnachricht geschickt.

Finde es ganz schön frech, dass sie es erst jetzt einrichten konnte anzurufen, aber ihr Profilbild bei WhatsApp vor Stunden viermal geändert hat (mit Sonnenbrille – ohne Sonnenbrille – mit Bikinioberteil – ohne Bikinioberteil).

»Ich komm schon klar. Er ist kein … Meinetwegen, er ist ein Freak, aber harmlos.«

Für *harmlos* hielt ich auch das Spray, das ich in meiner Abizeit vor jedem Ausflug auf die Sonnenbank verwendet habe.

»Für eine sonnengeküsste Haut!

DAS Beauty-Must-have für diesen Sommer!«

Und dann war ich als Mr. Krabs die Attraktion des Abschlussballs.

»Der Mistkerl ist nicht harmlos! Alte Menschen sind niemals harmlos! Sie haben alle Zeit der Welt, auf dumme Gedanken zu kommen.«

Ja, Herr Roths Beweis der Nächstenliebe war dumm. Das fanden auch die Burschen von der Feuerwehr, die mithilfe eines Pumpschlauchs den gesamten Inhalt meiner Wohnung in den Innenhof schleuderten.

Welch erniedrigende Schnitzeljagd das war, meine Sachen wieder zu bekommen!

»Der Alte hat dir sogar einen Gefallen getan, wenn du mich fragst! Es wird Zeit für einen Neuanfang, Leili. Du denkst doch in der Küche eh nur an Lennard, wie er Zucchini schneidet.«

»Ich hasse Zucchini!«

»Dann halt eine beschissene Gurke, was weiß denn ich? Du weißt doch, was ich meine.«

Das tue ich.

Ich fühle – oder fühlte – mich in meiner Wohnung nicht mehr wohl. Alle Gegenstände erinnern daran, wie Lennard und ich sie entweder zusammen ausgesucht oder farblich umgestrichen haben. Vieles, wie zum Beispiel meine Schlafzimmerkommode, haben wir auf Ebay gefunden. Die gesamte Rückfahrt scherzten wir über den suspekten Akzent des Verkäufers.

Meine Wohnung ist eine Nachricht aus der Vergangenheit, ein Mahnruf!

Aber ausziehen? So weit bin ich noch nicht. Da gehe ich lieber vorerst mit einem aufgespannten Schirm zu Bett.

»Was stehst du da so rum? Komm rein!«

»Hallo, Papa. Maja, ich muss auflegen.«

»Ich will dir doch nur hel…«

Die gute Familienstube in Wilmersdorf.

Mein Vater benimmt sich immer wie ein aufgescheuchtes Huhn, wenn ich vorbeischaue.

Da komme ich mir vor, als wäre ich ein hohes Tier vom Jugendamt und er ein Alleinerziehender, der schnell seine Wasserpfeife verschwinden lassen muss.

Ich denke manchmal, er hat ein schlechtes Gewissen, wieder geheiratet zu haben, während meine Mutter die engste Beziehung zu ihrem Laptop hat.

Melissa, zweiundvierzig, Neurobiologin, riecht immer streng nach Menthol, verzichtet auf die Rolle der bösen Stiefmutter und hält unser Verhältnis oberflächlich (»Woher sind diese Schuhe? Wirklich? Sehr hübsch!«).

»Wo ist denn Melissa?«, versuche ich meinen Vater davon abzubringen, die ohnehin schon blitzende Dielenkommode zu polieren.

»Ach, die ist auf 'ner Fortbildung. Du weißt ja, wie Karrierefrauen sind.«

Nicht wirklich. Bin weder selbst eine noch mit einer verheiratet.

»Klar. Und es ist okay, dass ich hierbleibe? Ist auch nur für ein paar Tage.«

»Was für eine Frage! Je mehr, desto besser!«

Mehr?

»Na, Schwesterchen!«

Mein kleiner Bruder Kai hat sich hier also auch eingenistet. Das macht er immer, wenn er eine Krise hat. Na ja, ich bin mal still von wegen Glashaus und so.

Ich frag mich, was es diesmal ist. Entweder ist er wieder von seiner On-Off-Freundin Margot getrennt oder er hat das Studienfach gewechselt.

Zuletzt hatten es ihm die Ernährungswissenschaften angetan.

Oder verfolgt er noch diese fixe Idee mit dem Honig-Online-Shop?

»Hey, Kai. Wie läuft's?«

»Keine Spielschulden, niemanden, soweit ich weiß, geschwängert und noch keine Ausnüchterungszelle von innen gesehen dieses Jahr. BOOYAH!«

»Läuft bei dir!«

KLATSCH!

Während unseres High-Fives hat unser Vater den Esstisch gedeckt.

Er versucht wieder, uns mit seinen »Ravioli Speciale« (er macht jedes Mal Wind um seine »Geheimzutat«) zu verzaubern. In Wahrheit sind es bloß Ravioli aus der Dose mit einer Prise Oregano.

»Mmmh! Das Rezept MUSST du uns aber diesmal geben!«

Kai übertreibt es mit seiner Genießer-Farce, was völlig an unserem Vater abprallt.

Wenn dieser Mann für eine Sache unempfänglich ist, dann für Sarkasmus.

»Danke, mein Junge. Leila, was macht die Arbeit?«

Ich wollte den Messivater einer meiner Schüler rumkriegen, nachdem ich mit einem Ex-Kollegen ordentlich einen gebechert habe und meine Unterhose auf dem Schulgelände losgeworden bin.

»Alles beim Alten.«

»Schön. Und Kai, du, du siehst gut aus!«

Kai grinst selbstzufrieden und ist froh, vom Haken zu sein.

Arschgesicht! Kommt mit seinen dreiundzwanzig Jahren mit allem durch.

»Und Leila, wie geht's Lennard?«

Das Lauffeuer hat es offenbar nicht bis Wilmersdorf geschafft.

»Wahrscheinlich gut.«

»*Wahrscheinlich?* Was ist denn das für eine Antwort?«

»Papa, die Nummer ist gegessen! Willkommen im Single-Boot, Schwester!«

Nein, dafür gibt es kein High-Five.

»Ach Engel, das tut mir leid! Aber du bist eine starke Frau, du kommst nach mir! Du wirst das schon durchstehen.«

»Mhm. Reicht mir jemand noch 'ne Portion?«

»Uh, da will wohl eine Single *bleiben*, hehe.«

Kai erlebt nachher sein blaues Wunder, falls er Schlafen geht, ohne seinen Rasierer vorher wegzuschließen.

»So, Kinder! Ich habe noch eine Überraschung für euch!«

Oh nein.

Kai und ich gucken uns an wie die zwei letzten Mädels von »Germany's Next Topmodel« in der Endausscheidung.

»Weißt du, Papa, ich bin recht müde und muss doch noch mein Zeug raufbringen.«

»Dachte, dein ganzer Kram ist zusammen mit deiner Jugend abgesoffen.«

»Au!«

Den Tritt hat er verdient.

Der Grund, weshalb wir uns vor der sogenannten Überraschung drücken, ist der, dass wir ahnen, was jetzt kommt.

Und mit bleierner Raviolidröhnung intus ist eine Flucht nicht drin.

»Uuund hier ist er auch schon, Kinder!«

Als Festangestellter in einem Elektrofachhandel bekommt mein Vater regelmäßig Werbeartikel geschenkt. Und einem geschenkten Gaul guckt man nicht ins Maul. Aber dieser Gaul sollte dringend zum Zahnarzt!

Alle Gaben von »Romeo Markt« sind Schund.

Mein Vater hat uns bisher mehr angeschleppt als eine Katze in all' ihren sieben Leben.

Da war zum Beispiel der Rasenmäher ohne Schnur mit einer Akkulaufzeit von ganzen sechzehn Sekunden.

Die letzte Kaffeemaschine forderte zum Kauen auf und vom Waschmaschinen-Beat, der uns Nachbarschaftsprotesten überließ, will ich gar nicht erst anfangen.

»Allergiker, aufgepasst! In diesem Haus wird es nie wieder staubig sein!«

Das knallrote Maschinchen sieht tatsächlich vielversprechend aus. Aber der Look war auch bei den Vorgängern nicht das Problem.

»Ich zeig es euch mal an der Fußmatte. Denn ... hier drinnen ist es eigentlich schon recht sauber.«

Schön. Er hat's eingesehen.

WwwwwUUUUwwwwwwAAAAwwwwwUUUU!

Eine traurige Vorstellung.

Klingt wie der Verdauungstrakt eines neunzig Jahre alten Fluglotsen.

»Na? Was hab ich euch gesagt?«

Vor unseren Augen wird der Straßendreck und was sich sonst noch unter Schuhen ansammelt radikal aufgesaugt. Nicht schlecht! Der Beagle auf der Matte ist wieder erkennbar.

WwwwUUUUSCH ... SCH ...!

»Kacke! Voll in mein Auge!«

Und in meine Haare.

Die neueste Errungenschaft im Hause Sternenberg: Sie lässt den Schmutz verschwinden, zerkleinert ihn und lässt ihn wieder frei.

Hinreißend. Ein Staubsauger mit Auspuff.

Das braucht jede Familie. Einen Zerstäuber für Keime.

»Er muss erst richtig warmlaufen! Ich gehe noch mal drüber, dann müsste es eigentlich ...«

Kai und ich verziehen uns auf Zehenspitzen nach oben.

»Nacht, Kai.«

»Nacht? Willst du mich verarschen? Es ist Samstagabend.«

»Hast du Netflix auf deinem Handy?«

»Nä, da gab's Unstimmigkeiten mit meinem Konto, weil ...«

»Nacht, Kai.«

»Nix da, du kommst mit, Streber!«

Ich werde an meinem Unterarm aus dem Flur raus in mein altes Zimmer geleitet wie ein Ladendieb.

Riecht nach Zopfgummis und Hausarrest hier drin.

»Wohin denn? Ich bin echt fertig.«

»Du bist doch immer fertig.«

Na den Idioten decke ich noch mal, wenn er bekifft babysittet.

Kai peilt meinen achtzehnjährigen Kleiderschrank an.

»Wir gehen auf eine Party. Und da kannst du nicht in diesem Lehreroutfit hin. Deine komischen Ballaballas kannste ja von mir aus anlassen.«

»*Ballerinas?* Das sind keine, ich trage einen Absatz!«

»Wenn ich in Pferdemist trete, sind meine Schuhe danach höher als deine Latschen.«

Charmebolzen.

»Der Fetzen da drüber ist auch nicht besser.«

»Du kannst mich mal! Das nennt sich *Kleid!* Das hatte ich gestern auch auf meinem Date an!«

»Kein Wunder, dass er nicht anruft!«

»Woher willst du …? Hör auf in meinem Schrank rumzuwühlen, das macht mich kirre! Kannst dir die Mühe eh sparen, meinem Arsch passt nichts mehr in dieser Puppengröße! Und außerdem, wie kommst du darauf, dass ich Spaß daran hätte, auf eine Mittzwanzigerparty zu gehen? Mit meinem kleinen Bruder!«

Den letzten Satz hätte ich mir verkneifen sollen. Hab das Gefühl, Kais frühere Protegé-Rolle ist seine Achillesferse.

Als ich mit meinen Freundinnen Steffi, Kim und Vanessa durch die Clubs gezogen bin, musste mein minderjähriger Bruder mit unserem Vater »Wer wird Millionär?« gucken.

»Irgendwas muss dir passen. Komm schon, du hattest nie eine Lily-Collins-Taille.«

Schwups, das schlechte Gewissen ist Vergangenheit!

»Und da sich die Mode immer wieder im Kreis dreht, wirst du da gar nicht auffallen.«

Ganz großen Dank an die Hipstergemeinde!

Kai legt sich ganz schön dafür ins Zeug, mich ausgehtauglich zu machen. Er hat mein gesamtes Zimmer auf den Kopf gestellt. Mein Fußboden sieht jetzt aus, als hätte sich der Kleiderschrank von einem 90er-Pop-Sternchen auf ihm übergeben. Kein Fleck ist mehr frei von Statement-Tops (»Vorsicht! Heiß!«, »Me, myself and I«) und Glitzergürteln.

Erinnert mich an die Zeiten, als wir alle Ritzen und Jackentaschen nach Kleingeld für einen Kentucky-Fried-Chicken-Trip abgesucht haben.

»Zu sehr Taylor Swift, zu wenig Paris Hilton. Das geht. Und das auch. Zieh das mal an!«

Ein gefundenes Fressen für Guido Maria Kretschmer: ein bauchfreies Jeanshemd, ein kurzer enger Jeansrock und ein goldenes Stirnband.

Die Ravioliportion erlaubt mir heute keinen Knoten unter meinem Busen.

So war das schon immer mit meinem Bauch. Ein Häppchen zu viel und ich sehe im Fingerschnipp aus wie ein kleines, dickes Kind am Strand. Nur mit Zigarette statt Plastikschaufel.

»Auf keinen Fall! Naja, außer ... GRRR! Es muss doch irgendwo hier noch rumfliegen.«

»Ey, pass doch auf!«, motzt Kai, dem mein alter Furby ins Gesicht fliegt.

Ha!

Da unter meinen Rollerblades sehe ich Lack aufblitzen.

»Mach dich nützlich und hilf mir hier rein.«

Luftanhalten und hoch mit dem Reißverschluss!

»Das wird nicht klappen ohne Butter!«

»Es *muss* klappen! Du strengst dich nicht genug an!«

Kai und ich kämpfen jeder für sich, aber immerhin für dieselbe Sache: meine Lackhose mit Schlag, die weder Haut noch Lunge atmen lässt.

»Coolio! Damit kannst du heute noch genau ein Tic Tac essen!«

»Und was zieh ich obenrum an?«

Kai wirft seinen Kopf in den Nacken und bereut, dass er nicht ohne mich gegangen ist.

»Hier!«

Okay, das könnte funktionieren. Mein weißes Blümchenoberteil mit Puffärmeln – die Britney Spears CD kann auch nicht weit sein.

»Passt! Gehen wir?«

»Warte doch mal! Oben die Blümchen und unten die Lackhose? Ich sehe aus, als wäre ich erst bei den Schwiegereltern eingeladen und würde danach auf 'ne Swingerparty gehen.«

»Und wo ist das Problem? So kannst du mit den Muttersöhnchen *und* den Zuhältern flirten.«

»Ich bleibe lieber hier.«

»Boah, stell dich nicht an! Zieh so ein Ding mit Gummiträgern an. Die gehen immer.«

»Meinst du *Spaghettiträger?*«

»Wer bin ich, 'ne kleine Schneiderin? Beeil dich, wir haben gleich schon zehn.«

»Hm, ich glaub, ich habe hier echt noch eins in Rot.«

Ich sage es ungern – schon gar nicht laut – Kai hat recht.

Ein Ding mit Gummiträgern geht immer.

»Na, wer sagt's denn? Du siehst heiß aus, Schwesterchen!«

»Bitte sag das nie wieder zu mir.«

So sieht heute eine Party aus: Hinterwäldler-Park, Pappbecher und geizig mit Chips befüllte Keramikschalen auf einem Klapptisch.

Der Alkoholstand befindet sich direkt neben den Dixi-Klos. Wie praktisch.

Bier, Bier und Bier mit Biertopping.

Sehe leider keine Schirmchen, geschnittenes Obst oder sonstige Cocktailspuren.

Und für diese Low-Budget-Party habe ich mich jetzt fein gemacht?

»Ist doch der Hammer, oder?«

Kai hat sich gleich zwei Becher Männergebräu gekrallt.

Ganz schön junge Dinger hier.

Der Altersdurchschnitt liegt – gemessen an der Crop-Tops-Quote – bei einundzwanzig.

Das einzige Gefühl, das schlimmer ist als Liebeskummer, ist sich alt zu fühlen.

Bei Ersterem kann man sich wenigstens krampfhaft einreden, es sei vorübergehend.

Zweiunddreißig Jahre machen noch keinen Dinosaurier aus mir! Seh ich nicht ein!

Doch was weiß ich schon? Die Welt dreht am Rad, *das* weiß ich.

Kinder haben eigene Backshows.

Enrique Iglesias ist von »I can be your hero« zu »Tonight I'm fucking you« übergegangen.

Hunde haben einen eigenen Instagram-Account.

Da kann man sich nur wundern!

»Gehst du mal zur Seite? Du verdeckst das Bierfass für unser Foto.«

So ein Gerippe hält doch tatsächlich einen Stock (einen *Selfiestick,* wie ich in vier Minuten erfahren darf) hoch, um von sich und diesem Einhornhoodie von einem Kind ein Foto zu schießen.

Ich hasse mich dafür, dass ich bei Instagram bin und meine aktuelle Followerzahl *(209)* kenne *(#NICHTSALSDUMMBEUTEL).*

Unser trautes Heim ist fußläufig erreichbar, ich kann jederzeit die Biege machen.

»But I've got a blank space, Baby.
And I'll write your name.«

Na, wer sagt's denn? Taylor Swift!

Und Kai meinte, mein Abiballkleid wäre hier deplatziert.

Wo ist der überhaupt hin?

»Jaaaaa! TRINK! TRINK! TRINK! TRINK!«

Gut, da haben wir einmal den Beer-Pong-Sektor.

Von denen fährt hoffentlich keiner mehr mit dem Auto.

Auszeit, Frau Lehrerin!

Habe Kai und mir versprochen, es heute locker zu halten.

»Schieb ab, SM-Tante!«

Ganz schön aufbrausend für rosa Zöpfe. Der stumpfe Spruch ging wohl an meine Lackhose.

»Oh! Mein! Gott! Das ist nicht wahr! Sag mir, dass das nicht wahr ist, Emelia!!!«

Armes Kind. Einer der Selfieschwestern ist ihr Handy hingefallen. Mitten auf die Pflastersteine.

Sie hätte nur halb so laut geschrien, wenn es ihr Baby gewesen wäre.

»Amüsierst du dich gut?«

Kai hat schon seinen Radar auf willige Blondinen ausgerichtet und enthemmt sich besinnungslos. Ich stehe verkrampft in einer Ecke – die Hände um einen Becher Mineralwasser – und wäre gern längst im Bett.

»Ist ganz nett hier. Wie alt sind die so in etwa?«

»So zwischen neunzehn und einundzwanzig, schätze ich. Hauptsächlich Erstsemester.«

Schon schäme ich mich weniger für Bad-Taste-Outfit und Alter.

Ist ja der reinste Kindergarten hier.

Sollte eine Warnweste samt Trillerpfeife verpasst bekommen und alle nach und nach auf die andere Straßenseite lotsen.

Gut an diesem Generationsrutsch ist, dass ich Lennard unmöglich antreffe.

Ein befreiendes Gefühl.

Ich darf einen Abend lang so tun, als wäre ich keine Lehrerin, die in der Vergangenheit lebt.

Na ja, bis auf die Klamotten.

Diese Lackhose zwackt ungemein!

Sollte ich doch lieber wieder gehen?

In meinem Kinderzimmer erwartet mich nichts. Kein Fernseher, keine Schokolade. Ich wäre mit meinen Gedanken allein.

»Du kommst zurecht?«

Was? Nein!

Ein Teil von mir will ihn festhalten wie unversichertes Handgepäck am Flughafen, das in den Frachtraum abgeschoben wird. Die neun Jahre ältere Schwester hält sich zurück.

»Sicher.«

Kai baggert eine Rothaarige an, die sich anstellt, den Zapfhahn richtig zu betätigen.

Tendenz: Kai und ich verlassen die Party nicht zusammen.

Mache mich an die Chips ran. Ich muss irgendwie beschäftigt aussehen, damit ich nicht wie ein Voyeur rüberkomme. Außerdem ist eine Grundlage nie verkehrt, wenn ich die schwankenden Selfiesticks hier so sehe.

Ih! Die Guacamole riecht seltsam. Das lasse ich lieber, denn ich habe es nicht eilig, eines der Dixi-Klos von innen zu sehen.

»Bist du Restaurant-Testerin?«

Ich zerbrösle vor Schreck meinen ungedipten Chip.

Ein Typ – sichtlich jünger als ich – guckt mir auf die Finger.

Millimeterkurzes Haar, dunkelblauer Kapuzenpulli, 60er-Brille mit dicken Rändern (Anfangsverdacht: Fensterglas!) und eine angenehm ruhige Stimme.

»Ja, äh, nein, ich bin Lehrerin.«

So viel zu meiner groß angekündigten Auszeit von meinem wahren Ich.

Intuitiv kann ich nicht lügen. Konnte ich noch nie.

Deshalb wurde ich auch als Kind nie in Gruppenstreiche eingeweiht.

»Lehrerin! Wow! Ist das nicht voll undankbar und anstrengend?«

»Ja, aber ich träufle einfach etwas Hustensaft in die Milchtüten und schon herrscht Ruhe! Oder wie wir es nennen: vorgezogene Mittagspause.«

Mich trifft der gleiche Blick, den ich einst meinem Fahrlehrer zuwarf, als er die Motorhaube öffnete und mich mit Wörtern wie »Keilriemen« und »Kurbeltrieb« zuballerte.

Ich betrachte Humor gern als Spiegel unserer Intelligenz.

Und dieser Knabe hier ist – da resistent gegen jedweden Esprit – strunzdumm! Schade eigentlich. Er sieht ganz süß aus.

»Aha. Ich studiere Marktwirtschaft.«

Keine Frage zu meinen Unterrichtsfächern? Direkt eine plumpe Überleitung zu sich?

Trottel! Der will mich nur als Follower gewinnen.

Pech gehabt, Schätzchen! Du hast dir die falsche Lackhose hier ausgesucht.

»Kann ich dir ein Bier holen? Ich selbst trinke aber nur Wasser.«

Seine Leber ist ihm wohl wichtiger als meine.

Er wird gleich auspacken mit Abtörnern wie »Deadline« und »Hausarbeit«.

»Schon klar, was du denkst, aber ich trinke grundsätzlich nicht.«

Hm. Keine Kreuzketten oder symbolische Tattoos zu sehen.

Kommt jetzt etwa eine tragische Kindheitsgeschichte auf mich zu?

Da gehe ich einmal aus ...

»Ich kiffe nur.«

Und wir sind wieder im Spiel. Dazu muss man sagen, ich habe noch nie gekifft.

Da hat die Erziehung meiner Mutter ausnahmsweise gefruchtet (»Die Gehirnzellen sind unwiederbringlich, Liebchen! UNWIEDERBRINGLICH, hörst du?«).

Obwohl ich das heute für Unsinn halte.

In anderen Ländern wird Marihuana immerhin als Schmerzmittel eingesetzt. Hierzu passend hat meine Hose sich inzwischen festgebissen!

»Hast du was dabei?«

Vorher hätte ich fragen sollen, ob er ein Cop ist. Aber der Witz ist noch älter als ich. Und das mit dem Sarkasmus hat vorhin schon nicht geklappt. Vielleicht ist er bekifft lustiger.

»Jo, hab mir eben einen gedreht. Wie sieht's aus?«

Jo? Gedreht? Leila, bring deinen Lackarsch ins Bett!

»Bin dabei!«

»Cool. Verziehen wir uns nach dahinten?«

Dahinten ist ein inaktiver Brunnen, der noch fieser riecht als die Dips.

Ich verarbeite eine Trennung. Einen Frontallappenkurzausfall habe ich mir verdient!

Und man will ja nicht unhöflich sein.

Versuche Blickkontakt mit meinem Bruder aufzunehmen, um ihm ein zu Zeichen geben, dass ich meinen Radius erweitere.

Aber der gestikuliert gerade wild mit den Händen vor seiner neuesten Eroberung.

Er macht ihr bestimmt gerade vor, wie unser Vater sich heute beim Staub-»saugen« lächerlich gemacht hat.

»Ich heiße übrigens Axel!«

Schwieriger Name. Da will man direkt Deo auftragen.

Axel kann gut drehen. Routiniert.

»Leila.«

Mein Husten treibt unser Tête-à-Tête nicht voran.

»Lena?«

Ich nicke. Den seh ich eh nie wieder.

Axel kifft wie ein Profi. Kein Husten. Kein Paffen.

Der kleine Student will mich wohl beeindrucken.

Vor zwei Zügen habe ich mich gefragt, ob er mit jemandem hier ist. Inzwischen ist es mir egal.

Sogar meine Hose hat Frieden mit meiner nicht mehr schmerzenden Hinterpartie geschlossen.

Wie bekommen wir dieses Zeug nur in unser Trinkwasser?

»Würdest du lieber für immer auf Käse verzichten oder für immer Kniestrümpfe tragen?«

Daraufhin küsst er mich. Eine gute Antwort. Seltsam dieses Gefühl.

Ob ich ihn weggestoßen hätte ohne pflanzlichen Zusatz?

Vermutlich nicht.

Ein guter Kuss. Vielleicht sogar unter den Top fünf.

Lennard ist auf Platz zwei.

Unübertrefflich ist mein erster Kuss zu Schulzeiten mit Johannes Flemm.

Vielleicht war er auch so gut, weil ich damals noch keine Vergleichsmöglichkeiten hatte.

Aber das elektrisierende Gefühl, das einen vom Boden abheben lässt, verspürte ich nie wieder so intensiv.

Lautes Gegacker stiehlt mich aus meiner Trance.

Komisch. Kommt mir bekannt vor.

Das verheißt nichts Gutes.

Der geschorene Küsser beugt sich erneut zu mir rüber.

Sein Dreitagebart pikt unter meinen Fingerkuppen.

»Hahahahahahaaaa! Kai, du machst mich fertig.«

Oh nein! NEINEINEINEINEIN! N.E.I.N.

Nicht diese Unperson.

Margot. Die On-Off-Ex meines Bruders.

Ihre Beziehung ist das Destruktivste, was die Welt zu bieten hat.

Normalerweise ist Kai immer derjenige, der Schluss macht (übersetzt: sich nicht mehr meldet).

Doch wenn es um Margot geht, ist er machtlos gegen seine eigene Inkonsequenz.

Margot lebt von den Tantiemen ihres Vaters – ein vormals berühmter Schlagersänger, der durch den falschen Drogencocktail vor drei Jahren ums Leben kam.

Sie erwähnt diesen Schicksalsschlag oft und gern, um Kai emotional zu erpressen.

In Wahrheit hat sie ihren Vater nie kennengelernt, sie hat bei ihrer Mutter gelebt. Erst mit der Testamentseröffnung hat sie ein Interesse für ihre Wurzeln entdeckt.

Margot ist eine von diesen Personen, die sich immer langweilen. Sie will immer mehr und mehr, so lange, bis alle um sie herum nichts mehr zu geben haben.

Kai ist da ganz anders. Er hat zwar wenig Disziplin, aber ist dennoch bodenständig.

Als sie nach dem Tod ihres Vaters nach Frankreich ging, um »sich selbst zu finden«, schien es endgültig aus zu sein zwischen ihr und Kai.

Und jetzt höre ich diesen Blutsauger tatsächlich wieder mit ihm rumalbern.

Der Grund, weshalb ich sie nicht mag?

Sie mag mich nicht. So einfach ist das. Und sie verwandelt meinen Bruder jedes Mal in ein Häufchen Elend, wenn die wöchentliche Reizlosigkeit sie wieder überkommt.

Und nun sitzt sie mit ihrem kurzen französischen Pony auf den Schultern von Kai, der überglücklich aussieht.

Meine Beine fühlen sich weich und gleichzeitig schwer an, als ich sie auf Kai und Margot zubewege.

»Na, ist das nicht nett? Das wievielte Comeback ist das jetzt? Hab bei hundert aufgehört zu zählen.«

»Leila, du bist echt widerlich, wenn du trinkst.«

»Ich hab nichts getrunken, sondern gekifft, du Ass!«

Kai wendet sich wieder Margot und ihrem hinduistischen Schulter-Tattoo zu.

Axel ist nicht mehr in meinem Sichtfeld. Verübeln kann man es ihm nicht.

Zu gleichen Teilen entspannt und gereizt zu sein ist mir fremd. Ich weiß noch nicht, wie ich das finden soll.

»Viellaischt solltöst dü ös mal miet Yoga vörsüchön, anstatt diesch züzüdröhnön, Laaila.«

Warum nennen Leute, die einen nicht leiden können, immer beim Vornamen?

Den vergisst man schließlich nicht.

Und was soll dieser antrainierte französische Akzent auf einmal?

Sie lebt doch erst seit ein paar Monaten da drüben.

»Und vielleicht solltest du dich dahin zurückverziehen, wo die Baskenmütze wächst!«

Margot zieht ihre buschigen Brauen hoch.

»Ja, hast richtig gehört! Kauf dir ein Baguette und schieb es dir in deinen A…«

»Schluss jetzt, Leila! Hör nicht auf sie. Sie spult sich nur auf, weil ihr Macker sie sitzen gelassen hat. Und jetzt will sie sich selbst beweisen, dass sie nicht so langweilig ist, wie jeder sie findet.«

Kein Gras kann diesen Stich abfedern.

Mein eigener Bruder?

Ich bin also nicht nur unselbstständig, sondern auch noch langweilig?

Immerhin hatte ich schon mit dreizehn ein Henna-Tattoo!

Und! Fast hätte ich mir die Lippe piercen lassen, wäre da nicht dieser Fernsehbericht über Gesichtslähmungen gewesen.

Und! Kein neu angelaufener Horrorfilm im Kino geht an mir vorbei.

Ich bin nicht langweilig!

Kai versucht mich zu umarmen, aber ich blocke ihn ab. Auf keinen Fall will ich vor Margot heulen.

Ich will nur noch nach Hause. In mein richtiges Zuhause, meine Wohnung.

»Na, traust du dich?«

Eine junge Frau mit eisblondem Pixie-Bob, die eine Schere hält, lächelt mich an, so als hätte sie nur auf mich gewartet.

Kapier gerade gar nichts.

Will sie mein Outfit umstylen?

»Das iest böstiemt nieschts füach ünsörö vuachsieschtiegö Laaila.«

Margot zündet sich eine von diesen dünnen Nuttenstängeln an, damit ihre kleinen Hände noch niedlicher und ihre Fingernägel umso länger aussehen.

»Ich mach's!«

Von wegen *langweilig!*

Eine ausgerollte Klopapierrolle wird mir um die Schultern gelegt.

Keinen Schimmer, worauf ich mich hier gerade einlasse.

»Vertrau mir einfach.«

Erst jetzt sehe ich, dass das Scherenmädchen ein Fußkettchen trägt.

Kann nicht erkennen, was alles dranhängt, aber es sieht aus wie ein Bettelarmband, das ihr für das Handgelenk zu groß war.

Ihr Lächeln beunruhigt mich. Hat was von der Grinsekatze aus »Alice im Wunderland«.

Was macht sie da? Schneidet sie mir etwa die Haare ab?!

Kann nicht sein. Dazu müsste ich vor einem Spiegel sitzen und einen Cappuccino angeboten bekommen.

»Woooohooo! Sie macht's echt! Alter, wie krass ist das denn?«

Unruhiges Getöse hinter mir.

So was habe ich zuletzt in der WM-Zeit gehört.

Ich will aber gar nicht *krass* sein, ich bin Lehrerin!

»Willst du es sehen?«

Sehen?? Ist es etwa schon vorbei? Dann kann es nicht gut sein. Gut Ding braucht Weile!

Wieder dieses diabolische Lächeln.

»Was hast du mit mir gemacht??«

Ein Bündel brauner Haare mitten auf meinem Schoß.

Margot guckt sehr zufrieden. Auf einen Spiegel kann ich dann verzichten.

»Ach du dicke Scheiße, wie siehst du aus?«

Kai, der gerade mit zwei Bechern Bier zurückkommt, sieht wieder aus wie der zehnjährige Junge, dem ich »A Nightmare on Elm Street« gezeigt habe.

Partys außerhalb der eigenen Altersklasse sollten nur als Zaungast besucht werden.

»Ein Spiegel! Gebt mir einen Spiegel!«

Margot kommt freudig auf mich zu gerannt und hält mir ihr Schminkspiegelchen von Chanel ins Gesicht.

In diesem kleinen Ding kann ich nichts erkennen.

Dann habe ich ja morgen früh etwas, worauf ich mich freuen kann.

Wenn meine Haare erst mal gewaschen und gestylt sind, sieht die Sachlage schon wieder ganz anders aus.

Veränderung ist gut und schafft Platz für etwas Neues. Etwas Besseres.

Ich bereue nichts.

»Ich mag deine neue Frisur. Bis bald, hoffe ich.«

Axel, von dem ich dachte, er sei längst gegangen, drückt mir einen Zettel in die Hand.

Vermutlich seine Telefonnummer.

Sehe wohl doch ganz süß aus.

»Poetry Slam!
Sonntag! 17/07/2019 ab 18 Uhr
im heißen Kessel!«

Ein Flyer.

Ich sehe mit absoluter Sicherheit grauenvoll aus!

6. Kapitel

»Willst du dir den Tag versauen,
musst du in den Spiegel schauen.«
(Ein pickelgeplagter Teenager)

»Dass du mich an diesen ... diesen Ort entführt hast, wo Menschen erst willenlos gemacht und dann entstellt werden, verzeihe ich dir nie! NIE, hörst du?«

Mein Bruder und ich stehen an diesem Sonntagmorgen völlig ratlos vor dem Badezimmerspiegel und suchen einen Winkel, der nicht so erbarmungslos ehrlich über meinen neuen Look urteilt.

»Was hast du denn erwartet? Dass sie die Büsche um 2 Uhr nachts beschneidet? Das war die Party-Frisel!«

»Warum sagst du das so, als müsste jeder normale Mensch wissen wer oder was das ist?«

»Weil es so ist! Die kennt jeder. Sie ist eine von diesen Party-Friseurinnen. Die trinken noch mehr als ihre Spontan-Kundschaft. Deshalb sollte man sich von denen ja auch fernhalten.«

Tja.

Friseurinnen nach Ladenschluss genießen das gleiche Maß an Seriosität wie Veranstalter von Kaffeefahrten – notiert.

Heute früh (ich bin unter meinem Backstreet Boys Poster aufgewacht – auf Nicks Gesicht klebt noch immer mein erstes Lipgloss) hatte ich gehofft, das letzte Drittel des gestrigen Abends war nur ein schlimmer Albtraum.

Bis mir der Spiegel die Stirn geboten hat.

Das ist bestimmt das Karma, weil ich meinen Puppenfrisierkopf als Kind so übel zugerichtet habe.

War der festen Überzeugung, die Haare würden wieder nachwachsen.

Doch das taten sie nicht.

Prinzessin Gabrielle war für immer zum Tragen eines sehr preiswert aussehenden Haarschnitts verdammt.

Und heute ist es auf mich übergegangen.

Das ist nicht mal ein Schnitt.

Es sieht so aus, als hätte mir ein Rechtshänder mit links drei Kaugummis aus dem Haar entfernt – mit einem Brotmesser.

Und auf einigen Partien seine Zigaretten ausgedrückt.

Vor allem sind die Spitzen total stumpf – wie angeschmort.

Wie ist denn so was Grausames nur möglich?

Dachte, das einzig Gute an kürzer ist gesünder!

Kürzer gleich gesünder; ja, so läuft das üblicherweise in der Welt der Haarwagnisse.

Deswegen unterziehen sich Frauen doch überhaupt erst diesen schmerzhaften Friseurbesuchen.

Wahrscheinlich nutzt diese hippe Teufelin ihre Schere als Schweizer Taschenmesser für *alles*.

Oder sie benutzt so eine kindersichere Bastelschere, um sich von der Mainstream-Arbeitsweise anderer Friseure abzuheben.

Manchmal kotzt mich Berlin richtig an.

Ich kann nicht mal einen Film gucken zur Ablenkung, weil einfach JEDE Schauspielerin schöne, normale, symmetrisch (!) geschnittene Haare hat.

Selbst die sportliche Kumpel-Typin aus der Pick-up-Werbung hat einen wunderbar durchschnittlichen Pferdeschwanz, für den ich gerade töten würde.

Mist! Morgen muss ich ja wieder arbeiten!

Charlotte wird ein Foto von mir machen, um ihren Bildschirmschoner abzulösen, und die Kinder werden aus dem Lachen gar nicht mehr rauskommen.

Ganze neun Stunden seit dem Überfall und sie sind immer noch kein Stück gewachsen!

Sie riechen meine Angst wie Hunde und benehmen sich deshalb so komisch.

Kein Weg der Besserung in Sicht.

Ich könnte nur noch weinen!

Nichts! Hilft! Aber auch g-a-a-a-r nichts!!!

Zurück kann ich sie nicht machen, weil vorne dafür zu kurz.

Da bräuchte ich schon Pattex oder eine ganze Packung von diesen Kinderspängchen.

Ach du Große, ich kann mir nie mehr ohne ein Scheißstirnband das Gesicht waschen!

Und hinten ... da habe ich mich noch gar nicht getraut so genau umzusehen.

Ich ahne es schon, Hinterhof und Vorgarten haben ein Match.

Vorne Mecki – hinten Fußballmannschaft aus den 80ern.

Ich bin nur noch eine Blondierwäsche von Dieter Bohlens Höhepunkt seiner Gesangskarriere entfernt.

Hab Kai inzwischen mehrmals den zweiten Spiegel aus der Hand geschlagen.

»Ey, ich will dir doch nur helfen!«

»Es würde schon helfen, wenn du meine Haare nicht mit zwei Fingern so angewidert-vorsichtig wie mit einer Pinzette hochhalten würdest. Es ist schließlich nicht ansteckend, so beschissen auszusehen!«

»Wir kriegen das schon wieder hin. Nimm was von meinem Haargel! Dann siehst du aus wie diese Kristen Stewart, ist doch cool! Wetlook, Baby!«

»Niemand will so aussehen! Außerdem hat diese Frau Wangenknochen und kein abgefressenes Gras über ihren Augenbrauen.«

»Hm, stimmt. Bei dir könnte es dann wirklich ein wenig aussehen wie Bart Simpson, der sich für die Kirche fein macht.«

Männer werden nie ein Gespür für den richtigen Zeitpunkt entwickeln: Witze zu reißen!

»Weißt du eigentlich, dass das alles nur deine Schuld ist?«

»Bitte?!«

»Du hast mich provoziert!«

»*Provoziert?* Wer bist du, Bushido?«

»Du hast gesagt, ich wäre langweilig!«

»Glückwunsch! Jetzt bist du hässlich!«

Ich habe keinen Bruder mehr.

PIU! PIU! PIU!

Mein – nennen wir es mal – »Pony« springt mir unentwegt ins Gesicht.

Ohne einstweilige Verfügung werde ich den nicht los. Britney, ich versteh dich und deinen Rasierer endlich!

»Maaann, verstehst du keinen Spaß? Ich wollte damit nur sagen, du bist nicht langweilig, zufrieden? Entschuldige.«

»Hättest du mich nicht vor versammelter Mannschaft bloßgestellt, hätte ich das nie gemacht! Du hast mich ja praktisch gezwungen, mir das anzutun!«

»Nu mach aber mal halblang! Wie kann ich ahnen, dass du dermaßen kindisch auf Margots Rückkehr reagierst und dich so zum Affen machst? Was du im Übrigen ganz allein geschafft hast. Margot ist gar nicht so übel, Leila.«

»Sie hat in deine Schuhe gepinkelt! Unmittelbar vor deinem Vorstellungsgespräch. Wer tut so was?«

»Du vergisst aber auch nie etwas! Das war nur ein Studentenjob, den ich eh nicht wirklich wollte. Da war sie einfach sauer, weil ich ihre neuen Strähnchen nicht bemerkt hatte. Außerdem musst du zugeben ... für eine Frau ist diese Treffsicherheit schon stark.«

Darauf antworte ich nicht.

Brauche jetzt Ruhe, um zu googeln, wie ich den Schaden beheben kann.

»BRIGITTE: 5 Tipps! Wie Sie eine misslungene Frisur wieder retten können.«

Lächerlich.

Die »misslungenen« Vorher-Bilder sehen aus wie meine Haare prä-Unfall.

Gibt mir zu denken.

»Hey, immerhin habe ich gestern noch für dich geblecht! Die Frisel hätte dich sonst angezeigt, nachdem du einfach verschwunden bist, ohne zu zahlen!«

Auf YouTube gibt es auch nichts Hilfreiches, außer irgendwelche Kiddies, die einem erst mal dreizehn Minuten ihre Lebensgeschichte aufzwingen, bis sie endlich zur Sache – Moment mal.

Hat Kai das gerade wirklich gesagt?

»SIE hätte MICH sonst angezeigt? Das wird ja immer bunter! Oh! Danke, dass du das für mich übernommen hast, Kai! Bezirz doch auch bitte gleich jemanden, der mich mit Gifteiche attackiert, dann passt meine Haut zu *dem* hier!«

Wutschäumend begebe ich mich in meine Embryonalposition und versperre Kai – der gar nicht gehen will – den Weg.

»Jetzt übertreib doch nicht, es sind nur Haare!«

»NUR??? HAARE? Was weißt du schon davon, du Armleuchter! Deine Haare wachsen doch schon während wir darüber sprechen. Und du hast keine Ahnung, wie die letzten Tage für mich waren. Ich bin praktisch obdachlos und jetzt sehe ich auch noch so aus!«

Kai kämpft und kämpft, bis ihm die Tränen kommen und er losprustet vor Lachen.

Er schafft es leider, mich anzustecken.

Geschwisterliebe schlägt Standhaftigkeit.

»Okay, ganz ehrlich ... selbst ein hochgewürgtes Katzenhaarknäuel sieht um Klassen besser aus als das, was du da auf'm Kopf hast. Aber ...«

Miesester Aufheiterungsversuch aller Zeiten!

Mein Körper hat die Endorphinproduktion hiermit eingestellt.

»... sieh es doch mal positiv, Leila! Die Farbe hat sie nicht angerührt, der Rest wird nachwachsen. Außerdem sparst du das Geld für den morgendlichen Kaffee. Du musst in den Spiegel schauen und hey, wach bist du! Und es hat dich zumindest ein bisschen von Lennard abgelenkt, oder?«

Lennard! Oh Gott, wenn der mich so sieht! Dann denkt der, das sei ein Hilferuf!

Sieh nur, wozu du mich gebracht hast! Du bist der Grund, dass ich mich selbst nur noch hasse und zerstöre!

»Warum musstest du jetzt Lennard erwähnen?«

»Keine Ahnung, Leila! Einfach so. Du bist echt empfindlich!«

Ich bin nicht empfindlich.

Ich bin eine Schande für jede Single-Frau, die sich zusammenreißen kann.

»Es tut mir leid. Ich geh wieder ins Bett.«

»Warte doch mal! Ich kenne wen, der dir helfen kann.«

Hoffentlich jemanden, der einen Sekundenkleber für Perücken auf Naturbasis erfunden hat!

Mein Bruder hält mir eine Schere entgegen.

»Du willst mir nur helfen, ich weiß … aber ich will wirklich diesmal einen Profi da ranlassen.«

»Ich bin zwar noch in der Ausbildung, doch das trau ich mir zu.«

»Du machst eine Ausbildung zum Friseur? Seit wann das denn? Warum hast du nichts gesagt?«

»Du hast nie gefragt. Und weil es noch niemand wissen soll. Habe Schiss, dass ich es versaue, dann heißt es wieder *abgebrochen*. Falls ich es schaffe, erzähl ich es allen.«

Gebe ich Kai jetzt einen Korb, wird das sein Selbstvertrauen nicht stärken.

»*Wenn* du es schaffst«, korrigiere ich meinen Bruder, dem dieses Kompliment entgeht.

»Na gut, fang an. Halt! Eine Frage noch, bevor du anfä…«

»Nein, keine Sorge, die Schere ist nicht aus Papas Geschäft.«

Bin endlich wieder vorzeigbar und kann mich ohne eingetüteten Kopf aus dem Haus trauen.

Ich muss schon sagen ... mein kleiner Bruder kann was!

Er isst wie ein Schwein, aber sobald er in seine Rolle schlüpft, wird er zum Filigranarbeiter.

Ein bisschen sehr kurz ist es schon.

Und doch feminin.

Nicht zu kess, nicht zu sehr Ökoaktivistin, nicht zu sehr jemand anderes.

Ich bin immer noch ich.

Nur besser. Vielleicht sogar jünger?

Keine Ahnung, wie Kai das hinbekommen hat, aber mein Pony wirkt auf einmal länger und harmonischer.

Was mich noch glücklicher macht als mein rehabilitiertes Haupt, ist die Gewissheit, dass Kai seine Ausbildung mit wehenden Fahnen bestehen wird.

»Kai, du hast mir das Leben gerettet.«

»Vergiss das nie! Dein Handy leuchtet.«

Wer ruft mich denn an einem Sonntag an?

Bitte nicht mein Vermieter, der mir sagt, dass sich alles noch weiter verzögern wird.

»Hallo?«

»Hey. Ich dachte, ich mache den ersten Schritt.«

Mir bleibt die Luft weg.

»Wie geht's dir? Warum ist deine Nummer unterdrückt?«

»Ganz gut. Oh. Hab vergessen, das wieder umzustellen. Will nicht, dass alle bei den Anonymen meine Nummer sehen können, sonst wird man die Neuzugänge nie wieder los.«

Es tut gut, Christins Stimme zu hören. Sie hat mir gefehlt.

Ich schäme mich, dass *sie* sich zuerst gemeldet hat.

Das wäre meine Aufgabe gewesen.

»Christin … wegen der Sache bei deinem AA-Treffen. Das beschäftigt mich immer noch. Ich hatte wohl einen Aussetzer. Du musst unbedingt wissen, wie leid …«

»Ist schon vergessen.«

»Im Ernst?«

»Ich wäre eine Heuchlerin, wenn nicht. Wir Alkis haben Aussetzer schließlich erfunden.

Außerdem hast du es nicht leicht im Moment. Maja hat mir von deiner Wohnungsüberschwemmung erzählt. Deswegen rufe ich auch an. Was hast du heute vor?«

Selfies mit meiner neuen, supersüßen Frisur machen. Aber ein Wiedersehen mit Christin hat Priorität.

»Niente. Warum?«

»Ich hätte heute einen Besichtigungstermin für dich im Angebot. Ecke Prenzlauer Berg. Also auch dein alter Bezirk. Ein AA-Frischling zieht mit seinem Neffen zusammen.

Keine Ahnung, was das soll. Haben sich erst jahrelang gegenseitig mit gestrecktem Crack betrogen und jetzt haben sie auf Neustart gedrückt, um sich näherzukommen oder so was. Jedenfalls sucht der AA-Onkel momentan einen Nachmieter für seine alte Wohnung.«

Die gleiche Wohngegend.

Der Weg zur Arbeit wäre derselbe und ich müsste kein Fachwissen über Kängururatten mehr parat haben.

Die Vorstellung reizt mich.

»Ach und mach dir keine Gedanken wegen dem Crackgeruch. Die tapezieren alles noch mal neu.«

Wonach auch immer das riechen soll.

Aber wenn Lennard vorbeikommen will, um sein altes Zeug abzuholen?

Wenn er meine Nummer nicht mehr hat und sich meine Adresse ändert, wie soll er mich dann finden?

»Danke, dass du an mich gedacht hast, Christin. Trotzdem muss ich dir …«

»HEY! IHR ZWEI! RAVIOLI SPECIALE WARTEN HIER UNTEN AUF EUCH!«

Mein Vater hat mir genau den Weckruf erteilt, den ich gebraucht habe.

»Vergiss es einfach. Wann und wo treffen wir uns?«

Verdammt!

Ich hinke jetzt schon zeitlich hinterher.

Hatte zu viel Haargel benutzt. Mein Kopf sah aus wie ein glasierter Apfel, ich musste mir die Haare noch mal waschen. (So viel zum Thema: *Mit kurzen Haaren ist man viel schneller fertig!*)

Ich habe gar keine Klamotten hier! Auf jeden Fall nichts für eine Wohnungsbesichtigung.

Ein stinknormales Oberteil würde schon reichen!

Hoffnungslos. Hab alles gefilzt.

Meine Pobacken brennen noch von der Lackhose. Bleibt nur noch das Wickelkleid, in dem ich hergekommen bin, das dringend gewaschen werden sollte.

»Schnorr dir doch einfach was von Melissa.«

Kai trägt Parfum auf. Eine echte Premiere. Trifft sich bestimmt mit Margot.

Ich frag gar nicht erst, bevor unser Waffenstillstand wieder ins Wanken gerät.

»Papa meinte, sie hat ihre eigene Wohnung.«

»Hat sie auch, aber sie hortet hier ihre furz-langweiligen Businessoutfits für die Arbeit.«

Manchmal weiß ich nicht, ob wir die Verarschten sind und sie hier schon längst eingezogen ist oder ob mein Vater der ist, der sich mit seinen siebenundsechzig Jahren noch hinhalten lässt.

»*Businessoutfits?* Das ist nur ein Besichtigungstermin und kein Gipfeltreffen.«

»Mach was du willst. Wenn du dich noch mal in dieses Latexhöschen zwängen willst, bitte. Aber schneid dich nächstes Mal selbst raus.«

Business also.

Die Sachen passen mir sogar; Melissa ist ebenfalls Stretchhosenverfechterin.

Ich sehe aus!

Zuckerhaltige Getränke strengstens verboten! Nach dem Abendessen wird diskutiert über das aktuelle Tagesgeschehen! Nein, wir gucken stattdessen keinen Film mit diesem Seth Rogen!

Kurze Haare und ein Hosenanzug.

In einem Clownskostüm würde ich mich weniger verkleidet fühlen.

Wir haben 14 Uhr 47.

Die Besichtigung ist um drei. Laut Google Maps brauche ich zu Fuß zweiundzwanzig Minuten.

Ach was wissen die schon von *meinen* Füßen.

Wenn ich mich spute, klappt alles noch.

Das Wetter ist heute auf meiner Seite. Weder zu heiß noch zu kalt.

Solide 23 Grad, genau wie ich es mag.

Man kann sehen, wer faul ist und wer nicht, so kalt wie es heute Morgen noch war.

Die frühen Vögel tragen jetzt ihre Jacken als fesche Gürteltasche um die Hüfte gebunden oder hängen sie über einen Arm. Mit neidvollen Blicken strecken sie die Langschläfer in den luftigen T-Shirts nieder.

Menschenskinder! Wieder eine rote Ampel, bereits die vierte.

Wollte ich mich vor dem Umzug einer Bekannten drücken oder hätte sonst ein Bedürfnis nach Verzug, wäre keine einzige Ampel …

Unter mir tut sich plötzlich ein Abgrund auf, als ich die Kreuzung passieren will.

Ich kann nicht atmen und glaube auch nicht, dass ich so etwas Triviales wie Sauerstoff je wieder brauchen werde.

Die Brust eingeschnürt, das Herz hämmert wie Fäuste gegen eine Tür.

Ich bin nicht im Stande mich zu bewegen.

Unsanft rempeln mich Fußgängern an, die augenblicklich *nicht* ihren Ex anstarren.

Lennard. Er ist es wirklich.

Nicht wieder eine Verwechslung mit jemandem, der den gleichen Haarschnitt, einen ähnlichen Gang oder dieselbe Statur hat.

Auf der anderen Straßenseite vor zwei Radfahrern steht er.

Hat er mich auch gesehen?

Er hat definitiv in meine Richtung geschaut, als hinter mir jemand gehupt hat.

Und wieder weggeguckt. Ich kann nicht sagen, ob es ein einfaches Ich-widme-mich-wieder-meinem-Tag-Weggucken war oder ob es ein strategisches Scheiße-da-ist-meine-Ex-einfach-ignorieren-Weggucken war.

Nein, er hat mich nicht gesehen, entscheide ich.

Wenn dem so wäre, hätte er reflexartig zweimal hingeguckt – gängiges Verhalten von Schuldnern und Ex-Freunden.

Außerdem trage ich heute nicht meinen typischen Look und wir befinden uns außerhalb unserer Wohngegend. Moment, was genau *macht* er eigentlich hier?

Vielleicht besucht er *sie*.

Kaum auszumalen dieses Schreckensszenario.

»Beweg dich endlich, blöde Kuh! Steht die da rum wie ein Scheißbaum.«

Der Scheißbaum kann sich nicht bewegen.

Lennard ist inzwischen nicht mehr in Sichtweite, weil in einer Menschentraube aus anderen Ex-Freunden- und Freundinnen von Unbekannten verschwunden.

Ich sollte meinen WhatsApp-Status von »beschäftigt« in »versteinert« umändern.

Mir ist wieder so elend zumute wie direkt nach unserem letzten Gespräch.

Wir können uns noch so oft vorstellen, wie es ist, den Ex das erste Mal nach der Trennung wiederzusehen. Sätze, Orte, Frisuren und Outfits können wir uns parat legen, ehe wir diesem Moment ins Auge sehen.

Die Realität ist immer ganz anders. Sie ist wie der erste Anstoß beim Billard. Und all' die Gefühle, die man alphabetisch sortiert hat, fliegen einem um die Ohren.

Mein Handy vibriert.

»Hallo? Leila? Warum sagst du denn nichts, wenn du abhebst? Wo bist du??«

Der Besichtigungstermin!

»Hey! Entschuldige, komme sofort.«

»Alles okay bei dir? Du klingst komisch.«

»Alles bestens. Ich beeil mich.«

Erst mal eine rauchen.

Alles bestens hat noch nie weniger gestimmt.

Das ist wie mit den Schimmelflecken im Bad. Süße Duschproben davorzustellen hilft nicht.

Der Schimmel kann sich so nur unbemerkt ausbreiten; viel zu spät bemerkt man dann, wie krank man mittlerweile geworden ist.

Ignorieren ist kein Heilprozess. Weinen und traurige Filme gucken auch nicht.

Also, was hilft letztendlich wirklich?

Lennard sieht immer noch gut aus.

Der gleiche Strubbelkopf, derselbe unbekümmerte Gesichtsausdruck.

Ihm sind nicht mal ein paar Haare ausgefallen (das hätte mir schon geholfen)!

Eine leichte Gewichtszunahme ist meinem Ego ebenso wenig vergönnt. Arschloch.

Er steckt es besser weg. Wundert mich auch nicht.

Immerhin war er derjenige, der Schluss gemacht hat.

Schlussmachern geht's immer besser als den Sitzengelassenen.

Schlussmacher und Rewe Filialen regieren die Welt.

Ankunftszeit: 15 Uhr 13.

Christin winkt mir aus etwa 7 Meter Entfernung aufgeregt zu, als habe sie Angst, ich könne sie nach unserer zweiwöchigen Funkstille nicht mehr wiedererkennen.

Unserer überfälligen Umarmung funkt ein Mann dazwischen, der schroff ein Schlüsselbund aus seiner Jackentasche zieht.

So Vorurteile sind ja nichts Ehrenwertes, aber ... der spindelige, lange Körper – dazu diese Beatles-Frisur; könnte der AA-Onkel sein, von dem Christin gesprochen hat.

»So, rein mit euch in die gute Stube.«

Hätte ich mir denken können, dass sich einer von den Anonymen Alkoholikern nicht vorstellt.

Seit meinem Fast-One-Night-Stand mit dem schönen Karl bin ich abgehärtet gegenüber dem Immobilienmarkt.

Doch Karls, na ja, »Residenz« war zumindest eins: groß. Die Abartigkeiten hatten hinreichend Platz, um häppchenweise aufzupoppen.

»Na, wie sieht's aus? Ich gebe die Wohnung mit 'nem tränenden Auge ab, sag ich euch! Macht was her, wa?«

Und ich soll dieses Maulwurfloch mit *zwei* tränenden Augen übernehmen?

Ungepflegt ist sie nicht – fair bleiben!

Sich allerdings mit meinen bescheidenen 163 Zentimetern wie ein Riese vorzukommen, entfesselt andere Sorgen als bestaubte Fingerkuppen.

»Äh … war das schon die ganze Rundführung?«

Der AA-Onkel wirft Christin einen bedeutungsschwangeren düsteren Blick zu.

Wurde ich von Christin als so verzweifelt beschrieben, dass der Pilzkopf fest mit meiner Zusage gerechnet hat?

Christin ist nun beidseitig von vorwurfsvollen Miesepetern umgeben.

»Hugo, du meintest doch, du hättest hier Platz für dein Keyboard?«

»Steht im Bad.«

Ich muss mich räuspern.

»So, jetzt mal Klartext, Freundin von Christin. Ist die Bude geil oder ist die geil?«

»Ähm, *geil* wäre es ehrlich gesagt zu wissen, wo es ein zweites Fenster gibt.«

»Gibt keins. Aber was meinste, was das eine hier für 'ne Kraft hat!«

»Das kleine Guckloch da?«

Das ist mir nicht rausgerutscht, das *musste* raus!

»Ich lass euch Gänse mal'n Augenblick allein.«

»Oh Leila, es tut mir so leid! Ich dachte, das wären mindestens zwei Zimmer! Ich hätte dich nie hierher bestellt, wenn ich das gewusst hätte.«

Die lang ersehnte Umarmung.

Und die Tore öffnen sich: Dammbruch – Überflutung – Repeat.

Lennard, Haare, Wohnung. Wie viel muss ich noch verlieren?

Was für eine kranke Wette über mein Durchstehvermögen läuft da oben nur?

»Ach meine Hübsche, ich würde dir so gerne helfen. Bei den AA-Meetings sagen wir immer, Tiefpunkte sind etwas Gutes! Weißt du, warum?«

Ich könnte schwören, ein Stück Putz hat sich über uns gelöst beim Naseputzen.

»Weil es nicht mehr tiefer geht. Hast du noch etwas von ... ihm gehört oder gesehen?«

Noch mehr Tränen.

Christin wirft ihre Arme wieder um mich.

Und da sehe ich es. Direkt neben der Dartscheibe in dem kleinen Spiegel hinter Christin, in den ich geradewegs reingucke.

»DAS ist dein geheimes Tattoo?«

»Fuck!«

Sie zieht schnell ihr T-Shirt runter, um ihr Steißbein zu verdecken.

»Ist das ein Fischauge oder eine aufgeschnittene Avocado?«

»Das ist ein Riesenrad.«

»Aha. Wusste gar nicht, dass du der Kirmes-Typ bist.«

»Bin ich gar nicht. Ist 'ne Metapher.«

»Hm?«

»Eine Metapher für mein chaotisches Leben, das nicht aufhört, sich zu drehen, was witzig ist, denn zu der Zeit drehte es sich jeden Morgen. Uuund wie wir sehen können, ist es wahr, was man über Tattoos sagt. Mit Alkohol im Blut sollte man sich keins stechen lassen, weil es sonst verlaufen kann. Wenn du das Maja erzählst, dann …«

»Mache ich nicht!«

Maja hat ein fotografisches Gedächtnis für Peinlichkeiten.

Wir glauben inzwischen, sie führt Buch, damit die Anwältin in ihr gewappnet ist, sollten wir je eines *ihrer* Fettnäpfchen ausplaudern.

»Ich schätze, die Wohnung ist nichts für dich?«

Ich schnäuze kopfschüttelnd nochmals in mein Taschentuch.

»Ist auch besser so, hier werden sicher in nächster Zeit noch Kuriere aus Hugos alten Zeiten klingeln.«

»Kuriere?«

»Vergiss es. Du siehst übrigens toll aus, falls ich es noch nicht gesagt habe.«

»Hast du nicht!«

Christin lacht und nimmt meine Hand.

»Und? Was ist jetzt mir euch?? Soll ich einen Kuli holen? Die Kaution beträgt drei Riesen.«

16 Uhr 30, Schönhauser Arcaden.

Christin und ich haben spontan beschlossen, zusammen Shoppen zu gehen. Außerdem brauche ich noch etwas Schnuckliges für heute Abend.

Hätte diese Poetry-Slam-Sache, zu der mich Axel – auf seine Weise – eingeladen hat, fast vergessen, wenn Kai mir nicht eben ein Foto vom Flyer geschickt hätte. Eigentlich wollte Kai mir nur mein unordentliches Kinderzimmer unter die Nase reiben. Den roten Flyer habe ich zufällig zwischen meinen Hotpants wiedererkannt.

»Sicher, dass du heute Abend nicht mitkommen willst?«

»Ganz sicher. Wenn ich eins nicht mag, dann sind das Leute, die ihr Innerstes vor versammelter Mannschaft nach außen kehren.«

»Du bist bei den Anonymen Alkoholikern!«

»Geht's noch lauter? Außerdem ist das was anderes. Das sind wenigstens echte Geschichten und Gefühle. Da gibt es keine nach Followern lechzenden Hirnis, die glauben, etwas über Verlustängste zu wissen, weil ihnen am Morgen zwei Wimpern ausgefallen sind. Und bei uns wird auch nicht gereimt. Reime sind was für Luschen und …«

»Schon verstanden! Du kommst also nicht mit. Bist du bereit?«

»Klar, ich warte doch die ganze Zeit vor deiner Kabine wie ein Spanner!«

»Ta-da!«

»Wow. Das nimmst du, du siehst scharf aus. Wieso ist aus uns beiden nie etwas geworden?«

»Vielleicht weil keine von uns lesbisch ist?«

»Du bist kleinkariert! Aber du siehst spitze aus!«

Ich glaube ihr sogar.

Habe mich für einen olivgrünen Jumpsuit von Zara entschieden.

War mir lange Zeit nicht sicher, was ich von diesen Stramplern für Erwachsene halten soll.

Aber in diesem Fall bin ich begeistert. Er sitzt wie angegossen, ist nicht zu lang – heutzutage eine echte Rarität.

Verstehe diese neuen »Standard«-Größen nicht.

Dass Frauen die gleichen Rechte haben wie Männer, ist ja schön und gut, aber müssen wir jetzt auch noch genauso groß sein?

»Danke! Kannst du mal hinten zu machen? Komme nicht an den Knopf ran.«

SSSSSIPP!

»Wozu eigentlich der ganze Aufwand? Nichts für ungut, aber ich glaube ja nicht, dass du deinen Traummann im alten Topf finden wirst.«

»Im *heißen Kessel*. Um ganz ehrlich zu sein ... ich hoffe da auf jemand Bestimmtes zu treffen.«

Christin fällt ein selten unvorteilhafter Federhut vom Kopf. Den hat sie hoffentlich nur anprobiert, um – als meine Beraterin – die »Na, wo wollen wir denn hin?«-Fragen des Garderobenzolls zu umschiffen.

»Und wer ist dieser jemand Bestimmtes? Woher kennst du ihn?«

»Ach, von so 'ner abgerissenen Studentenparty, auf die mein Bruder mich gestern geschleppt hat.

Er ist wirklich süß. Hat nur leider keine Haare. Also er hat welche, aber er hat sich dagegen entschieden.«

»Sag doch einfach, er hat einen rasierten Schädel! Klingt gut. Haare werden überbewertet. Denk nur an den heißen Knacker aus ›Breaking Bad‹. Wann fängt der Spaß an?«

»Schon in knapp zwei Stunden. Deshalb habe ich auch Angst, dass ich zu chic bin.«

»Die Uhrzeit ist echt daneben. Zieh einfach Ballerinas an und verzichte auf fette Ohrringe, dann geht's wieder.«

»Nicht zu bemüht?«

Ich wackle lasziv gebeugt vor Christin rum. Heute ist der erste Tag vom Rest meines Lebens *mit* Busenritze – illusioniert durch umverteiltes Rückenfett.

»Keine Sorge, Miss Monroe.«

Christin gefällt ihr hässliches Hütchen inzwischen – so verträumt, wie sie durch mich hindurch in den Ankleidespiegel guckt.

»Ich glaub, deine Handtasche brummt.«

Mein Vermieter. Das kann nichts Gutes heißen.

»Ja?«

»Frau Sternenberg? Entschuldige Sie, dass ich Sie erst jetzt zurückrufe, ich bin auf Mallorca. Hören Sie … wegen Ihrer Wohnung ...«

Ich schlucke. Wie viele »Ravioli Speciale«-Abende noch folgen, liegt in den Händen dieses Mannes!

»Die Feuerwehr konnte noch einige Ihrer Sachen retten. Die stehen jetzt allerdings im Keller. Und da sich unser Herr Roth so ausgetobt hat, könnte es sein, dass die Rohre im Keller ebenfalls beschädigt wurden. Soll heißen, ich kann nicht garantieren, wie lange Ihre Sachen noch geschützt sind da unten. Wäre es möglich, dass Sie ihre Sachen abholen kommen und wo anders unterbringen?«

»Sicher. Und wann denken Sie, kann ich wieder einziehen?«

»In zwei Wochen müsste alles wieder laufen.«

Könnte schlimmer sein. Schätze ich.

»Ich helfe dir wirklich gern! Ich sag mein AA-Treffen ab. Ist eh jede Woche dasselbe.«

»Quatsch! Es war schon lieb, dass du mich gefahren hast. Außerdem passen meine Sachen gar nicht in dein Auto. Mein Vater holt mich gleich ab. Danke für alles, Christin.«

»Bevor du aussteigst ... darf ich was sagen, was dir vielleicht nicht gefallen wird?«

»Sicher, was gibt's?«

»Ich finde, Maja hat recht, du solltest deine Wohnung aufgeben. Lennard hat ja quasi bei dir gewohnt, das kann auf Dauer nicht gut für dich sein. Die ganzen Erinnerungen und so. Niemand würde da emotional weiterkommen. Außer vielleicht Liz Taylor.«

Maja und Christin sind sonst nie einer Meinung.

»Ich denk drüber nach.«

Merkwürdig wieder hier zu sein.

Kennen Sie dieses Gefühl, wenn Sie verreist sind und bei Ihrer Rückkehr alles anders aussieht und sogar anders riecht?

In meinem Fall ist es keine Einbildung, sondern nackte Realität.

Es riecht feucht und meine ganzen Möbel sind weg.

Meine einst sorgfältig eingerichtete Wohlfühlzone sieht jetzt aus wie eine triefende Hundehütte.

Eigentlich gab es keinen Grund hineinzugehen, weil ja jetzt mein ganzer Kram im Keller steht.

Ich hatte einfach Sehnsucht und wollte sichergehen, dass sie noch steht und auf mich wartet.

»Au! Verflixt! Verflixt und zugenäht!«

Gegenüber meiner Wohnung hantiert jemand deutlich Jüngeres als Herr Roth.

»Kann ich helfen?«

Nichts habe ich gelernt aus »Das Schweigen der Lämmer«.

Ein völlig überfordertes Kerlchen öffnet mir die Tür.

»Hi. Entschuldigen Sie den Krach. Ich wurde beauftragt, alles Wichtige von Kevin zusammen zu räumen.«

»Von *wem*?«

»Kevin Roth. Ihr Nachbar?«

Der Mann ist ungefähr achtzig und heißt *Kevin* mit Vornamen?

Das mit den Überraschungen hat der echt drauf.

»Hat er seine eigene Wohnung auch geflutet? Ich dachte, die Feuerwehr hätte alles in die Keller verfrachtet.«

»Nein, Kevin hat sich ehrlich gesagt nur Ihre Bleibe vorgeknöpft. Offenbar mag er Sie.«

»Mhm. Blumen sind ja auch wirklich abgedroschen. Und warum räumen Sie dann seine Wohnung leer? Wurde ihm gekündigt?«

»Nein, er ist momentan in unserem Seniorenheim. Ich bin sein Pfleger. Aber wie es aussieht, wird er zu seiner Tochter nach Neukölln ziehen. Er sollte nicht mehr alleine wohnen. Ich heiße übrigens Jonas.«

Fester Händedruck für einen Pfleger.

Ihm hängt eine Briefmarke in den roten Haaren. Nicht lachen, Leila!

»Ich bin Leila.«

»Ich weiß.«

»Schon klar, wegen der Klingel.«

»Nein. Kevin hat einen richtigen Schrein von dir angelegt.«

»Wie bitte?«

»Jaja! Hühnerknochen, Weihrauch, ein Buch über Beschwörungszauber, das volle Programm.«

Verlegenes Grinsen – nicht von mir ausgehend.

»Nur ein Scherz. Er redet manchmal von dir. Und ja, die Klingel hat mir auch auf die Sprünge geholfen. Es tut mir leid, ich wollte dich nicht erschrecken.«

»Schon gut, ich glaube eh nicht an den Kram.«

»Kram? Du meinst Flüche und Rituale? Ich schon.«

Der erste Mann, der so etwas zugibt. Irgendwie sympathisch.

»Im Ernst? Wie kommt's?«

»Mir hat mal eine Wahrsagerin in London prophezeit, meine Haare würden nach meinem dreißigsten Lebensjahr auf der linken Seite viel schneller nachwachsen als auf der rechten. Und seit vier Jahren muss ich zweimal im Monat zum Friseur.«

»Du kannst jetzt aufhören, mich zu verarschen.«

»Willst du es mal versuchen?«

»Was?«

»Mir die Zukunft voraussagen. Vielleicht kommt diesmal was Besseres raus.«

Und schon hält Jonas, der sonderbare Pfleger, mir seine linke Hand hin.

»Ich kann so was nicht. Echt, ich habe keine Ahnung, wie das geht«, versuche ich mich zu drücken, wobei mir entgeht, dass seine Hand schon längst in meiner liegt.

»Das ist wirklich albern. Also gut. Keine Gewähr für weitere Haarwachstumsstörungen!«

Ich drehe seine zierliche Hand auf den Rücken.

In meinem Treppenhaus einem Mann die Zukunft vorherzusagen, stand heute nicht auf meiner Agenda.

»Okay, diese Linie hier ist sehr kurz ... das heißt ... du wirst nie wieder einen Sahnekuchen finden, der sich länger als eine Stunde hält.«

»Wie … wie … wie soll ich dann in Zukunft meinen Geburtstag feiern?«

Ich zucke mit den Schultern und mache unbeirrt weiter. Er wollte es nicht anders.

»Diese Linie hier ist sehr verzweigt. Das bedeutet, du musst bald eine wichtige Entscheidung treffen. Und diese lange hier zeigt eindeutig, dass …«

»Au!«

Jonas weicht zurück. Dabei bin ich nur ganz vorsichtig mit dem Zeigefinger über seine Hand gefahren.

»Alles okay?«

»Äh, ja, mach einfach weiter.«

»Okay, diese lange …«

»Aaaah!«

»Tu ich dir irgendwie weh?«

Wahrscheinlich nur ein Täuschungsmanöver, er will meine ungeschönten Vorhersagen nicht hören.

»Weiß nicht genau. Die Stelle hier tut schon seit vorhin weh.«

Seine Handfläche nehme ich genauer unter die Lupe.

»Du hast einen Splitter.«

Jonas erbleicht.

»Was? Nein! Unmöglich!«

»Was soll das heißen? Hast du als Kind einen Saft getrunken, der einen vor allen Verletzungen beschützt?«

»Sag bitte, dass es so einen auch für Erwachsene gibt!«

Meine Schüler sind nichts gegen dieses Mimöschen hier.

»Okay, wir machen eine Seifenlauge zum Einweichen. Dann brauche ich noch Nadel und Pinzette. Die Nadel müssen wir, wenn du kein Desinfektionszeug dahast, vorher mit heißem Wasser sterilisieren.«

»Eine Nadel?? Ich wüsste nicht, wozu wir die brauchen.«

Jonas' Stirn ist inzwischen mit Schweißperlen beschlagen.

»Der Splitter ist zu tief drin. Mit einer Pinzette allein drücken wir ihn nur noch weiter rein.«

Jonas nickt und formuliert im Geiste sein Testament. So gucken Soldaten, wenn ihnen gesagt wird, dass ihr Bein nicht mehr gerettet werden kann.

Seine Hand ist inzwischen klitschnass. Armer Kerl.

Zum allerersten Mal bin *ich* diejenige mit dem kühlen Kopf.

Eigentlich wollte ich nie Herr Roths – Kevins – Wohnung betreten.

Nicht aus Furcht oder Unbehagen, ich wollte meine Fantasie einfach nicht enttäuschen.

Es ist wie mit dem DVD-Zusatzmaterial, das einem den Tag verdirbt. Wer will schon erfahren, dass die ganzen Häuser, von denen man sich Einrichtungsideen abgeguckt hat, nichts als Attrappen sind?

Bei Kevin keine Ghostbusters-Ausrüstung zu finden, bedeutet, ich betrete nur die Wohnung eines einsamen, verwirrten alten Mannes mit leeren Worten.

Irgendwie hat er aber auch meine Wohnung auf dem Gewissen; da ist es nur fair, dass ich ebenso einen Blick riskiere.

»Mach es dir bequem. Bin leider noch nicht weit gekommen mit dem Aufräumen.«

Mein inneres Kind ist zufrieden. Es ist die Wohnung eines missverstandenen, unzertifizierten Wissenschaftlers.

Fernrohre, Taschenlampen, etwas, das aussieht wie ein Abhörgerät und der prominente Vorschlaghammer.

Jonas und ich sitzen auf zwei Stapeln »Welt der Wunder«-Magazine.

»Okay, bereit?«

»Hey! Was? Ich dachte, du packst einen dreiteiligen, rassistischen Witz aus und lenkst mich ab, bevor du loslegst.«

»Ich kenne leider keine rassistischen Witze. Komm schon, wenn meine Kleinen das schaffen, kannst du das auch.«

»Du hast Kinder?«

Ich meine, da bin ich fast sicher, in seinem Gesicht kurz so etwas wie Enttäuschung erkannt zu haben. Er glaubt, dass es einen Mann dazu geben muss.

»Ich meinte meine Schüler. Ich bin Grundschullehrerin.«

»Wie toll! Dann haben wir ja beide mit Menschen zu tun, die ihr Gemüse nicht aufessen wollen.«

Da hat er recht. Zu meinem Vorteil müssen sich die Mütter damit rumschlagen – wenn ich nicht gerade Hortdienst habe.

»Ich zähle jetzt bis drei, okay?«

»Sei aber bitte vorsichtig! Meine Hand ist mir sehr wichtig. Ich hatte immerhin vier Klavierstunden mit zwölf.«

»Ist notiert. Eins …«

Zack!

»Ah! Scheibenkäse!«

»Ich frage mich langsam, wo du dein Häkelset versteckst.«

»Mein Neffe ist sechs. Ich glaube, seit ich so viel Zeit mit ihm verbringe, ist mein Flüche-Wortschatz ein wenig eingerostet.«

Ich verpflege meinen Patienten noch mit einem von Kevins Pflastern mit den Ameisen drauf.

DUUUP! DUUUP! DUUUP!

Dreimal hupen? Oh je! Dreimal hupen! Mein Vater!

Ich halte noch immer Jonas' Hand und wende sie unsanft, um seine Uhr zu lesen.

17 Uhr 30? So spät schon?

Shit!

Mein Zeug muss bis auf Weiteres mit den Kellerasseln Party machen.

»Ich muss los!«

»Schon? Dann viel Spaß beim Lästern mit deinen Freundinnen über das größte Weichei vom Prenzlauer Berg. War das eben sehr unsexy?«

Erstaunlicherweise nicht.

»Du bist nicht das größte Weichei vom Prenzlauer Berg. Ich würde eher sagen von ganz Berlin.«

»Gib mir wenigstens deine Nummer, damit ich dir ein Bild schicken kann, wie ich Holz hacke. Ernsthaft, ich kann nicht zulassen, dass du SO einen Eindruck von mir behältst.«

DUUUP! DUUUP! DUUUP!

»Pass gut auf deine Hand auf. Und vergiss nicht! Hände weg von Sahnetorten!«

»Viel Spaß. Nächster!«

Über diesen penetranten, blauschwarzen Stempel werden sie sicher noch in der Pathologie reden:

»Heißer Kessel – Poetry Slam Nacht!«

Kai, die schreckliche Margot und ich betreten eine glanzlose Kaschemme und suchen nach Sitzplätzen, die weder unmittelbar vor der Bühne (ich wurde mal in einer Karaokebar über ein Mikrofon hochbefehligt) noch zu weit hinten (immerhin haben wir 3 Euro Eintritt gezahlt) sein dürfen.

Axel sehe ich noch nirgends.

Er hat meine Nummer nicht. Ob er überhaupt kommt oder es sich anders überlegt hat, wird sich zeigen.

Vielleicht war der blöde Flyer nur so eine Art Empfehlung und gar kein Treffpunkt für ein Stelldichein.

Der Linoleumboden klebt. Bin es langsam leid, meine Ballerinas immer wieder aufzusammeln.

Na ja, so bleib ich wenigstens in Form.

»Was iest miet dön Plätzön da vuachnö?«

»Die sind okay, oder? Leila?«

Ich rolle mit den Augen, Kai jagt mir seinen Ellenbogen in die Rippen. Diese Einlage dürfte allen hier klarmachen, dass wir Geschwister sind und mein Bruder nicht seinen Harem ausführt.

Musste ihm als Bestechung mitzukommen – Axel soll nicht denken, ich wäre nur wegen ihm hier – versprechen, Margot eine Chance zu geben.

»What would you Guys like to drink?«

Berlin, manchmal bist du so gar nicht wunderbar!

Der Kellner trägt nur einen goldfarbenen Badeanzug und die dazu passende Fliege.

»Gibt's hier auch Appletinis?«

Kai lacht laut – seine überzogene Art, sich für mich zu entschuldigen. Bereue es jetzt schon, die beiden mitgeschleift zu haben.

»We would like three Berliner, please.«

Ob mein neuer sexy Jumpsuit einer Bierplauze standhält?

Eine volle Tischplatte Berliner später habe ich mich fuchsteufelswild getrunken, dass Axel noch nicht aufgekreuzt ist.

»Wo ist der Scheißkerl?«

»Shhht! Es geht los!«

Los? Ach ja, richtig. Da war noch was mit Gedichten.

Das Licht wird gedämmt, ein pinker Spot richtet sich auf die Bühne.

»So, liebe Leute, es ist mal wieder soweit! Poetry-Slam-Sunday! Ihr wisst ja, wie's bei uns läuft. Jeder, der uns beehren will, meldet sich bei Fat Spike da drüben an, damit er euch auf die Liste setzt. Genießt es!«

Nennt sich dieser Typ mit dem stacheligen Irokesen und dem langsamen Stoffwechsel echt selbst *Fat Spike?*

Interessant hier.

Das ausgeleuchtete Podium besteigt ein schmächtiger Typ; Alter schwer einzuschätzen.

Er ist einer von diesen Ashton-Kutcher-Typen (in nicht-heiß!), die immer so aussehen, als wären sie im dritten Unisemester.

Mit zwei Fingern klopft er auf das Mikro.

»Das ist schon an, du Null! Der Ansager hat's doch gerade selbst benutzt!«

»Baise toi!«

So viel Empathie hätte ich Margot nicht zugetraut.

»Genau! Bäss tua!«

Mein Bruder, der Papagei.

Dem Hemdchen auf der Bühne wird endlich Gehör geschenkt.

»Okay, ich fange an.

Wut. Wut. Wut.
Tut mir nicht gut. Gut. Gut.«

Hätten wir den Ausbuher nur machen lassen.

»*Schmerz. Schmerz. Schmerz.*
Zerbricht mir das Herz. Herz. Herz.«

Wie lange geht das noch?

»*Trauer. Trauer. Trauer.*
Ist wie eine Mauer. Mauer. Mauer.
Ich werde aus ihr einfach nicht schlauer. Schlauer. Schlauer.«

Schaue mich kleinmütig nach Gesichtern um, die das ebenso schräg finden.

Fehlanzeige! Alle gucken gebannt zum Mikroklopfer.

Tranig würge ich mein schales Bier runter und verfluche Axel dafür, dass ich mir seinetwegen dieses unnötige Outfit (STOPP! Das nehme ich zurück! Es ist wunderbar!) gekauft habe und mir Parodien über den Tod anhören darf.

Das Schild mit der durchgestrichenen Zigarette gibt mir den Todesstoß.

Die sozialen Medien – mein kurzer Ausstieg.

Lennard ist wieder (oder noch) inaktiv auf Instagram.

Maja hat als Status einen Aktenstapel auf ihrem Tisch mit einem Glas Rotwein obendrauf gepostet. Diesmal hat sie sogar daran gedacht, die Namen der Mandanten aus dem Foto rauszuschneiden.

Applaus entwurzelt mich aus meinem Scrollmodus.

Auf der Bühne steht ein Mädchen von höchstens vierzehn Jahren.

Wow, ganz schön mutig.

In dem Alter habe ich mich noch nicht einmal getraut, andere nach dem Weg zu fragen.

Selbst heute erschöpfe ich lieber mein abgebranntes Datenvolumen mit Google Maps.

Wegen dem depressiven Lulatsch muss sie das Mikro erst einen halben Meter runterschieben, um es auf Kinnhöhe zu bringen.

Niedlich. Was sie wohl vorträgt?

Wahrscheinlich ein paar Reime über ein Pony oder ihre beste Freundin.

»Warum erschreckst du mich so unverhofft?
Um diese Zeit, in dieser Stund', das ist zu oft!
Du bist roh, nachtragend, vielleicht sogar voller Hass.
Dachte, ich wäre dich los, doch du vergisst wohl nie etwas.
Ich war sicher, ich hab alles richtig gemacht.
Doch du hast die Unruhe wieder entfacht.
Auf Zehenspitzen durch's Leben bin ich geschlichen, wie arrangiert.
Also warum hast du mich nur wieder dahin zurückzitiert?
Dort, wo alles begann und zu Ende ging, mitten im Lügengeflecht.
Aber es wird nie richtig enden, habe ich recht?
Lass mich endlich Halt finden, damit ich wieder ich sein kann.
Ich will neue Fehler machen, damit die alten ruhen, nur wann?
Nachbeben,
gib mir meine Freiheit zurück, zu müde macht mich das ewige Scheitern.
Such dir eine andere gequälte Seele, die es vermag, dich zu erheitern.«

Damit habe ich nicht gerechnet.

Das Mädchen mit dem herzförmigen Block hat den Nagel auf den Kopf getroffen.

Nachbeben.

Der Moment, in dem du jemanden wiedersiehst und merkst, dass du noch nicht über ihn hinweg bist. Genauso fühlte es sich heute Mittag an, als ich Lennard wiedergesehen habe.

Die kleine Blondine atmet schwer und läuft ohne jeden Augenkontakt mit dem Publikum zu ihrem Tisch zurück.

Ich weiß nicht, was mir mehr Angst macht.

Dass eine Vierzehnjährige bereits eine Trennungstortur hinter sich hat, die nur Erwachsenen vorbehalten sein sollte oder dass sie ihre Gefühle so ausdrückt, wie ich (Deutschlehrerin!) es nie schaffen werde.

Läuft es darauf hinaus?

Gefühlsmäßig entwickeln wir uns ab der Pubertät nicht mehr weiter?

Auf diese Erkenntnis hin brauche ich noch ein Bier.

Ein Mann in Uniform stürmt geradewegs auf das Mikrofon zu, als wolle er einen Feueralarm melden.

»Das Leben ist doch viel zu teuer!
Nicht, dass ich dem Finanzamt mal eine scheuer!
Was denken die eigentlich, wer sie sind?
Ziehen mein Geld ein wie der Wind!«

Kai und Margot verschlucken sich beide an ihrem Bier vor Lachen.

Vielleicht passen sie doch gut zusammenpassen.

Es folgen noch Gedichte über Rassismus, Politik, Umweltkatastrophen und etliche weitere Themen, bei denen auf einem ersten Date Zurückhaltung geboten ist.

Noch immer kein Axel. Ist nach dem ganzen Gefühlstobak von heute bestimmt besser so.

»Endlich mal einer, der ganz süß aussieht!«

»Mehr als süß! Ay, caramba!«

Zwei angeheiterte Mädels hinter mir starren mit glänzenden Augen Richtung Podium.

Wieder in einem Kapuzenpulli erschienen. Axel.

Er zieht den Lässigen knallhart durch.

Ein Holzfällerhemd würde ihm auch gut stehen.

Beim Thema Holzhacken muss ich wieder an Jonas denken. Hoffentlich geht es seiner Hand inzwischen wieder gut.

KLIRRR!

Das zersprungene Bierglas der zwei Mädchen hat mir ein dümmliches Winken erspart. Axel hat mich gesehen. Ich sahne ein Zwinkern ab.

Vielleicht wird aus uns doch noch was.

»Mein Gedicht heißt ›Dumme Nuss‹.«

Hm. Eine Ex-Freundin, die ihn verarscht hat?

Oder seine Mutter, die einen seiner Geburtstage vergessen hat?

Meint er nur sich selbst, weil er so dumm war, nicht nach meiner Nummer zu fragen?

Fragen über Fragen.

»Wie man eine dumme Nuss erkennt?
Indem man in eine hineinrennt!
Ich will hier gar nicht hetzen,
oder Gefühle verletzen.
Doch wer nimmt seinen kleinen Bruder auf eine Party mit?
Sie sagen es ... das ist nicht gerade der Hit!
Noch dazu in einem Outfit, das verbrannt gehört!
Sind heute einfach alle Frauen nur noch gestört?
Doch über Geschmack lässt sich ja bekanntlich streiten,
mag eine Latexhose jedoch eher Belustigung bereiten.
Aber das größte Indiz für eine dumme Nuss ...
sie glaubte tatsächlich bis zum Schluss,
Gras geraucht zu haben,
und sah lauter Farben.
Doch in Wahrheit wurde sie nur stark gewürzt, die gute Frau.
Benahm sie sich dennoch unverzüglich unter aller Sau.
Berauscht von Oregano hat sie sich ihr Haar schneiden lassen.
Ich muss mir bei so viel Dummheit noch bis heut an den Kopf fassen.«

Ich habe noch nie jemandem den Tod gewünscht.

Sogar meine Rachegelüste über Lennards Gespielin verdunsteten immer gleich zu Gewissensbissen.

Bis heute kannte ich dieses schändliche Verlangen nicht.

Doch jetzt – genau jetzt! – sympathisiere ich sehr mit dem Ende des Films »Carrie«.

Ein Eimer Schweineblut reicht nicht aus, diesen Skinhead angemessen zu bestrafen.

Ich sehe die Bühne nicht mehr vor mir. Ich sehe nur noch mich, wie ich das mit Axel mache, was in gewaltverherrlichenden Computerspielen mit Suchtpotenzial üblich ist:

stupides Geballer, Blutspritzer, Kettensägen, rollende Köpfe.

Zu alledem: *Ja, ich will!*

Axel (falls das sein richtiger Name ist) soll qualvoll sterben und sich dabei am besten noch blamieren. So etwas wie ein tödlicher Furz könnte mir gefallen.

Die Sanitäter würden auf ZDF – am gleichen Abend auch auf YouTube – so was von sich geben wie:

Wir konnten leider nichts mehr für diesen Mann tun.

Er ist gegen die Decke geflogen und hat sich dabei das Genick gebrochen.

Es gab keine Hinweise auf eine Fremdeinwirkung. Der Auslöser war mutmaßlich eine abgehende Blähung, hat die Gerichtsmedizin soeben bestätigt. Er war quasi sein eigener tödlicher Düsenantrieb. Wir haben so etwas noch nie zuvor gesehen!

Von mir aus kann er auch friedlich im Schlaf sterben, solange Tierpornos in seinem Zimmer gefunden werden.

»Wie peinlich! Ob die Alte das mit dem Oregano je rausgefunden hat?«

Die Bratzen hinter mir amüsieren sich köstlich.

Ich verdufte, bevor ich einen auf Western mache und Stühle auf fremder Leuts Rücken zerschlage.

Die Toiletten sind originell beschriftet.

Die dumme Nuss liegt richtig. Das Tor-Zeichen steht für »Damen«, nicht das Hockeyschläger-Zeichen auf der anderen Tür.

Ich dachte, ich müsste mich übergeben, aber die Wut in meinem Bauch ebbt ab.

Eine öffentliche Diffamierung. Mehr hat mir mein letzter Flirt nicht zu bieten.

Preisfrage des Tages: Finde *ich* diese schrecklichen Männer oder finden die *mich*?

Der muss sich ja scheckiggelacht haben, als er mir das Oregano verabreicht hat.

In meiner Jugend wurde mir schon das Magnesium aus der Sporthalle (gegen schwitzige Hände beim Reckturnen) als Kokain verkauft.

Mein Faible für »Eiskalte Engel« hatte mich 13 Euro gekostet. Kam mir damals schon seltsam günstig vor.

Das war noch gar nichts verglichen mit der Demütigung, die ich heute für lau bekommen habe.

Hochnotblamabel!

Ein Gutes hat es, wenn man noch an seinem Ex hängt: Die Ersatzspieler gehen einem schnell am Arsch vorbei. Ich werde mich zwar sicher noch eine Woche über Axel ärgern, aber ich würde nicht eine Träne für ihn vergießen. Dafür reicht es nicht.

Höre das Gelächter der Zuschauer selbst durch die zwei Toilettentüren hindurch.

Wird anscheinend nicht besser.

Ich muss mich meinem Publikum wohl stellen, nachdem ich ... WAS?!

Nein! Einfach noch mal versuchen.

Nein! So was würden die doch nicht verkaufen!

Oder doch?

Nicht genug, dass ich als naive Dumpfbacke geoutet wurde, jetzt kann ich nicht mal pinkeln, wann ich will?

Ich komme an den Knopf zum Öffnen einfach nicht ran.

Auch nicht mit meinen Ballerinas.

Und am allerwenigsten mit meinen Triangle-Ohrringen, die ich ans weniger abartige Ende der Klobürste geklemmt habe.

Das ist doch kein Jumpsuit! Das ist eine schnuckelige Zwangsjacke!

Der krönende Abschied eines schon fast lächerlich grässlichen Abends.

Ich Idiot hätte doch wissen müssen, dass, wenn ich Christin brauche, um ihn zuzumachen, ich auch jemanden brauche, der ihn wieder aufmacht.

Ich bin wirklich eine dumme Nuss.

Aber wer ahnt denn auch, dass es nach der Emanzipationsbewegung noch Klamotten gibt, die man außer Haus nur in Begleitung einer Aufsichtsperson tragen kann?

TOCK! TOCK! TOCK!

»Jaa, Augenblick!«

Verdammte Scheiße, warum musste ich auch so viel Bier trinken?

»Laaila? Biest dü dadrien?«

Das passt.

»Margot, ich ... ich beeil mich ja.«

»Allös ükaie?«

Ich schließe kommentarlos auf und zeige mit der einen Hand auf meinen Rücken, die andere Hand hält noch immer die Klobürste.

»Diesö Doitschöhn ünd ihrö komieschö Modö!«

»Danke für deine Hilfe, Margot!«

»Siescha.«

»Margot, sag, warum magst du mich nicht?«

Sie guckt mich verwundert an. Ihre Augenbrauen werden zu einer unorthodoxen Monobraue.

»Waiöl dü miesch niescht mahgst.«

Was war zuerst da: Ei oder Henne?

»Schiessön wiach üns ab?«

Dazu fällt mir nichts ein, außer: »Mais, oui!«

7. Kapitel

»Ich hasse das Fernsehen. Ich hasse es wie Erdnüsse. Aber ich kann nicht aufhören, Erdnüsse zu essen.«
(Orson Welles)

Unsere DNA stimmt zu 50 Prozent mit der einer Banane überein. Ich habe das nie geglaubt. Bis jetzt. Jetzt glaube ich's. Warum habe ich *ihm* nur geschrieben?

Und auch noch untergebracht, dass ich unsere gemeinsame Zeit vermisse.

Wer will so was denn wissen?

Er nicht! Ich nicht! N-I-E-M-A-N-D!

Dabei hatte ich so lange durchgehalten.

In eine erniedrigende Warterolle habe ich mich bugsiert.

Ganz aus freien Stücken. Keiner hat mir eine Pistole an die Schläfe gehalten und gesagt: *Schick ab, Schlampe! Oder wir pusten dich um!*

Instagram als Boten zu benutzen ist auch besonders schlau, weil Nachricht unwiderruflich versendet wird.

WhatsApp dagegen verzeiht volltrunkene Unvernunft und erlaubt Rückzieher.

Man muss sich nur vorher gut überlegen, ob es die »hat diese Nachricht gelöscht«-Anzeige wert ist (ist es immer).

»Jetzt komm mal runter! Sei froh, dass es nur Hendrik war und nicht Lennard, dem du geschrieben hast.«

Mittwochabend bei Maja, die wie immer recht hat.

Lennard zu schreiben wäre vor mir selbst unverzeihlich gewesen.

Ich kenne Hendrik schon seit der Grundschule (da habe ich ihn auch zuletzt im Hellen gesehen), was uns nicht daran gehindert hat, *keine* Freunde zu werden.

Wir waren weder »Friends with Benefits« noch »Fuckbuddies« (ich hasse dieses Wort und würde es nicht mal verwenden, wenn es angebracht wäre).

Wir hatten eine ... nennen wir es »Affäre«.

Unser Kontakt war nie konstant, also eine On-Off-Affäre, wenn man so will.

Mal haben wir tagtäglich geschrieben, dann wieder zwei Jahre nichts voneinander gehört, bis ich ein freizügiges Bikini-Bild gepostet habe, das Hendrik dann – wie erhofft – kommentiert hat.

»Ich hätte es trotzdem lassen sollen. Jetzt kommt der sich wieder so geil vor! Und außerdem ... sind für solche flüchtigen Geschichten nicht eher die Zwanziger vorgesehen?«

»Okay, noch so ein Spruch und du fliegst hier hochkantig raus! Und tu nicht so zugeknöpft, Leili! Du schreibst ihm doch immer, wenn es mit jemand anderem gerade nicht rund läuft. Oder in deinem Fall ... gar nicht mehr.«

»Also der letzte Satz war überflüssig!«

Ja, es stimmt, Hendrik war und ist mein Notfallplan.

Mein Auffangbecken. Mein Trostpflaster und was sonst noch für grausame Synonyme für Zweitplatzierte existieren.

Bei ihm melde ich mich, wenn ich am Tiefpunkt bin und eigentlich jemand anders (Numero Uno) schreiben will, vor dem es mir aber zu wichtig ist, mich weiter rar zu machen.

Und ich befinde mich leider in der Trennungsphase, die vielleicht 6 Prozent aller Singles zugeben würden: Rückfall.

Im Augenblick ist wieder jede Kleinigkeit ein epischer Auslöser.

Ich sehe einen Hund – *Lennard wollte auch immer einen Hund!* Davon ging ich in dem Moment jedenfalls stark aus.

Ich trinke einen Kaffee – *Lennard und ich haben auch immer Kaffee zusammen getrunken!*

Es fühlt sich wieder so an, als wäre das schlimmste Vieraugengespräch meines Lebens gerade mal eine Stunde her.

Und da ich leider alle meine Heulgutscheine bei meinen Freunden verbraten habe, muss ich nun einen Zustand des Bergaufgehens mimen, wenn ich eine Intervention vermeiden will.

»Kannst du jetzt mal aufhören, den Goldrand von meinen Sektgläsern abzuknibbeln? DIE sind es nicht, die dich nicht zurückrufen.«

Die Hendriks dieser Welt rufen nicht zurück.

Sie schreiben. Texten. Simsen.

Sie verschicken Brieftauben oder bedienen sich sogar Rauchzeichen.

Alles nur um ein persönliches Gespräch zu umgehen.

In ihrer Unzuverlässigkeit absolut zuverlässig.

»Wann habt ihr euch zuletzt gesehen?«

Ich leere mein Sektglas, dessen Wert nach meiner Handarbeit um ein Drittel gesunken ist.

»Vor vier oder fünf Jahren.«

KLIRRR!

Noch ein zierlicher Goldrand geht vor die Hunde.

»Wie war das? Aber ihr habt euch doch immer mal wieder gesehen, dachte ich.«

»Als Lennard und ich zusammengekommen sind, fand ich es nicht fair, den Kontakt weiter zu halten.«

Der eigentliche Grund für die Funkstille war, dass es keinen asexuellen Gesprächsstoff gab und beiderseits zu wenig aufrichtiges Interesse bestand, welchen zu schaffen.

Maja verzieht das Gesicht und holt sich ein neues Glas.

»Moment, dachtest du etwa, ich hätte mit ihm weiterhin ... während ich mit Lennard ...?«

»Na, aber sicher doch! Hilfe, bist du'n Brävchen.«

»Das hätte ich dir doch erzählt!«

(Unter Tränen und epileptischen Schweißausbrüchen!)

»Ich dachte eben, das gehört zu den Dingen, die du für dich behältst. Nicht böse sein, Leili, aber ... was hat es deinen Beziehungen je gebracht, dich immer an die Regeln zu halten?«

Will ihr jetzt am liebsten den Sekt ins Gesicht schütten.

Aber das ist ein zu guter Tropfen.

Außerdem habe ich mir diese Frage selbst in letzter Zeit öfters gestellt.

Lennard hat einige Rote Karten gesammelt und Maja tut auch, wonach ihr ist.

Und das macht sie nicht zu einem schlechten Menschen.

Zu einem egoistischen? Sicherlich.

Und wenn es darauf hinausläuft, dass man nicht besser, sondern nur unglücklicher ist, wenn man ein Gewissen hat – wozu dann das Ganze?

»Ist Hendrik denn zurzeit Single?«

Da könnte man genauso fragen, ob Wolfgang Joop gut gealtert ist.

Er selbst würde mit *Ja* antworten. Ob der kurzsichtige Rest der Welt das genauso sieht, ist die andere Frage.

»Glaub schon. Sah in seinen Insta-Stories jedenfalls danach aus.«

Letzter Post:

»#LUFTGEWEHRSCHIESSENMITMEINEN#BOIZ«.

Allerdings ist er im Vorstand des Vertuschens.

»Meine neue Freundin ist voll easy. Wir sehen das ganz locker, uns auch mal mit anderen zu treffen.«

Seine Wohnung enthält jedoch sehr unlockere Beweisspuren von Wutanfällen. Da ist für jeden was dabei, von Dellen im Kühlschrank über Risse an der Wand. Die alte Geschichte von Stühlen und Lampen, die beflügelt wurden.

»Ach das! War wieder 'ne verrückte Partynacht mit den Jungs. Die nehmen Wahrheit oder Pflicht immer so ernst!«

Hach ja, Hendrik hielt immer viel von Beziehungen und wenig von Verantwortung.

Geht mich alles nichts an.

Wenn ich nicht wüsste, dass er seine Angelegenheiten früher oder später selbst sabotiert, würde ich seinen Status mit mehr Präzision überprüfen.

Aber in diesem Fall bin ich wie eine Nachbarin, der eine Zutat zum Backen fehlt.

Sobald die Gute ihren Zucker kriegt, ist sie wieder weg.

»Maja, ich glaub ja nicht, dass da noch was kommt.«

»Doch, natürlich! Wann hast du ihm geschrieben?«

Vor achtzehn Stunden, einundvierzig Minuten und zwei abgeknibbelten Goldrändern.

»Irgendwann letzte Nacht.«

»Leili, wir haben gerade mal sieben. Vielleicht arbeitet er noch. Immerhin ist nicht jeder von uns selbstständig!«

Maja prostet mir mit ihrem letzten erhaltenen Sektglas seiner Art zu.

»Oder hat Pausenaufsicht, die jeder Affe übernehmen kann! Prost!«

KLINGGG!

Bei dem Gedanken an Hendrik, wie er ernsthaft arbeitet, runzle ich die Stirn.

Von Arbeitsmoral hält er noch weniger als von Treue. Mein letzter Stand war, dass er von mehreren Minijobs lebt, nachdem er sein Pharmaziestudium, die Tontechnikerausbildung und etliche weitere Selbstfindungsstationen abgebrochen hat.

Durchhaltevermögen: Minus, außer ... das dürfte selbsterklärend sein bei unserer eindimensionalen Verbindung. Immerhin hielt unsere textilfreie Geschichte einige Jahre (zusammengezählt).

Warum habe ich ihn auch gefragt, ob er heute (!) an einem Mittwoch (!), dem unattraktivsten Tag in der Woche Zeit hat?

»Hör endlich mit der Starrerei auf, ist ja nicht auszuhalten! Wenn du nichts von ihm willst, hast du doch eh nichts zu verlieren. Was meinst du, wie vielen Losern ich schon Nacktfotos von mir geschickt habe aus Langeweile?«

»Und hast du da jemals länger als zehn Minuten auf 'ne Antwort warten müssen?«

»Nur wenn ihre Frauen sie gelöscht haben.«

Irgendwie wirkt der Alkohol heute bei mir nicht. Hätte davor nichts essen dürfen. Anfängerfehler!

Wollte nicht mit so einem Bauch zu Hendrik, der klingt, als wolle er sein Wolfsrudel zusammentrommeln.

Wie kommt das denn rüber?

Ich bin in Hungerstreik getreten bis zu deiner Antwort, Freundchen!

Eine Wampe zur Begrüßung ist natürlich auch kein Anheizer.

Glaube, mit meinem Käsetoast liege ich in der Mitte.

»Er meldet sich nicht! Das! War's!«

»So aufgetakelt wie du aussiehst, kapier ich nicht, was für eine Show du hier abziehst! Hast dich doch eh schon darauf eingestellt, heute noch weiterzuziehen.«

Maja mustert mich wie so, als wäre ich eine von diesen verhassten Schülerinnen, die einem das Ohr vollheulten (»Ich hab's verhauen! Ich krieg 'ne Fünf!«) und dann – huch! – eine Eins zurückkriegten.

Während man selbst schlimmstenfalls eine Drei auskalkuliert hatte und eine Fünf mit eingängiger Widmung wiederbekam.

»Was redest du da? Mache mich doch immer chic, wenn wir uns sehen.«

»Du hattest letzte Woche deine Beißschiene drin gelassen!«

Maja schickt mir einen Luftkuss.

Das mag ich wirklich an ihr.

Sie nimmt es mir nie krumm, wenn ich auf ein Mitternachtsdate hoffe, obwohl wir gerade verabredet sind.

Mich hat mein Outfit noch nicht überzeugt.

Eine schwarze enge Hose und ein farblich passendes, tief ausgeschnittenes, gerafftes Shirt darf es heute sein.

Die matten türkisfarbene Ohrringe von »& Other Stories« waren außerdem runtergesetzt.

Danke, »Glamour«-Shoppingcard!

Trotzdem weiß ich nicht, ob all' das für eine Verlockung reicht.

»Findest du nicht, ich sehe aus wie Catwoman nach Dienstschluss?«

»Versteh ich nicht.«

»Eben wie Catwoman nur ohne Ohren. Was gibt's denn daran nicht zu verstehen?«

»Wegen der Schwarz-und-eng-Sache? Ich dachte eher an ›Mission Impossible‹.«

»Na toll, das ist ja noch viel abtörnender! Musste das jetzt sein?«

»Du rechnest doch angeblich eh nicht mehr damit, dass er schreibt!«

»Ach hör mir auf mit diesem Blödsinn! Natürlich rechne ich damit! Ich habe Strapsen drunter gezogen und denke nicht dran, mich abzuschminken, ehe ich eine Antwort kriege!«

»Aaaaha! Ich wusste es!«

Sie zeigt auf mich und vergisst offenbar, dass ihr mit pornösem Rotlicht ausgestrahltes Wohnzimmer kein Gerichtssaal ist.

»Dann gib es doch einfach zu, dass du ihn magst, wo ist das Problem?«

»Das kann ich einfach nicht, okay?«

»Warum nicht?«

Weil Hendrik lächerlich ist und ich es auch bin, wenn ich mich so abrackere, in seiner Gunst zu stehen.

Maja winkt polemisch ab.

»Du siehst rattenscharf aus und dein Postmann klingelt schon noch. Und hoffentlich mehr als zweimal! Hör endlich mit dem Knibbeln auf!«

»Ich konnte nicht anders. Ich musste es tun. Also habe ich Tracy erst gegessen und dann ihr Haus angezündet.«

»Maja, können wir *bitte* etwas anderes als »Autopsie« im Hintergrund laufen lassen? Bringt mich nicht gerade in Sexdate-Stimmung. Auf Vox läuft ›A long Way down‹, der soll gut sein.«

»Nä, ist Mist! Habe ich letztens schon beim Abschminken gesehen.«

»Hast du überhaupt ein Gesicht? Kann doch nicht sein, dass du es beim Abschminken immer schaffst, einen ganzen Film durchzugucken.«

»Manchmal lackiere ich mir auch noch die Fußnägel!«

»Mit dem Teppichmesser wollte ich nur ihren …«

»Ich bitte dich, schalt auf IRGENDWAS anderes um!«

Entnervtes Umswitchen auf Super RTL.

Zeichentricktrolls mit Zauberkräften auf Verbrecherjagd. Viel besser.

PLINGGG!

Zwei Frauen. Zwei Smartphones. Eine Nachricht.

Verdammt!

»Okay, eine von uns muss den Ton ausmachen, ich halte das nicht mehr aus!«

»Ich weiß, sorry, aber ich kann meins nicht lautlos machen, es könnten noch Mandanten anrufen, die ihren Ehemann spontan erschlagen haben. Was könnte es bei dir schon für einen Notfall geben? Wachsmalstifte alle?«

So schnell sie ausgeteilt hat, so schnell muss sie – ihrem Gesicht nach – auch einstecken.

»Alles okay? Toter Ehemann?«

»Nein. Nur Toni. Er versetzt mich schon wieder, weil er angeblich gleich arbeiten muss. Wer geht um acht erst arbeiten?«

Wer hat kein Knabberzeug zu Hause, wenn die beste Freundin zu Besuch ist?

»Weißt du immer noch nicht, als was er arbeitet? Vielleicht hat er einen Nachtjob als Türsteher oder so was.«

»Ich musste ihm letztes Mal ein Gurkenglas aufmachen. Er ist *kein* Türsteher.«

Unsere Ernährung holt uns früher oder später wieder ein.

Da können ich und meine ewig nasse Stirn ein Lied von singen.

»Und wenn er heimlich einen Kurs belegt?«

»Was für einen Kurs denn?«

Antijammerlappentraining, will ich hoffen.

»Keine Ahnung, einen BWL-Kurs? Vielleicht führt er ja auch ein Doppelleben. Und hat eine nette Kanadierin geheiratet, damit sie und ihr Sohn hierbleiben können.«

»Toni und ein Doppelleben? Der hat doch nicht mal EIN richtiges Leben.«

Immer wieder erfrischend, wie manche über ihre sogenannten Freunde reden.

Will gar nicht wissen, als was sie mich ihren Arbeitskollegen verkauft.

Arme, untervögelte Grundschullehrerin?

»Okay, wir wissen, Toni ist kein Geheimniskrämer. Er geht wahrscheinlich einfach abends ins Fitnessstudio, weil du dich so oft über seine Puddingärmchen lustig machst. Können wir jetzt bitte wieder unseren Abend genießen?«

Und mit *genießen* meine ich: analysieren, warum Hendrik sich nicht bei mir meldet.

»Okay, dieses Ratespielchen wird allmählich langweilig. Steh auf.«

Sie wirft mich raus??

»Zieh deine Jacke an.«

Sie tut es wirklich. Maja schmeißt mich aus ihrer Wohnung; mich – ihre beste Freundin.

Die, die ihre Haare gehalten hat, wenn sie ihre Krabbencocktails auf unbequemste Weise zurückgegeben hat.

Die, die ihre reinplatzende lesbische Geliebte gespielt hat, als ihr Ex-Lover Enrico es sich hier zu gemütlich gemacht hat.

Die, die Himbeer- und Nougattörtchen für ihre Angeber-Anwaltspartys vorgekostet hat, weil *sie* auf ihre Figur achten muss. Na gut, das Letzte fällt nicht unter die Kategorie »Aufopferung«.

Trotzdem. Ich bin eine gute Freundin. Eine, die man nicht rauswirft, nur weil sie schlecht im Berufe-Raten ist.

»Wir stalken Puddingärmchen jetzt!«

»Äh! Was? Du machst Witze.«

Witze sind für üblich nicht Majas Terrain.

»*Er* ist hier der Witz, wenn ich ihn beim Lügen erwische. Wir haben jetzt halb acht, heißt, wenn er tatsächlich um acht irgendwo sein muss, um zu *arbeiten* …«

Maja macht dramatische Luftgänsefüßchen in Zeitlupe wie zwei zupackende Adlerkrallen.

»… können wir ihn bestimmt noch bei seiner Wohnung abpassen und verfolgen. Schnapp dir eine von den schwarzen Mützen aus meiner Unterwäscheschublade.«

Ich bewege mich keinen Zentimeter. Bilde mir noch immer ein, das hier bleibe ein gewöhnlicher Mädelsabend mit geborgten UGG-Pantoffeln.

Doch eine Anwältin lässt sich nicht umstimmen.

Drum wühle ich mich nach einem letzten großen Schluck »Fürst von Metternich« durch Majas Unterhosen wie ein Perverser, der von seiner Mutter als Kind nicht genug Liebe empfangen hat.

Uff, viele Perlenstrings.

»Verdienst du dir nebenbei was als Stripperin dazu?!«

»Bist du soweit??«

»Nein, jetzt mal echt, wo sind wir hier, bei ›Paula kommt‹?!«

Maja lässt schon ungeduldig ihren Autoschlüssel im Flur klimpern.

»Beweg dich!«

»Jaja! Musste mich erst mal durch deine abartige Bondage-Kollektion kämpfen. Warum hast du so viele schwarze Mützen? Bist du etwa *öfters* auf Verfolgungsjagd?«

»Schätzchen, ich bin Anwältin. Betrügereien sind meine Währung. Jetzt setz das Ding schon auf. Dein restliches Outfit passt ja schon zu unserer Mission.«

So uninteressant ich Tonis Freizeitaktivitäten auch finde, kommt mir dieser zwielichtige Ausritt recht. Kinder, die immerzu schielen, werden mit dem Versprechen abgeschreckt, ihr Gesicht bleibe auf Stand-by. Eben dieser Gefahr sehe ich mich langsam auch ausgesetzt, wenn ich mein Handy weiter so anglotze.

Hendrik und ich sehen uns heute nicht wieder. Ist bestimmt eine Retourkutsche, weil ich die letzten Beziehungsjahre untergetaucht bin. Wenn das männliche Ego erst mal angekratzt ist, dauert es ewig, bis es sich erholt.

Vielleicht weckt er aber auch mein abgeschminktes Gesicht um 2 Uhr morgens.

»Nimm dein Handy mit für Fotos.«

»Hast du auch ein Fernrohr und ein Notizblöckchen?«

»Liegt schon alles im Handschuhfach.«

»Das war eigentlich ein Scherz.«

»Von mir doch auch.«

»Ha! Da ist er!«

Maja dreht genügsam am Zoom-Rädchen ihres Fernglases.

»Der arme Kerl wird doch wohl seine Wohnung verlassen dürfen. Genau wie er es dir auch wahrheitsgemäß gesagt hat!«

»Sei still und iss lieber noch ein paar Erdnüsse.«

»Ich habe schon Schwielen an den Händen vom Knacken. Ich verstehe nicht, was das hier bringen soll.«

»Pscht! Halt das! Es geht los.«

»Warum eigentlich *pscht*? Uns hört doch niemand in deinem schalldichten Batmobil.«

Mit einem Porsche im Schritttempo eines Burger-King-Stammkunden zu fahren ist in etwa so bekloppt, wie mit einer Motorsäge eine Banane zu teilen.

Stillstand.

Toni hat sein Ziel erreicht.

Wir stehen mitten im Halteverbot – einzige Parkmöglichkeit für dieses Schiff. Toni klingelt an einem durchschnittlich aussehenden Haus. Weder Graffitiverzierung noch automatische Sprinkleranlagen.

»Erkennst du, wer ihm da aufmacht?«

»Das fragst du mich? Du hast doch das doofe Fernglas.«

Maja reicht mir mürrisch das Jagdutensil rüber.

Toni, wie er sich seine Schuhe an der Fußmatte abstreift und eine tannengrün gestrichene Tür, die sich öffnet.

»Und? Und? Und?«

»Maja, du nervst! Er schüttelt da irgendwem die Hand.«

Eine kräftige Hand. Besitzer bislang nicht erkennbar.

»Eigenartig.«

»Jemandem die Hand zu schütteln ist das Uneigenartigste überhaupt. Und für den Käse haben wir unsere gemütliche Sektstation verlassen.«

Maja entreißt mir das Fernglas, als hätte ich es nur falsch bedient und würde deshalb nichts Tratschreifes ermitteln.

»Und jetzt ist der einfach da rein gegangen? Irgendwas ist doch hier im Busch. Diese Gegend hier ist schon so widerlich, findest du nicht?«

»Ich wohne zwei Straßen weiter.«

»Aber bloß noch eine Woche, bis dein Mietvertrag ausläuft. Ich bin echt stolz auf dich, dass du gekündigt hast.«

Wenigstens eine von uns.

21 Uhr 32.

Sporadisches Nüsseknacken und das Rauschen der Lüftung sind die höchste Kommunikationsstufe zwischen diesen sechs beheizten Scheiben.

Mein Handy stellt sich immer noch tot.

Inzwischen ist es mir schnuppe, ob Hendrik sich meldet. Hab haufenweise Typen in petto.

Obwohl das – bis auf Messis und publikumsgeile Sadisten – bisher ein ruhiger Sommer war.

»Da! Er geht wieder! Das waren genau anderthalb Stunden. Und er sieht verschwitzt aus!«

Ich würde Maja gerne den Wind aus den paranoiden Segeln nehmen, aber Toni trieft richtig.

»Jetzt, wo du's sagst ... vielleicht hat er einen Freund, von dem er nix erzählen will, weil es noch ganz frisch ist.«

»Oooder er ist ein Callboy.«

Wie verzweifelt, gutmütig oder pleite kann man sein, diesen Mann zu buchen *(Tourette-Jammern ohne Bauchmuskeln, bitte)*?

»Das glaube ich weniger ...«

»Finden wir's raus.«

Majas Anschnallgurt flitscht mir beinah ins Gesicht.

»Was soll das werden?«

»Ich steig jetzt aus und stell ihn zur Rede.«

»Auf keinen Fall!«

SSSSUPP!

Mein Gurt rastet ein. Neuer Putsch-Versuch!

KRRRRG!

»Au!!!! Wer hat dir denn ins Hirn geschissen!?«

Ich wusste mir nicht schneller zu helfen.

Maja trägt Extensions, das war mir bekannt, aber wir haben nie darüber gesprochen.

Und jetzt halte ich ein ganzes Büschel colorierter, indischer Haare in meiner Hand.

Das war ein kolossaler Fehler.

PUFF!

In mein Gesicht fliegt etwas, dessen Konsistenz sich wegen Rasanz nicht einordnen lässt.

Hat sich der Airbag gelöst?

Vielleicht hat dieses teure Gestell eine Mediationsvorrichtung, die sich einschaltet, wenn es zu militant zugeht.

»Leg dich nicht noch mal mit mir an. Gib mir meine Haare zurück!«

Es war nicht das Auto. Maja hat mir einen ihrer Pantoffeln ins Gesicht geschlagen.

»Toll gemacht, er ist weg. Bis ich ihn das nächste Mal sehe, hat er sich schon längst eine Ausrede einfallen lassen.«

Erlebe soeben ein Déjà-vu.

Das ist nicht das erste Mal, dass Maja sich in etwas, das sie nichts angeht, verbeißt.

Sie beschäftigt eigentlich etwas anderes.

Deshalb auch damals die Reinigungstyrannei in ihrem Treppenhaus, kurz vor der Hüft-OP ihrer Mutter.

»Maja, was ist eigentlich los?«

»Gar nichts. Ich werde nur nicht gern verarscht.«

Es geht sicher um einen Typen.

»Weil du gerade noch von jemand anderem nicht … nicht verarscht wirst? Denn … also ich glaube, es ist sicher gesünder, diese Person darauf anzusprechen, anstatt den armen Toni …«

»Ich bin schwanger!«

PLINGGG!

Jetzt auf mein Handy zu gucken, wäre ein absoluter Deal Breaker.

»Bist du sicher? Ich meine, das ist ganz bestimmt nur ein …«

»Jetzt guck schon nach!«, was ich eiskalt tue.

> *»Wir haben dich bei der Waldexkursion heute vermisst! Deine flotte Biene«*

Nur Agathe.

Und dafür habe ich meinen Ruf als gute Freundin geopfert.

»Das kann warten. Du hast heute auch Sekt getrunken. Obwohl du dachtest ...?«

Hatte gehofft, dass sie mir ins Wort fällt, aber auf diesem Gefallen bleib ich sitzen.

Stattdessen zuckt sie mit den Schultern und röstet Erdnusshüllen mit dem Zigarettenanzünder.

»Ich hatte nur zwei Gläser. Laut ›netdoktor.de‹ schadet das diesem Zellhaufen nicht.«

Eine zweite Meinung von einem Arzt, der sich keine Website mit Penispumpenanzeigen teilt, ist wohl nicht gefragt.

»Mein Fehler, du bist die Mutter des Jahres!«

Unser Gekicher lenkt einen Moment von der sich ausbreitenden Panik ab.

Maja als Mutter.

Was bringt die Zukunft als Nächstes?

Eine neue Methamphetamin-Rezeptur, die das Zellwachstum anregt?

Ich habe Maja schon als vieles gesehen: Freundin, Anwältin, Männermagnet, ernährungsbewusste Nervensäge.

Hin und wieder auch als Trickdiebin in Gegenwart griffbereiter Hyaluron-Cremes.

Aber als Mutter?

Unvorstellbar.

»Leili, denkst du, ich wäre eine gute Mutter?«

Nein. Dein Kind würde die Talkshowbranche über Nacht wiederbeleben.

»Natürlich.«

Die einzige zulässige Antwort.

Aufrichtigkeit ist hier fehl am Platz.

Für Frauen – egal ob mütterlich oder eher rabenmäßig unterwegs – gibt es keine schlimmere Beleidigung als »schlechte Mutter«.

»Danke. Wie stell ich das nur an?«

Schritt eins: Nenn dein Baby nie wieder Zellhaufen und versuch ihm in nächster Zeit hin und wieder feste, prozentfreie Nahrung zuzuführen.

»Wir kriegen das schon hin. Bevor wir hier groß Pro-Contra-Listen führen, sollten wir aber erst sicherge…«

»Contra? Denkst du etwa, ich will abtreiben?«

Hilfe! Wie komme ich da wieder raus?

»Entschuldige. Ich war nur irritiert, weil du diesen katholischen Abtreibungsgegnern mit den Babyschildern letzten Sommer ein Bein gestellt hast. Du hast nie von Kindern gesprochen. Und meintest du nicht auf der einen Babyparty, du würdest lieber mit deiner Louis Vuitton ein Feuer löschen, als selbst eins zu kriegen?«

»Die Demonstranten hatten mit ihren Schildern den Lack von meinem Auto zerkratzt. Und diese Arbeitskollegin hatte mir schon mehrere gute Fälle weggeschnappt. Deshalb habe ich das auf ihrer Party gesagt.«

Betretene Stille und nussiges Röstaroma.

»Wenn du es kriegen willst, freue ich mich natürlich für dich. Mal eine andere Frage ... Wer ist der Vater? Der AA-Sex-Typ?«

»Um Gottes willen, nein! Es ist ein Praktikant, der bei uns arbeitet.«

Also ein Kind aus Liebe.

»Wie alt ist er?«

»Alt genug! Und er wird's nicht erfahren, okay? Es ist *mein* Kind und *meine* Entscheidung. Was kann ich von einem Fuzzi von Praktikant schon erwarten? Bagels umsonst?«

»Hast du schon einen Test gemacht?«

»Nein. Aber ich bin seit zwei Monaten überfällig und hab alle Anzeichen. Mir ist dauernd schwindelig und übel und ich bin gereizt. Das passt gar nicht zu mir.«

Stimmt. Unsere Profisäuferin erwacht sonst jeden Morgen mit einem Lied auf den Lippen.

»Trotzdem. Lass uns einen Test holen, um auf Nummer Sicher zu gehen. Der DM hier um die Ecke hat noch geöffnet.«

»›Zu 99 Prozent zuverlässig‹. Was soll der Mist? Heißt das jetzt, die anderen sind zu 100 Prozent zuverlässig und geben nur nicht damit an oder sind die *gar* nicht zuverlässig und wollen mit ihrem hässlichen Blumencover davon ablenken?«

Ein ganzes Regal mit Schwangerschaftstests – direkt neben den Kondomen.

Sie sollten die Ganzkörperpeelings auch neben die Selbstbräuner packen.

»Ich glaube, der ist gut. Guck, hier steht *von Frauenärzten empfohlen.*«

»Hm, nee. Guck dir nur diese Idiotin an, wie sie sich freut. Die ist doch höchstens sechzehn. Die sollte sich besser über Clubs ohne Ausweiskontrolle freuen. Was weiß die schon vom Kinderkriegen?«

Ich verkneife es mir.

»Jo, isch muss ma was fragen, is' wischtisch!«

Ein Fruchtzwerg, der auf dicke Hose macht, versperrt uns den Weg zur Kasse.

Mit seinen kurzen, dicken Fingern fährt er sich durch seinen Oberlippenflaum.

Die Kleidung will nach Rapper aussehen.

Mit Vorsicht hat er sich eine Kappe mit Faust-Logo auf den Kopf gelegt.

Die kann natürlich erst richtig wirken mit dem passenden XXL-Shirt (er ist kräftig, aber ein »L« hätte gereicht).

Mein Fazit: lästig, aber leicht zu ignorieren.

Maja und ich sind da nicht immer einer Meinung. Erst recht nicht in Bezug auf provokant schnalzende blaue Kaugummis.

»Geh mir aus dem Weg, halber Meter!«

Maja, die sich doch den Test mit der jungen Idiotin drauf unter ihren Arm klemmt, wird wieder am Schreiten gehindert.

Hinter dem Miniaturgangster stehen zwei ähnlich gekleidete Exemplare Streitsucher.

Der eine (Typ Spargeltarzan) trägt eine offensichtlich selbst zerschnittene Jeans, die so locker sitzt, dass sie Wellen hinter dem Gürtel mit dem Dollarzeichen schlägt.

Dritter im Bunde hätte noch am ehesten die Chance, normal auszusehen, hätte er sich nicht an den Ohrringen seiner Schwester bedient.

Die beiden übernehmen den Part »Rückendeckung« und bombardieren uns gleich mit gehaltreichen Sprüchen wie: *Ja, genau!*

Und: *Er meint es auch so!*

»Jo, wieso haste so kleine Titten?«

Das gilt wohl mir.

Ein Glück bin ich mit einer Person unterwegs, die alles auf sich bezieht.

»Und wieso hast du so einen Fettarsch? Hat das Helfersyndrom deiner Mutter auch auf ihre Libido ausgestrahlt? Lass dir erst mal ein Brusthaar wachsen, bevor du Frauen ansprichst, du Pfeife.«

Das Wesentliche dürfte selbst der knallharte Knirps verstanden haben.

Für *Fettarsch* und *Pfeife* braucht es keinen Duden. Meine Wattepads, die Kondompackung und ich verabschieden uns zur Kasse.

»Was guckst du denn so? Hat es Tutorial-Eminem etwa die Sprache verschlagen?«

Meine genervte Rückkehr zum Brennpunkt in Gang 2 springt schnell in ernste Besorgnis um.

Der kleine Sprücheklopfer fasst sich mit beiden Händen um den Hals, die Augen füllen sich mit Tränen.

»Alter, erstickst du etwa grad?«

»Scheiße, Maja, ich glaube, er hat sich am Kaugummi verschluckt.«

Bestätigendes, energisches Nicken von einem inzwischen rot angelaufenen Gesicht.

Einer der Jungs versucht es mit kräftigen Faustschlägen auf den Rücken, während der andere seinem Freund mit dessen Kappe Luft zufächelt. Bei solchen Freunden braucht man keine Feinde mehr.

Das arme Großmaul schüttelt aggressiv den Kopf, es wird nicht besser, nur noch schlimmer.

Das ist die furchteinflößendste Lage, in der ich mich je befunden habe.

Beim Ziehen meiner Kontoauszüge gucke ich immer zu den Erste-Hilfe-Anweisungen über dem Geldautomaten hoch und denke: *Wann soll so was schon in einer Bank passieren?*

Und ich hatte recht.

So was passiert in Drogeriemärkten.

In unserer Schule gibt es nicht ohne Grund die Krankenstation, zu der man die Kinder schicken kann. Dadurch konnte ich mich immer vor so etwas drücken.

Ich tue nichts. Und dafür hasse ich mich. Vielleicht werde ich mich für immer hassen.

Ich habe mich noch nie so machtlos gefühlt.

Seine Hautfarbe ist inzwischen auf purpurrot angestiegen.

Ein Mitarbeiter muss her!

»Aus dem Weg, ihr Flaschen! Eins! Zwei! Drei! Komm schon, du Trottel! Eins! Zwei! Drei! Vier!«

FUPP!

Majas Heimlich-Griff bringt einen blauen unförmigen Klumpen einen Gang weiter zur Landung.

»Jo, die Bürgermeisterin hat dir das Leben gerettet, Alter!«

»Bürgermeisterin?«

Maja mustert sich selbst.

»Jo, wegen dem Blazer-Scheiß, den du anhast!«

»Danke! Isch schwör eusch, Brüders, isch hab meine Oma schon gesehen!«

»Wir sind hier fertig. Passt auf euch auf, Jungs!«

Maja dreht sich mit ihrem zerbeulten Schwangerschaftstest um und zeigt in Richtung Kasse.

»Jo! Wachte ma, Blazer! Hier, als Dankeschön, weißte!«

Der Junge mit dem wieder fahlen, X-Box-fanatisierenden Teint kramt in seiner Hosentasche rum.

»Ist das dein beschissener Ernst? Du bietest mir einen Kaugummi an?«

»Was dauert das denn so lange?«

»Du hast erst vor zehn Sekunden draufgepinkelt, jetzt warte doch mal. *Drei Minuten* steht doch hier.«

Maja titscht durch ihre Wohnung, als wolle sie sich schon mal aufwärmen für die Mutterschaft.

»Hättest du eigentlich lieber ein Mädchen oder einen Jungen?«

»Was für eine blöde Frage, einen Jungen natürlich!«

»Was heißt hier *natürlich?* Sicher, dass dein Praktikant der Vater ist und nicht Heinrich der Achte?«

Maja tippelt weiter um mich rum.

»Um Mädchen musst du dir ständig Sorgen machen.«

»Um Jungs genauso! Oder was war das vorhin im DM? Wenn du nur wüsstest, wie viele bei mir täglich mit einer blutigen Nase aus der Pause kommen.«

Was soll ich sagen, »Promiflash« ist interessanter, als Kinder zu einem respektvollen Miteinander anzuhalten.

»Das sind doch nur Raufereien, an denen sie selbst schuld sind. Mädchen passieren furchtbare Dinge ohne eigenen Beitrag.«

Der Punkt geht an die Anwältin.

»Immer noch eine Minute, das ist das Letzte! Gleich morgen schreibe ich der Ärztekammer.«

Ich lasse sie in dem Glauben, dass sie den richtigen Adressaten für Beschwerden gegen billige Drogerietests auserkoren hat.

»Zeig mir in der Zeit doch mal ein Bild von dem Praktikanten.«

Ein langer Seufzer.

»Nein, lieber nicht.«

»Hä? Warum nicht?«

»Na, weil du …«

»… weil ich *was*?«

Das erste Mal falle ich *ihr* ins Wort.

»Weil du ein Problem mit seinem Aussehen haben könntest.«

Ich verstehe kein Wort.

Maja hatte oft seltsame Vögel an Land gezogen, deren Aussehen das geringste Problem war.

»Jetzt zeig schon her, ist ja lächerlich! Ich bin auf alles eingestellt, von Adrian-Brody-Zinken bis Faulmaul!«

»Er ist fett, okay? Und ich meine keinen gemütlich-vorzeitigen Winterspeck oder einen kleinen Bierbauch, sondern ernsthaftes Übergewicht! Und ich habe keine Lust, mir Witze darüber anzuhören, ob ich eine Taschenlampe samt Wagenheber brauche, um seinen Penis zu finden. Mein Pipitest hier ist der Beweis, dass es klappt!«

Ich bin sprachlos. Gleichzeitig platze ich nur so vor Neugier.

»Okay, das war … informativ. Wie kommst du darauf, dass ich so oberflächlich bin? Außerdem hast *du* doch vorhin im DM mit Süßholzraspeleien wie ›Fettsack‹ um dich geschmissen.«

»Fett-*Arsch*! Ja, gut, ich schäme mich für ihn und es liegt nicht an dir, zufrieden?«

»Durchaus! Jetzt zeig mir schon ein Bild. Schlimmer als Tschu-Tschu-Tobi kann ich ihn nicht finden. Egal, wie er aussieht!«

Tschu-Tschu-Tobi hatte die Angewohnheit, Maja vor Zuschauern in die Brüste zu kneifen und das mit »TSCHU-TSCHU!« zu kommentieren. Die zurückgebliebene Lokomotive wurde von Maja schneller abgefertigt als ein Drive-in-Kunde.

»Erinnere mich bloß nicht an *den*! Warte, ich hab nur sein WhatsApp-Bild. Hier.«

»Wow. Den habe ich mir anders vorgestellt.«

»Wie denn *anders*? Noch fetter? Sag's ruhig.«

»Fürs Protokoll, DU bist die mit den Problemen. Er ist süß, nur sieht er nicht wie ein Praktikant aus.«

Thilo (das ist sein WhatsApp-Name) wirkt älter als erwartet.

»Ist dir der Bart nicht zu lang? Mit dem kannst du doch nie Suppe Essen gehen.«

»Wer geht denn heute noch ohne die Dritten intus Suppe Essen?«

»Äh, du? Miso-Suppe! Letzten Freitag! Insta-Story! Könnte denn aus euch nicht doch was Richtiges werden?«

»Ausgeschlossen! Glaube, der ist eh mit dieser Denise aus der Baurechtsabteilung zusammen.«

»Ist das die, die immer Wimperntusche in ihrem Pony hat?«

»Genau die.«

»Und das ist alles okay für dich?«

»Jepp! Bin sowieso gerade dabei, mir auch jemand Neues zu angeln. Guck mal, wie scharf der ist!«

Maja drückt mir ihr iPhone ins Gesicht.

»Meilo, 36, Arzt. An dieser Stelle sollte eigentlich ein Text über meine guten Eigenschaften stehen. Beweg deinen süßen Arsch her und finde sie selbst raus!«

Was für ein Profil.

Maja und ich werden uns auf Datingportalen nie in die Quere kommen.

Segelschühchen – Mastercard – Golfclubmitgliedschaft.

Mittelgroß. Mittelblond. Mittel attraktiv.

Aber attraktiv genug für Frauen wie Maja, die ein monetäres Äquivalent zu ihrem Einkommen suchen, um zweisame Urlaube mit Kaschmirbademänteln und Meeresblick buchen zu können.

Maja guckt mich in der Erwartung an, dass ich was Neiderfülltes zu diesem geschniegelten Abbild meines persönlichen Albtraums sage.

Doch wer auf seinem Profilbild einen Pokal abknutscht, bringt mich nicht dazu, meine Bieterkelle zu heben.

PLINGGG!

Meine Rettung!

»Ist es Hendrik?«

»Kann nicht sein. Der Ton ist WhatsApp. Er würde bei Instagram antworten.«

Eine Sprachnachricht von einer unbekannten Nummer.

»Hey, du süßes Stück, ist das noch deine Nummer?«

Die raue Stimme, das schlechte Benehmen ohne Umschweife.

Es ist Hendrik.

»Äh! Jajaja! Ich bin gerade …«

»Spinnst du? Nicht direkt antworten!«

Abgerutscht. Und versendet.

Sprachnachrichten sind nichts für mich.

Zwei blaue Häkchen. Natürlich hat er sie direkt abgehört.

»Negativ.«

Owei! Der Test!

»Oh Maja, das tut mir so leid. Komm her«, sage ich mit weit ausgebreiteten Armen.

»Was? Das ist wie ein Sechser im Lotto!«

Sitze unverändert da, als wolle ich Regen heraufbeschwören.

»Na, dann ... juhu?«

Traue mich noch nicht ganz, meine Erleichterung bloßzulegen, bevor Maja ihre Gefühle nicht selbst sortiert hat.

»*Juhu* ist gar kein Ausdruck! Hast du diesen kleinen Rotzlöffel im DM etwa vergessen? Diese ständige Angst, dass sie irgendwo gegenlaufen und sich wehtun oder an Kaugummis ersticken. Die saudummen Fragen, das Zahnweh und die blöden Eltern ihrer Freunde, mit denen man sich dann auch noch anfreunden muss. Kinder sind nichts als Arbeit! Nicht zu vergessen die neun rosigen Monate davor, in denen man seine Füße nicht sehen kann und Männer einen nur noch ansprechen, wenn sie den Weg wissen wollen.«

Maja springt durch das Zimmer und wirft mir ihren Blazer auf den Schoß.

»Wie gefällt dir das, Leili? Schwangerschaftstest mit Showeinlage, haha!«

Ihr Rumgehüpfe entblößt einen Sit-ups-gepeinigten Bauch – die wohl unbequemste Herberge für einen Fötus.

»Und dann die ersten Worte, die alle feiern! ›Hab Kacka gemacht!‹ Dafür hab ich doch nicht studiert! Und wusstest du, dass, wenn sie zur Welt kommen, sie einem buchstäblich den Arsch aufreißen? Und dafür soll ich dann auch noch achtzehn Jahre lang blechen?«

»Aber du kannst dich rächen, indem du sie lächerlich einkleidest.«

Schwer atmend sackt Maja neben mir aufs Sofa.

Ungeachtet ihrer Euphorie weiß ich seit heute, dass sie eines Tages Kinder haben wird. Ein Geheimnis, in das ich sie nicht einweihe. Mit ihrem stark ausgeprägten Beschützerinstinkt wird Maja eine tolle Mutter.

Was mich betrifft, ich sollte gewissenhafter auf meine Verhütung achten, nutzlos, wie ich heute auf der Zuschauerbank saß.

PLINGGG!

Eine neue WhatsApp-Nachricht.

Wieder eine Sprachnachricht.

»Die Jungs fahren mich gerade nach Hause. Hätte in 'ner Stunde Zeit. Hab noch Gin da!«

Toll, Konjunktiv. Mein Lieblingsverbmodus.

Aber das kenne ich schon von ihm.

Unser Treffen steht.

Ich bin nervös. Und das erste Mal seit meiner Trennung richtig aufgekratzt; was albern ist, da Hendrik und ich uns schon dreihundertmal getroffen haben.

Er war es immer, der mir über meine Beziehungen hinweggeholfen hat.

»Ho, ist *er* das? Der klingt scharf. Soll ich dir Gummis borgen? Hab welche mit Erdbeergeschmack, die im Dunkeln leuchten. Die sind echt abgefahren!«

Mist! Habe die Kondompackung im DM – schockiert über den knapp entgangenen Erstickungstod – vergessen.

»So abgefahren, dass wir heute einen Schwangerschaftstest gemacht haben!«

»Ist das ein *Ja*? Oh und bevor ich es vergesse … man kann Nachrichten bei Instagram löschen. Du musst einfach auf ›Nachricht zurückrufen‹ klicken.«

»Was?! Warum sagst du mir das nicht?!«

»Weil du einmal zu einer Entscheidung stehen sollst«, sagt Maja mit süffisanter Miene. »Auch wenn sie vielleicht dumm ist. Du hast es verdient, dich im Augenblick daneben zu benehmen.«

Hendriks Adresse ist noch dieselbe seit fast dreizehn Jahren.

Jetzt heißt es Push-up-BH zurechtrücken und Make-up-Check, bevor die Klingel mit dem Schild *Seibach* zur V.I.P.(Viel.Interaktives.Pimpern.)-Eintrittskarte wird.

DRRRING!

»Jaaa? Wer stört um diese Zeit? Ich spiele gerade Bingo mit meiner Enkelin!«

Er verstellt seine Stimme, sodass sie alt und krächzend klingt.

Vergesse immer, wie witzig wir uns finden.

»Ich bin's, du weißt schon. Hier ist Lei…«

»Komm schon rauf, Sexy!«

Die tiefe Gewohnheitsstimme.

Ein Schauer überfällt mich.

Siebenunddreißig (was man nicht alles tut, um einen weggesteckt zu bekommen) Stufen später erlöst mich die Türmatte mit dem Sonnenblumenmuster.

Der Mann der – halben – Stunde steht im Türrahmen mitsamt seiner ganzen ... unverhohlenen ... Einsatzbereitschaft.

Small Talk war noch nie seine Schwäche.

Als ich in seine Arme laufe, ist es bereits um uns geschehen …

Lennard, du warst weder mein Erster noch mein Letzter!

So sieht's aus. Komm damit klar.

Schade, dass er wohl nie rausfinden wird, womit er klarzukommen hat.

»Wow, das war unglaublich. Ich bin froh, dass du dich gemeldet hast. Hast du dich endlich von Leon getrennt? Nette Ohrringe übrigens! Sind die von ihm?«

Immer noch. Immer noch hasse ich es, wenn andere Lennard erwähnen.

Es versetzt mir einen Stich.

Auch wenn nicht mal sein richtiger Name genannt wird. Extra (natürlich), um geltend zu machen, dass Eifersucht ein Fremdwort ist. Damit will Hendrik mich nicht kränken, nur Grenzen abstecken.

Ich lasse ihm das.

»Ja, es hat irgendwie nicht mehr gepasst.«

Das Thema ist hiermit durch.

Immerhin bin ich nur hergekommen, um mich abzulenken, nicht um einen Seelenstrip hinzulegen.

Mir vergeht es, wenn ich an die Tram denke, die mich in mein altes Leben zurückbringt.

Eigentlich stecke ich schon mittendrin in meinem alten Leben.

Ich wohne wieder bei meinen Eltern, hatte kürzlich eine pubertäre Haarkrise und liege wieder neben dem gleichen Mann wie mit achtzehn Jahren.

Es hat etwas Beruhigendes, immer wieder umkehren zu können.

Trotzdem macht es mir Angst, dass ich nicht vorankomme.

»Noch einen lauwarmen Gin, die Dame?«

»Du kennst doch die Antwort!«

Halte meinen Spiderman-Becher hin, während der nackte Mann in der Küche verschwindet.

»Hast du noch 'ne Zigarette?«

»Linke Schublade!«

Hendriks Bude ist bereits so zugequalmt, dass ich das Feuerzeug ertasten muss.

Ich fühle mich wohl bei ihm. Das war schon immer so.

Sein Geruch, die Art, wie er mich aufzieht, selbst sein krauses Brusthaar – Hendrik ist für mich ein Zufluchtsort, der in Stein gemeißelt ist.

»Und wie läuft dein Lehrerding?«

Das ist eine Falle.

Er gaukelt Interesse vor, will jedoch eigentlich eine plumpe Überleitung zu seinem Leben schaffen.

Ich beiße an.

»Immer noch Deutsch und Kunst. Und du so?«

»Boah, ich hab sau viel zu tun.«

So sieht es hier aus.

Die Trillionen Pokerchips auf dem Schreibtisch bergen bestimmt Bewerbungsunterlagen.

»Glaube ich dir. Womit verdienst du deine Kröten zurzeit?«

Es gibt einen unausgesprochenen Deal zwischen Hendrik und mir.

Wir bestätigen uns gegenseitig.

Er gibt mir das Gefühl, wunderschön zu sein; ich lasse ihn glauben, besonders zu sein.

»Ach, hier und da ein paar Shootings. Und dann habe ich den Aufsichtsdienst im IKEA-Bällebad. Kein leichter Job, sage ich dir.«

Mit *Shootings* sind Modelaufträge zum Fremdschämen gemeint. Meist für Produkte wie Abführmittel und Potenzpillen. Vor zwei Monaten bin ich in einen Bus gestiegen, der mit Hendriks Gesicht – daneben hing eine Sprechblase, gefüllt mit den Worten »Weich sind von jetzt an nur noch meine Haare!« – beklebt war.

Ob Hendrik klug ist oder nicht, habe ich nie rausgefunden.

»Wow, allerhand. Du eroberst sicher bald Mailand. Und diese Bällebäder sollen echt gefährlich sein.«

Er gibt mir einen langen, zärtlichen Kuss.

Soll heißen: Wir sind hier fertig!

»Ich geh nur noch schnell ins Bad.«

»Verlauf dich nicht!«

Keine Gefahr in dieser Ein-Zimmer-Bleibe.

Genau die sind es. Die kleinen Momente, die ihn so attraktiv machen, in denen er Manns genug ist, über sich selbst zu lachen. Kein Geprahle, kein Überspielen, keine Komplexe. In diesen seltenen Momenten ist Hendrik konkurrenzlos.

Und jede Faser in mir lässt sich fallen.

Maja würde es als »blind gebumst« bezeichnen. Ich nenne es »Intervall-Verliebtheit«.

Spoiler-Alert!

Das ist keine von diesen Geschichten, in denen die Frau den richtigen Typ nie auf dem Schirm hatte, bis ihr urplötzlich (in einer regnerischen Nacht!) klar wird, dass er doch mehr sein könnte als ein »Booty-Call«.

So schön diese testosteronbeflügelte Auszeit auch war, sie hat nicht mehr die gleiche Wirkung auf mich wie früher.

Hendrik ist noch derselbe Träumer, der nicht an Regenschirme glaubt.

Nur vielleicht bin ich ja nicht mehr die Gleiche.

Jedenfalls kann ich so nicht weitermachen.

Als Hendrik sich gemeldet hat, war ich vor allem deshalb so erleichtert, weil ich mir vorgemacht habe, dass, wenn ich die Zeit mit ihm zurückdrehen kann, ginge das auch mit Lennard.

Vielleicht hatte ich auch geglaubt, Hendrik würde mir über Lennard hinweghelfen, so wie er es bei meinen anderen Ex-Freunden immer geschafft hat.

Nicht dieses Mal. Mein Herz hat sich nur beleidigt schlafen gelegt.

Ich fühle mich nicht besser als vorher, wenigstens auch nicht schlechter.

Hendrik ist keine Lösung mehr.

Wo soll das hinführen?

Wir wachen morgen auf, sind zweiundfünfzig Jahre alt und liegen in dem gleichen, undichten, mit Pflastern übersäten Wasserbett (mit Zigaretten einzuschlafen ist auf Stoffmatratzen noch gefährlicher)?

Das ist einfach zu trostlos. Selbst für uns.

In Hendriks Badezimmer liegt unter einem Bart-Pflegeset etwas, das aussieht wie ein Tagebuch.

Kann ich so was bringen? – Ich kann.

Ich habe einen Handabdruck auf meiner Arschbacke.

Also machen wir uns nicht vor, zu integer zu sein für Eingriffe in geistiges Eigentum.

Schade. Doch kein Tagebuch. Aber dafür nicht weniger peinlich.

Hendrik reichen seine rumhaften Shootings offenbar nicht mehr.

Er übt sich jetzt im Drehbuchschreiben:

»Arbeitstitel: Drei Titten & ein Raumschiff gegen den Rest der Welt!«

Mit dem war ich vor nicht mal zehn Minuten im Bett?

Von dem uralten Weihnachtsgin ist mir schwindelig und schlecht geworden.

Aber nicht so sehr, dass ich mich hier einquartieren muss, oder doch?

Doch!

Mir wird kotzübel.

Ich versuche noch mein Ziel zu erreichen, aber ...

»Uuuääääarg!«

Oh nein. Mitten auf die drei Raumschifftitten.

Zumindest ist die Übelkeit fast weg.

Muss nur noch die Kopfschmerzen bezähmen.

Das mit Fußballstickern tapezierte Schränkchen kann hoffentlich Abhilfe leisten.

Halleluja, ein Päckchen Aspirin!

Nicht zu früh freuen.

Es sind erfahrungshalber nur Tic Tacs oder gesammelte Glückskekszettel drin …

Ah! Es raschelt vertraut.

Es ist aber keine Tablette, die herauslugt ...

»01.01.2015 – Im Herzen ein Leben lang eins!«

Comic-Abonnent, Furzkissenunterschieber, Flipperchampion. Dieser Mann ist seit vier Jahren verheiratet?

Welche geistig umnachtete Frau sagt denn nur *Ja* zu Hendrik?

Und zwar nicht nur im Bett, sondern in einer Kirche! Vor Zeugen!

Ja zu unangekündigten Männerabenden.

Ja zu einem über dem Wäschesack hängenden Basketballkorb, der *immer* verfehlt wird.

Und last but not least: *Ja* zu einem Mann, der anderen Frauen nachjagt.

Ich bin entsetzt und stinkwütend!

Wo das gerade herkommt?

Ich weiß es!

Es ist keine Eifersucht.

Es ist die Wut darüber, dass er mich in eine Lage gebumst hat, die ich aus einer anderen Perspektive kenne.

Hendriks flüchtige Kurzzeitbeziehungen waren sicher alles andere als spaßig für die jeweils Auserwählte(n) des Monats.

Doch hier machen gerade zwei Menschen eine Ehe kaputt.

Er hat mich zur anderen Frau gemacht!

Ich halte es in dieser Zeitkapsel nicht mehr aus.

Du schaffst das, Leila!

Geh einfach durch diese Tür, schnapp dir dein Höschen und dreh dich nicht mehr um.

Mit den handlichen Avocados im Edeka klappt das doch auch immer ganz leicht, wenn gerade keiner guckt.

»Bereit für Runde zwei, Perle?«

Der Ehebrecher fängt mich vom Bad ab, eine Hand fraulich in die Hüfte gestemmt, in der anderen hält er die Ginflasche schirmend vor sein entsichertes Equipment.

Seine Privatzone mit einer fast leeren Flasche Gin zu verdecken, daran ist nichts Geheimnisvolles.

Das soll wohl witzig und zugleich sexy sein.

Nichts davon erreicht mich gerade.

»Ich muss los. Wo ist mein BH?«

Leider sind Wut und Nacktheit eine uncoole Kombination.

Bin nicht besser als ein Tierschützer mit Mettwürstchenfahne.

»Was ist auf einmal los mit dir?«

Ich sage nichts. Den Gefallen tue ich ihm nicht.

Hendrik darf sich bis in alle Ewigkeit fragen, was mich in dieser Nacht vertrieben hat.

»Du bist verheiratet, das ist los!«

Jetzt, wo mein Busen wieder bedeckt ist, ist mir doch danach, einen Streit anzuzetteln.

Hendrik leert die Ginflasche, macht mir die Sicht frei auf das Einzige, was nicht lächerlich an ihm ist.

Seine dezente Auslegung von: *Guck mal, was du alles verpasst!*

Aber ich habe nur Mitleid. Nicht mit ihm, sondern mit den ganzen Robben, die von so was erschlagen werden.

»Ach, jetzt wühlst du schon in meinen Sachen rum? Du bist nicht meine Mutter und auch nicht meine …«

»*Frau?* Dafür bin ich unendlich dankbar!«

»Okay, du verpisst dich jetzt besser.«

»Bin dabei.«

Ich habe schon einen Schuh an.

Den anderen will ich nach ihm werfen, doch dann sehe ich mich als Pirat in die Tram steigen.

»Was denkst du dir eigentlich? Ist es wirklich so unnatürlich, nur einem Menschen treu zu sein?«

»Barbara wird's nie erfahren! Also, wo ist dein Problem? Niemand wird verletzt.«

Uh, blöder Name. Aber so was hat sie trotzdem nicht verdient. Nicht mal eine Barbara.

»So etwas kommt immer irgendwann raus.«

»Ah, kapiert. Deshalb habt ihr Schluss gemacht! Da hätte ich gleich draufkommen können.«

Von hinten schleicht sie sich wieder an. Die Scham.

Dass ich die Betrogene bin.

Die, für die man nichts riskiert, außer erwischt zu werden.

Die, für die es sich nicht lohnt, zu kämpfen.

Der man keine selbsterniedrigenden Songs schreibt oder Versprechungen macht, die sogar gehalten werden.

»Du kapierst gar nichts. Ich verschwinde jetzt.«

Ich werde nicht vor Hendrik Seibach weinen!

»Du kommst ja doch irgendwann wieder, wenn 's mit dem Nächsten kriselt. Das kenn ich schon!«

»Ich habe auf dein beschissen-schrottiges Drei-Titten-Drehbuch gekotzt!«

So fest ich nur kann, knalle ich die Tür zu. Das letzte Wort habe ich!

Unverzüglich höre ich den »Simpsons«-Vorspann durch die Tür hindurch.

Reizend.

Er ist mir nicht nachgelaufen.

Warum auch?

Er schuldet mir nicht das Geringste.

Das ist noch so eine Sache an diesen neumodischen, lockeren Geschichten, bei denen man nichts und alles verlieren kann.

Wenn Frau eine Szene macht, heißt die Diagnose:

völlige Hysterie!

Wir haben das Kleingedruckte nicht gelesen.

Die Affäre ist uns zu Kopf gestiegen und wir wollen endlich eine Hingebungszulage für unsere ewige Treue bekommen.

Ich will das nicht mehr. Ich will mich nicht mehr kleinmachen.

Ich will wieder Blumen bekommen.

Und – igitt! – kein Kondom, das mir am Schienbein festklebt!

Eine neue WhatsApp-Nachricht.

Der unterbelichtete Autodidakt, der mir den Gin in Rechnung stellt?

»Uuund wie war die wechselseitige Leibesvisitation?«

Maja erhält ein Scheißhaufen-Emoji zurück.

»Was ist passiert?«

»Frag lieber nicht! Hättest nicht anrufen müssen, mir geht's gut.«

»Leili, du solltest nach vorne schauen und keinem mehr aus der Vergangenheit nachhängen. Egal ob Lennard oder Hennes.«

Hennes? Da hat anscheinend wer, nachdem ich gegangen bin, noch weitere Korken knallen lassen.

»Du sagtest doch, es wäre 'ne super Idee, *Hendrik* zu treffen!«

»Das war ich nicht.«

Der Hörer klirrt.

»Ernsthaft?! Du hast mir noch Kondome mitgegeben, Maja!«

»Ach jaa! Und haben die geleuchtet?«

Die reinste »Star Wars«-Nummer!

»Wir sprechen uns morgen, okay? Bin echt fertig.«

»Das glaub ich dir, du alte Schlampe, haha!«

»Ja, was auch immer.«

»Warte! Sei nicht traurig. Es ist nie zu spät, seinem Leben Konturen zu verleihen, wie Dr. Mangold immer sagt.«

Maja hat ihren Chirurgen und Helfer im Internet entdeckt unter der Anzeige: »Faltenfrei! OHNE Bügeleisen! MIT Mimikgarantie!«

Sie ist seit zwei Jahren seine Muse.

Kausal für Majas erste Sitzung war ein Blitzerfoto, das sie, nun ja, seien wir mal ehrlich … sehr unvorteilhaft ablichtete. (Ihre Eigeninterpretation als »niesender Mops« war dennoch übertrieben.)

Sie knallte Dr. Mangold genau dieses Foto auf den Glastisch.

»Sorgen Sie dafür, dass ich nie wieder so aussehe! Noch heute!«, lautete ihr Anmarsch.

»Maja, ich kapier beim besten Willen nicht, was deine Hyaluronfiller mit meinem verkorksten Abend gemein haben sollen.«

»Mensch, ich habe eine Entscheidung getroffen! Ändere, was dich stört! Du musst dich entscheiden, was du für dich willst!«

Ich will aufhören, mich zu fühlen wie die schlechteste Version von mir.

8. Kapitel

»Wie man glücklich wird?
Indem man aufhört, es ständig aufzuschieben.«
(Leila Sternenberg)

»So, dann wollen wir mal, verehrte Kollegen. Wo der Kaffee steht, wissen Sie ja bereits.

Wenn weiter nichts ist, kommen wir zum Wesentlichen. Der alphabetischen Reihenfolge getreu fangen wir mit … Ahlert, Silvia an.«

Eigentlich mag ich Freitage.

Nicht, wenn sie eine Zeugniskonferenz anberaumen.

Herr Wassmeier hat das Wort und genießt es.

Charlotte sieht wieder aus wie aus dem Ei gepellt und hat ihr eingefrorenes Stadtratskandidaturplakatsgesicht aufgesetzt.

Sie begrüßt jeden, nur durch mich sieht sie hindurch. Kann ich ihr nicht verübeln, seit ich den Bogen Meinungsfreiheit überspannt und ihr mitgeteilt habe, dass sie die Unattraktivere in ihrer Ehe ist.

Agathe trinkt in den wenigen Minuten, die wir erst hier sind, schon ihren vierten Kaffee, nur um ab und zu auf die Toilette flüchten zu können.

Kollegin Gabi Breithaupts – Mathelehrerin (irgendwer muss es ja machen) – raschelt antriebslos in ihrer Studentenfuttertüte rum. Gleich wird sie uns die übrig gebliebenen, matschigen Rosinen anbieten.

Dem Club der Nichtsnutztiere beisitzend, gucke ich mir bei Instagram Vorher-Nachher-Bilder von einem Augenbrauen-Serum an.

Irgendwie muss ich ja die Zeit totschlagen.

Oh là là! Candice aus Ohio hat wirklich vollere Brauen bekommen. Nach nur drei Wochen Anwendung!

Hm, Maren aus Heidelberg hat allerdings noch Lücken und kann genauso wenig auf Kajal verzichten wie ich.

»So und jetzt kommen wir zu Ehlert, Vanessa.«

Langweilig!

Es ist kindisch, weiß ich selbst, aber bis meine eigenen Schüler dran sind, fühle ich mich wie ein Kind, das seinen Eltern beim Bereden politischer Themen lauscht.

Lass die Erwachsenen mal machen.

Neben Instagram überprüfe ich ständig meinen E-Mail-Posteingang, der hoffentlich bald mit einer Antwort von meinem Ex(?)-Vermieter aufwartet.

Gestern Nacht, wachliegend in meinem Kinderzimmer, hatte ich eine Eingebung und wollte unbedingt meine Wohnung wiederhaben. Daraufhin habe ich Herrn Tiegel um 1 Uhr 40 per Mail angefleht, sie mir zurückzugeben.

Koste es, was es wolle.

Selbst wenn der matschbirnige Herr Roth wieder einzieht und ich die Renovierungskosten für die Wasserschäden übernehmen muss, ich gehöre in diese Wohnung.

Dort habe ich mit Maja und Christin auf meinen Job angestoßen.

Scheußliche Outfits wurden in liberaler Abstimmung in Kisten verbannt oder intern gespendet.

Zweieinhalb One-Night-Stands haben sich in diesen vier Wänden zugetragen.

Etliche Drinks, die einem die Schuhe ausziehen, wurden gemixt und Gesichtsmasken ausprobiert, die allen Übernachtungsgästen einen Ausschlag bescherten.

Ich hatte schon ein Leben, noch bevor Lennard ihm beitrat.

Die vielen Erinnerungen an meine Wohnung sollen nicht verblassen, nur weil mein Ex-Freund dort hin und wieder aufgeschlagen ist.

Ein Auszug fühlt sich nicht mehr nach Neuanfang an, es wäre Aufgeben.

PLINGGG!

Oh. Ich sollte den Ton ausstellen.

Erneut Hendrik, der mir schreibt.

Das ungefähr vierundneunzigste Penisbild, seit ich seine Liebeshöhle so stürmisch verlassen habe.

Hab inzwischen so viele davon, dass ich vergessen habe, wie der Rest von ihm aussieht.

»Das hieße dann, dass Tim sitzen bleibt. In dem Fall müssen wir seinen Eltern eine schriftliche Mitteilung zukommen lassen. Noch diese Woche.«

»Eye-Brow-Boom« ab in den Warenkorb mit dir!

Oh nein. Habe ich mich verhört?

»Verzeihen Sie, Herr Wassmeier, reden wir gerade von Tim Friedemann?«

»Nicht *wir*, Frau Sternenberg. Nur der Teil der Kollegschaft, der seine Arbeit macht.«

Verstohlenes Kichern von Charlotte.

Widerliche Arschleckerin.

»Das können wir nicht machen. Er ist acht Jahre alt. Wollen wir ihm da wirklich schon so einschneidenden Folgen aussetzen und ihn sozial stigmatisieren?«

Der Teil von mir, der Tims rigoros gutaussehenden Messivater erlebt hat, entwickelt Mitgefühl für den Jungen, der gerne Kreidestücke mit Sekundenkleber bestreicht.

»Alle unsere Schüler sind Kinder, dennoch bleiben jedes Jahr zwölf Prozent sitzen. So ist das eben. Nächster Punkt?«

»Warten Sie! Er hat die letzten Wochen enorme Fortschritte gemacht.«

»Was reden Sie für dummes Zeug? Sie haben ihm für Deutsch eine Fünf gegeben.«

Shit, das habe ich! Selbstredend *vor* dem Blick hinter die Kulissen der Friedemanns.

»Das war voreilig von mir. Hiermit ändere ich seine Note. Er bekommt von mir eine Drei Minus. Und in Kunst steht er ohnehin bei Zwei.«

»Psst! Willst du die Rosinen haben?«

»Nein danke, Gabi.«

Die Luft ist zum Schneiden dick im Lehrerzimmer.

»Frau Sternenberg, manchmal meine ich, in Ihrer *Kunst* kriegt jeder eine Zwei! Wir führen hier keine Waldorfschule! Bei uns werden die Noten nicht verschenkt.«

Einer pochenden Halsschlagader lässt sich schwer etwas entgegensetzen.

»Herr Wassmeier, bei mir macht sich Tim auch inzwischen ziemlich gut.«

Direkt nach ihrem Hilfseinsatz ist Agathe auch wieder weg.

Kein Wunder bei dem Kübel Kaffee.

»Und wie stellen sich das jetzt alle hier vor? Wir müssen die Kinder formen, nicht verhätscheln, verdammt noch mal!«

Hilfe!

»Ich bitte Sie nur, ihm eine zweite Chance zu geben.«

»Meinetwegen. Aber Sie behalten den Jungen im Auge, ich verlass mich drauf, Frau Sternenberg!«

Beschwörend halte ich Zeige- und Mittelfinger hoch.

Meine gute Tat für heute.

Ob dieses Augenbrauenserum auch das Wimpernwachstum anregt?

Ah nein, dafür muss man sich zusätzlich »Eye-Lashes-Boom« bestellen.

Brauche ich das auch oder nähere ich mich hier gerade einem Zweitjob als Dragqueen?

»Letzter Punkt auf der Tagesordnung: Wie werden wir unseren Herrn Ex-Kollegen Breuer los? Frau Königsberg, haben Sie sich schon mit Ihrem Anwaltsfreund in Verbindung gesetzt wegen der einstweiligen Verfügung?«

Rolf soll vom Schulgelände abgeschoben werden?

Auf keinen Fall!

Jetzt habe ich mich schon für Tim als nervtötende Hobbypsychologin stark gemacht.

Hätte ich das gewusst, hätte ich den kleinen Idioten durchfallen lassen.

Ich kann das nicht ignorieren.

Ich *werde* das nicht ignorieren.

Ein Morgen ohne Rolf ist nicht dasselbe.

Sogar jetzt habe ich wieder eine klebrige Karte in meiner Tasche, die er gar nicht erwarten kann wieder (falsch) zu erraten.

»Herr Wassmeier …«

Charlotte wirft ihre Haarpracht nach hinten, als wolle sie eine Parfumwerbung nachahmen. Affiges Weib, sag doch einfach, was du sagen willst, ohne vorherige Selbstinszenierung.

»… selbstverständlich habe ich die Sache schon in die Wege geleitet und ja, es existiert eine gesetzliche Ermächtigungsgrundlage, die es uns ermöglicht, Herrn Breuer entfernen zu lassen.«

»*Entfernen zu lassen?* Er ist doch kein Tumor, wir reden hier über einen ehemaligen Kollegen!«

»Ruhe, Sternenberg!«

Ich schwöre, ich habe eben einen Hammer schlagen hören.

Und das »Frau« bin ich wohl auch nicht mehr wert.

Agathe, die inzwischen wieder an ihrem Platz sitzt, bestückt mit der nächsten Tasse Kaffee, gibt mir kopfschüttelnd auf, die Füße stillzuhalten.

Das kann ich leider nicht.

Wenn es um Charlottes Entlassung ginge, hätte ich diese Verfügung höchstpersönlich angefordert.

Bei Rolf ist das was anderes.

Er mochte mich schon vor allen anderen Kollegen, die ich erst für mich gewinnen musste, indem ich anbiedernd über den Mangel an Geländeparkplätzen lästerte.

»Bei allem Respekt, Herr Wassmeier, nur verstehe ich nicht ganz, warum wir Rolf nicht wieder einstellen können.«

Maßloses Gelächter um Agathe und mich herum.

»Sie scherzen, Frau Kollegin.«

»Ganz und gar nicht. Die Treue zu seinem alten Arbeitsplatz beweist er Tag für Tag und …«

»Das nennt sich nicht Treue, sondern Betteln! Er will uns nur ein schlechtes Gewissen machen, anstatt sich zusammenzureißen und einen neuen Job zu suchen.«

»Er bettelt nicht! Im Gegenteil, er bietet mir jeden Morgen ein Bier an.«

»Frau Sternenberg, wollen Sie damit etwa sagen, dass Sie die Schüler jeden Tag betrunken unterrichten?«

Gute Frage, will ich das damit sagen?

Ich rede mich hier um Kopf und Kragen (ein unfreiwilliger Reim).

»Nein, natürlich nicht. Nur finde ich es nicht richtig, eine gute Lehrkraft vor die Tür zu setzen, obwohl der Mann mit seiner Alkoholsucht niemanden außer vielleicht sich selbst gefährdet. Während andere Angestellte unsere Schüler bestehlen und weiterhin bezahlt werden.«

Mir bleibt der Rest meiner zurechtgelegten Worte im Hals stecken. Günni würde nicht allein untergehen.

Gerade kommt mir der Gedanke, dass die beschenkte Agathe (als Mitwisserin) gefeuert werden könnte. Eine märchenhafte Art und Weise von Günnis gefüllten Taschen zu erfahren.

»Wovon reden Sie jetzt schon wieder, Frau Sternenberg?«

»Ach, das war im Grunde nichts Handfestes. Der Punkt ist, dass ein geschätzter Kollege wie Rolf …«

»Ex-Kollege!«

»Danke, Charlotte. Dass ein geschätzter Ex-Kollege unsere Hilfe braucht. Und meine Freundin Christin bei den Anonymen Alkoholikern ...«

Kacke, so viel zu *anonym*!

»… könnte ihm helfen, trocken zu werden. Mal ehrlich, was hat Rolf Breuer schon verbrochen, dass wir so anmaßend über ihn reden?«

Auweia. Wassmeier nimmt seine Brille ab. Er platzt gleich.

Was habe ich getan?

Jeder, der lesen und ein Strichmännchen zeichnen kann, kann meinen Job übernehmen.

Jemand, der so verzichtbar ist, sollte jetzt wirklich den Mund halten.

Und für einen »Wenn Sie ihn rauswerfen, dann gehe ich auch!«-Aufschrei habe ich nicht den richtigen Kontostand.

»Frau Sternenberg. Sie wissen es vielleicht nicht mehr, weil Sie an Herrn Breuers Freistellungstag wieder Ihre seltsamen Migräneanfälle hatten.«

Dem Unterton nach, muss ich künftig eine bessere Ausrede finden.

Ich erinnere mich wieder.

An dem Tag sind Lennard und ich nach Freiburg zu einer Süßigkeitenmesse gefahren.

Die Folgewoche mussten wir beide zum Zahnarzt.

»Doch alle anderen, die hier sitzen, können bezeugen, dass diese außerordentliche Kündigung gerechtfertigt war. Ihr hochgelobter Rolf Breuer hatte sich nämlich mehr als unangemessen aufgeführt.«

»Aber die T-Shirts von Frau Kollegin Schlebusch sind angemessen für Sechs- bis Zehnjährige?«

»Frau Kollegin Baumann, fangen Sie nicht auch noch an.«

Agathe hat recht!

Carmen Schlebusch, Biolehrerin (sie ist zurzeit in Mutterschutz und dadurch zum Glück unfähig, sich hierzu zu äußern), ist bekannt für ihre unpassende Kleidung.

Konkret sprechen wir hier von lesbarer Oberbekleidung, die sich auf die Größe ihres Busens bezieht:

»Mein Gesicht ist HIER OBEN!«,

»DOCH! Die sind ECHT!«,

»KEINE Rückenprobleme! NEIDISCH?«

und mein absoluter Liebling:

»VORSICHT! Wassermelonen!«

Es ist noch wichtig zu wissen, dass Carmens Vorbau nicht dazu taugt, eine Prügelei auszulösen (oder zu beenden), weshalb niemand versteht, was das eigentlich soll.

Ich denke, sie will beweisen, dass sie über sich selbst lachen kann. (Glückwunsch! Aber behalt es für dich!)

»Frau Kollegin Schlebusch hat nur von ihrer Handlungsfreiheit Gebrauch gemacht. Unsere Schüler sind außerdem noch nicht in der Lage, das zu verstehen.«

Handlungsfreiheit? Brav gegoogelt, du Wicht!

Rechtfertigt er damit auch seine langen Nasenhaare?

»Frau Sternenberg, um Sie ins Bild zu setzen: Herr Breuer hat am besagten Tag seiner Entlassung Ihre Vertretung übernommen. Da das Erntedankfest kurz vor der Tür stand, haben die Kinder an ihren Laternen gebastelt. Alles, was Herr Breuer tun musste, war nicht umzukippen und den Kleber bereitzustellen.«

Oh nein. Ich ahne es.

»Aber der Mann zog es vor, ein Fass Bier in den Klassenraum zu schmuggeln und sich daran zu erfreuen, bis er sich vor Übelkeit in einer der Laternen erleichterte. Seinen gefüllten Pappbecher verlor er dabei und verpasste ihrer Schülerin Esther eine Dusche. Sie können sich sicher vorstellen, wie entzückt die Eltern des Mädchens waren, als sie nach Bier stinkend nach Hause kam. Der Junge mit der Laterne, dessen Name mir gerade entfallen ist, war natürlich auch alles andere als glücklich.«

Die arme kleine Esther!

Vielleicht hat Rolf sie so abgeschreckt, dass Alkohol für sie nie zum Thema wird. Bei mir hat das zwar nicht funktioniert, als mein Opa meiner achtjährigen Lunge den ersten Zigarettenzug ermöglichte, aber jeder reagiert anders.

»Es tut mir leid, Herr Wass…«

»Unterbrechen Sie mich nicht! Es war also meine persönliche Pflicht, als Vertreter einer Bildungsinstitution, sicherzustellen, dass die Eltern ihr Vertrauen in unser Schulsystem nicht verlieren.

Und auf eine Sammelklage, denke ich, können wir alle gut verzichten. Und meine mehrfachen Anläufe, mit Herrn Breuer eine gemeinsame Lösung zu erarbeiten, waren für die Katz. Es ist also nicht so, dass wir hier unsere Belegschaft fallen lassen wie eine heiße Kartoffel, nur weil sie mal nicht spurt. Sind Sie immer noch so angetan von Ihrem Freund?«

»Entschuldigen Sie mich bitte.«

Ich gucke gar nicht erst zu Charlotte rüber, ihr Siegesgrinsen ertrage ich nicht.

Kleinlaut verlasse ich die Konferenz.

Was für ein Reinfall.

Die Sommerferien kommen gerade recht.

Heute verzichte ich auf das anonyme Feedback auf den Toilettenwänden, lieber erschaffe ich mir ein eigenes Bild von mir.

Eine neue WhatsApp-Nachricht.

Nicht jetzt, Hendrik!

Wir wissen, dass du ein selbstbewusster Gruppenduscher bist!

Oh. Und eine E-Mail.

»Sehr geehrte Frau Sternenberg,

ich freue mich über Ihre Anfrage hinsichtlich des im Betreff genannten Mietobjekts.

Sie haben Glück, da ich am kommenden Sonntag erst das Inserat online stellen wollte und die Wohnung noch nicht vergeben ist. Sollten Sie Ihr Mietverhältnis wieder aufnehmen, weise ich Sie hiermit darauf hin, dass eine 2-prozentige Mieterhöhung im nächsten Monat auf Sie zukommen wird und Sie einige Kosten der Renovierung tragen müssen.

Letztere belaufen sich dabei abzüglich des Rohrschadens (den trägt die Gebäudeversicherung) und des Mitverschuldensanteils von Herrn Roth auf etwa 1.050,00 Euro.

Ursächlich für diesen Betrag ist eine Parkettleiste im Schlafzimmer, die sich aufgewölbt hat.

Da Sie noch einige Klamotten unter Ihrem Bett liegen hatten, wurde der Feuerwehr ihre Arbeit derartig erschwert, dass dieser Schaden unvermeidbar war.

Die Wandfarbe ist teilweise etwas abgeblättert. Wenn Sie die Wände neustreichen (lassen) möchten, werden Ihnen die Kosten für Farbe und Arbeitsaufwand meinerseits als Instandsetzungsmaßnahme ersetzt.

Wenn Sie mit alledem einverstanden sind, freue ich mich, Sie als Mieterin wieder willkommen heißen zu dürfen.

Ihre Sachen befinden sich nach wie vor im Keller, der glücklicherweise unversehrt geblieben ist, wie ein Begutachter feststellen durfte.

Mit freundlichen Grüßen,
Sven Tiegel«

Klamotten unter dem Bett? Das sind wohl Lennards, die ich aus meinem Sichtfeld haben wollte.

Selbst jetzt stellt er mir noch ein Bein.

Auch noch ein kostspieliges Bein!

Wo soll ich nur einen Tausender herzaubern?

Könnte genauso gut eine Million sein.

Hoffentlich kann ich das in Raten abstottern.

Dann heißt es von jetzt an: Tütensuppen und Billigwein.

(Ärgerlich, der erste Monat ohne Kaviar und Champagner!)

Ich kann in meiner Wohnung bleiben, wenigstens etwas.

»Knöpfchen! Warste beim Glatzenschneida? Wat haste zu bieten?«

Unsere Berliner Schnauze sonnt sich wieder am Eingangstor, das Bierchen zischend.

»Kommt drauf an ... Was hast *du* zu bieten?«

»Kreuz Acht?«

Sollte das unser letztes Mal sein, muss ich ihn gewinnen lassen.

»Du hast es endlich raus, Rolf!«

Einen tanzenden Rolf sehe auch ich zum ersten Mal.

Meine Herzdame behalte ich in meiner Hosentasche.

»Hey, Rolf ... wegen deiner ... na ja, Situation und so.«

Kein tanzender Rolf mehr – sein Bein liegt allerdings noch auf meiner Schulter.

Dafür ein verdutzter Blick und eine überschäumte Bierdose, die mich hoffentlich nicht gleich in der Straßenbahn zum duftenden Publikumsliebling macht.

»Ich kann dir Hilfe besorgen. Meine Freundin ist bei den Anonymen Alkoholikern. Die kann dir bestimmt auch einen Job vermitteln. Soll ich euch nicht mal miteinander bekannt machen?«

»Haste 'ne Scheibe oder wat? Mir jeht's fantastico! Ick jeb meene Tach nur den Kick, den er broocht. Ick sitz doch net mit 'ner Spritze hier.«

»Würdest du dich mit einem festen Wohnsitz nicht vielleicht noch wohler fühlen?«

»Na klar hab icke'n Wohnsitz! In Zehlendorf. Ick schindaa als Nachtwächter im Sohohaus. Also bejrab ma deene Sorgen, Knöpfchen!«

Jetzt kapier ich kein Wort.

Zehlendorf? Arbeit?

»Verarschst du mich?«

»Keen Scheiß, willste meene Mitgliedskarte sehen? Is' sogar laminiert. Und hier is' ooch meen Hausschlüssel.«

Von seinem Zauberwürfelanhänger wird mir gleich schwindliger als ohnehin schon.

»Die wollen dich verklagen, ist dir das klar? Hast du dir diesen Nachtjob nur gesucht, um tagsüber …«

»… mit meene Knöpchen Karten zu spielen? Janz jenau!«

Jetzt weiß ich wieder, warum ich damals seine Entlassung nicht unterschrieben habe.

So was Unverfrorenes wie Rolf muss man einfach feiern.

»Rolf, sag, kannst du mir'n Taui leihen?«

»Warte! Warte auf mich! Lass uns zusammenfahren!«

Agathe sprintet auf mich zu, als verfolge sie ein Schwarm Bienen.

»Weißt du denn überhaupt, wo ich hinfahre?«

»Nö, aber ich dachte einfach, wir quatschen mal wieder, ist schon viel zu lange her. Hey, Rolf!«

Das laute Rülpsen wird als Begrüßung und Abschied interpretiert.

»Ich muss aber ins Bauhaus Farbe holen, um meine Wohnung zu streichen.«

»Ach cool, da kann ich dir doch bei helfen!«

Es gibt so einige Dinge, die mache ich lieber allein.

Dazu gehören spaßige Aktivitäten wie Shoppen – da will ich mir meine Hochstimmung nicht verderben lassen, durch das Gebot der Rücksichtnahme.

Und eben auch unangenehme Erledigungen wie Streichen.

Erledigungen bringt man schnell hinter sich; die sollen keinen Spaß machen, wie der Name schon sagt.

»Das mache ich vielleicht lieber allein.«

»Nie und nimmer! Steig ein!«

Uh … sie hat einen Wagen! Warum wusste ich davon nichts?

Wer hätte gedacht, dass es so viele Weißtöne gibt.

Dachte immer, Weiß sei einfach Weiß.

Konfuse Kiste!

Abgesehen von der Alpinakatze gibt es warmes Weiß, kaltes Weiß und unzählige Untertöne wie Altweiß, Schneeweiß, Creme und Eierschale (was?).

»Ist ja ätzend, woher soll ich wissen, welches Weiß meine Wohnung hat?«

»Hm, muss es denn unbedingt wieder Weiß sein? Wie wär's denn mit was Neuem? Irgend 'ne Statement-Farbe! Oder eine indische Blumenmustertapete, das wäre so cool!«

Deswegen. Genau deswegen wollte ich das hier allein durchziehen. Eine neue Farbe wäre allerdings nicht verkehrt.

»Giftgrün! Giftrot! Oder Giftblau!«

»Agathe, du kannst nicht vor jede Farbe das Wort *Gift* setzen! *Giftgrün* gibt es, ja – Ende!«

Ich wusste, wenn ich wen mitnehme, würde mich das nur Stunden später in meine Wohnung, die momentan noch eine Baustelle ist, bringen.

»Kann ich Ihnen helfen?«

Danke! Ein Fachmann – oder so.

»Keine Ahnung, können Sie?«, entgegne ich so flapsig, wie ich nie im Leben klingen wollte.

Ein älterer Herr – kein Rockkonzert seit 1962 verpasst – trägt die rote Uniform mit einer Extraportion Sarkasmus.

Er hat die Haarfülle eines Elefanten und auch der Rest seiner Erscheinung erinnert sehr an das stämmige Tier.

Auf seinem Namensschild steht: Ernie.

Das Hals-Tattoo mit den Flammen bewegt bestimmt einige Kunden dazu, sich lieber von ihren Smartphones weiterhelfen zu lassen.

Bin so aufgeschmissen, dass ich nicht mal weiß, wonach ich googeln sollte.

Wohnung neu streichen? Utensilien für Neuanfang? Hilfe?

»Worum geht's?«

Ernie ist bemüht, professionell rüberzukommen.

Kein drangehängtes »ihr Süßen« am Satzende (und machen wir uns nichts vor, wir sind sehr süß!), kein verrutschter Blick oder ein tussenfeindlicher Kommentar zu Handwerk und Make-up.

»Ich suche eine Wandfarbe.«

»Dispersionsfarbe oder lieber auf Lösemittelbasis?«

So schnell haben mich meine Vorurteile noch nie eingeholt. Der Flammenhals hat Ahnung! Allerdings könnten diese Begriffe auch frei erfunden sein, ich würde es nicht merken.

Arzeriusefarbe! Die glänzt zwar metallisch, aber blättert auch schnell ab, weil sie auf Pflanzenbasis erstellt wurde.

Das klingt fast nicht erfunden, stimmt's?

»Äh, ich suche einfach eine Wandfarbe. Sie wissen schon ... für meine ...«

»Lassen Sie mich raten. Für ihre Wände!«

Leises Lachen von Agathe.

»Also, die Dispersionsfarben sind zwar die teuersten, aber halten auch am besten und sind einfach in der Anwendung. Mit dem Ergebnis kriegt ihr sicher mehr Instagram Follower.«

Ha! Da ist er doch, der widerliche Seitenhieb, nur weil wir beide Lippenstift tragen.

Agathe kichert darüber auch noch und bestätigt, dass wir dumme Hühner sind, die Nägel und Schrauben nicht auseinanderhalten können.

Sie steht auf den Kerl.

Fachmann Ernie – so hilfreich wie die automatisierten Ansagen vom PC-Notdienst – setzt zum Gehen an.

Agathes Einbahnflirt ist hiermit beendet.

»Warten Sie! Ich habe ein paar Wasserschäden, deshalb muss ich alles neu streichen. Meine Wohnung ist etwa 45 Quadratmeter groß. Wie viele Eimer Farbe sind dafür in etwa nötig?«

»Also. Wenn Sie Wasserflecken haben, benötigen Sie vorher als Grundierung eine Isolierfarbe. Drei Eimer sollten reichen. Pinsel, Roller, Handschuhe und Malerkrepp stehen im vierten Gang. Schönen Tag noch.«

Okay. Zwei von den vier wichtigen Wörtern habe ich zumindest verstanden.

Wenn ich noch zwei weitere Mitarbeiter anspreche, müsste ich raushaben, wie das mit diesem Anstrich geht.

»Hey, ich habe schon geguckt bei den Dis-Farben, da gibt es sogar Giftgrün, ist das nicht toll?«

Agathe zeigt fröhlich auf den Eimer mit der »Neongrün-INTENSIV«-Aufschrift.

Okay, jetzt hilft nur noch schamloses Drauflosslügen, wenn ich nicht in einem ausgestopften Frosch hausen möchte.

Agathe hat mich bei sich einquartiert, als ich kein trockenes Dach über dem Kopf hatte.

Da hat sie es nur verdient, dass ich sie anlüge, um ihre Gefühle nicht zu verletzen.

»Klar, Grün ist der letzte Schrei! Wer würde seine Wohnung nicht in diesem … todschicken Ton streichen wollen?«

Agathes Augen funkeln.

»Aber Grün ist Lennards Lieblingsfarbe. Und auch wenn das bescheuert klingt, ich will nichts mehr in der Wohnung haben, was mich an ihn erinnert. Kannst du das nachvollziehen?«

Agathe schluckt.

Selbst ich habe es mir abgekauft.

Ich muss also nicht in Hulks Spray Tan Studio schlafen.

Mir fällt auf, dass ich nicht die leiseste Ahnung habe, was Lennards Lieblingsfarbe ist.

»Bitte entschuldige! Natürlich versteh ich das. Such du einfach aus und ich berate dich.«

»Ich finde, du hast dich richtig entschieden! Allerdings ist Mint doch auch ein Grünton, oder?«

»Das geht eher ins Türkis, finde ich. Und Lennard mochte wirklich nur speziell dieses giftige Grün so gern. Noch was Wein?«

»Gerne!«

Ich bin auch zufrieden mit meiner Wahl. Jetzt müssen wir nur noch anfangen.

Bisher haben wir – außer der Grundierung – nur einen Tupfer Farbe an der Wand ausprobiert, in der Größenordnung, dass ihn selbst die Spurensicherung übersehen würde.

Zwei Steckdosen haben wir mit Krepp abgedeckt.

Danach waren wir fix und fertig.

Dafür haben wir fleißig die Weinindustrie unterstützt.

»Tja, ich fürchte … vom Starren allein wird sich die Farbe nicht auftragen.«

Und wir haben nicht mal einen Fernseher oder einen gemütlichen Platz zum Sitzen, der eine Ablenkung entschuldigt.

Zwei Frauen, die einfach nur platt sind vom Nichtstun, sitzen im Schneidersitz auf Zeitungen in einer leeren Wohnung mit Wasserflecken.

DRRRING!

»Erwartest du Besuch?«

»Nein!«

»Wie romantisch, es ist bestimmt Lennard, der dich zurückwill!«

Ich will Agathes Gesicht mit dieser Grundlagenfarbe bekannt machen; aber so wie sie für das Liebesleben anderer die Daumen drückt, obwohl ihr eigenes Privatleben morsch ist, kann man ihr nichts übelnehmen.

»Hey, Bitch! Wir dachten, du könntest Hilfe gebrauchen! Der ist für dich.«

Maja, Christin und Toni quetschen sich zeitgleich durch die Tür, erstere drückt mir eine sehr leichte Flasche Sekt in die Hand, die bereits weitestgehend konsumiert wurde.

Die nüchterne Christin hat als einzige noch so was wie eine ordentliche Frisur vorzuweisen.

Ich hatte Maja auf dem Weg zum Baumarkt die E-Mail von meinem Vermieter weitergeleitet.

Und jetzt das. Noch mehr ungebetene Gäste.

Morgen werde ich in diesem abgeblätterten Würfel aufwachen, ohne ein Stück weitergekommen zu sein.

»Leute, das ist wirklich süß von euch, aber ich hab gar nichts zum Anbieten da und der Fernseher steht auch noch im Keller.«

»Wer ist *die* denn?«

Maja und Agathe begegnen sich heute zum ersten Mal.

Irgendwie fühlt es sich so an, als würden meine zwei Liebhaber aufeinandertreffen und ich weiß nicht, für wen ich einstehen soll, weil beide eine Meise haben.

Agathe ist die erste Arbeitskollegin, die ich in meinen Freundeskreis einführe.

»Hello, ich bin die Agathe! Freut mich!«

Sie springt so schnell vom Boden auf, dass sie etwas vom ausgelegten Zeitungspapier mitnimmt.

»Aha. Du hast da Joachim Löw am Arsch kleben!«

Maja lässt wieder ihre süße Seite raushängen.

Das kann heiter werden.

»Das sind Maja, Toni und Christin«, versuche ich die Gehege-Trennwand zu lösen.

»Na gut, Freunde, der Wein ist alle. Wenn ihr mir helfen wollt, schnappt euch einen Pinsel.«

»Es ist eiskalt hier! Kannst du die Heizung aufdrehen?«

»Toni, die Heizung *ist* aufgedreht. Wir sind eben erst rein, ich habe sie direkt angemacht. Wenn dir zu kalt ist, mach dir einen Tee.«

Wundert mich, dass Maja ihn mitgebracht hat, seit sie glaubt, dass er sie hintergeht.

Vielleicht konnten sie das inzwischen klären.

»Hast du noch andere Sorten da, außer Pfefferminz?«

»Nein!«

»Maja, wie lief es eigentlich mit ... Mirco? Mike? Diesem Tinder-Arzt, den du treffen wolltest.«

»Meilo? Frag nicht!«

Muss ich auch nicht. Sie wird es ohnehin erzählen.

»Den habe ich abgesägt. Als ich ihn nach seinem Fachgebiet gefragt habe, hat er gestanden, er ist gar kein richtiger Arzt. Dann dachte ich mir, er sei halt ein Chiropraktiker. Auch gut.«

»Aber?«

Agathe versucht, sich interessiert einzubringen.

Maja scheint das zu nerven, aber immerhin nicht abzuhalten.

»Aber dann ... nach ein paar Mojitos hat er sich irgendwie verhaspelt und davon geredet, wie schwer es ist, eine Schulter aus Holz wieder einzurenken.«

Christin, Agathe und ich hören alle gleichzeitig auf zu streichen.

»Ah!«

Toni hat sich die Zunge an seinem Tee verbrannt.

»Leute, er ist ein Scheißpuppendoktor!«

Kanonisches Gelächter.

»Und du siehst ihn nicht wieder, nur weil er kein Arzt ist?«

»Nein, Christin, weil er *gelogen* hat. Und ich hasse Lügner!«

Maja dreht sich demonstrativ zu Toni um, der sich alles andere als angesprochen fühlt und immer noch in seinen Tee pustet, der inzwischen längst Zimmertemperatur haben muss.

Das Thema ist also doch noch nicht vom Tisch.

»Wie stehst du denn eigentlich dazu, Toni?«

Oh nein, nicht hier! Nicht jetzt! Nicht vor uns!

»Wenn wir uns aufteilen, sind wir schneller durch. Maja, wir zwei sollten uns mal an die Küche ranmachen.«

Aussichtslos.

»Was willst du mir damit sagen?«

Ich kriege wohl niemanden, der älter als acht ist, dazu, mir zuzuhören.

»Tja, keine Ahnung, Toni. Was will ich wohl damit sagen? Als wer oder was zum Teufel arbeitest du? Wir haben dich verfolgt, Judas!«

»Wer ist *wir*?«

Maja zeigt mit ihrem Farbroller auf mich!

Inzwischen hat Christin das Parkett abgedeckt.

»Neinein! *Verfolgen* klingt immer so ernst, wir sind einfach etwas rumgebummelt in Majas neuem Porsche und da haben wir dich rein zufällig …«

»… in diese Wohnung verschwinden sehen! Bis du da wieder rausgestiefelt bist wie ein abgetakelter Toyboy!«, fällt Maja mir ins Wort.

Christin und Agathe streichen im Gleichtakt – die Köpfe gesenkt – dieselbe Wand inzwischen zum zweiten Mal.

»Toni, ich liebe dich. Und ich will nur, dass du so ehrlich zu mir bist, wie ich es auch zu dir bin. Mich verletzt, dass du denkst, du kannst mir nicht vertrauen. Du kannst mir alles sagen.«

Ich habe Maja noch nie diese drei Worte sagen hören.

Schon gar nicht zu einem Mann.

»Ich bin Nacktputze! Ist das Verhör jetzt beendet?«

Hätte ich Uhren hängen, wären sie jetzt stehen geblieben.

Maja und ich schütten uns aus.

Agathe und Christin haben entweder zu viele RTL-2-Reportagen gesehen, um darüber lachen zu können oder sie streichen so konzentriert, dass sie es nicht gehört haben.

»Ja, lacht ihr nur! Ich verdiene damit besser als der Schneider von Tom Cruise!«

Maja lacht weiter, während ich wieder an die 1.050 Euro denke, die mir mein Vermieter in Rechnung gestellt hat.

»Du bist was? Seit wann?«

Christin – den Pinsel aus der Hand gelegt – hat Toni erst dreimal zuvor gesehen, vertritt sie dennoch die Ansicht, dass er ihr genauso viele Details schuldet wie Maja.

»Ich wusste doch, es ist was Schmutziges! Und du gehst mit keinem ins Bett? Putzt du auch wirklich oder ist das eher ein Nacktshooting mit 'nem alten Mopp in der Hand? Was verdienst du, sag mal?«

Armer Toni.

Langsam verstehe ich das mit dem Vertuschen.

»Nein, ich putze wirklich nur. Wenn ihr es genau wissen wollt, ich kriege 900 Euro pro Stunde.«

Maja hasst sich gerade dafür, je studiert zu haben; es steht ihr deutlich ins Gesicht geschrieben.

»Dein Ernst? Und du hast trotzdem *mich* gestern alle Cocktails zahlen lassen?«

Diese Wohnung wird nie fertig gestrichen.

Ich werde dank Agathe und Christin eine autorreifendick gestrichene Wand haben und der Rest wird weiter abblättern.

»Toni, oder? Triffst du da nicht lauter Perverse, die dich bezahlen?«

Ich frage mich, ob Agathe über einen Berufswechsel nachdenkt oder aus reiner Höflichkeit Interesse zeigt.

»Ehrlich gesagt, sind die meisten ziemlich durchschnittlich. Eher so Buchhaltertypen mit Lesebrillen im Handschuhfach. Außer der eine letztens, der war ein echtes Ferkel. Und ich rede hier nicht von Mätzchen wie angetrockneten Haferflocken! Ich habe Dinge gesehen, aber ... das war schon eklig, da nackt durchzuwischen. Sein Geld bunkert er im Katzenklo! Absolut paranoid, der Typ. Und der sieht traumhaft gut aus, das hätte ich echt nie gedacht, dass gerade der so ein Schwein ist. Dann hat der auch noch so 'nen komischen Pappaufsteller in seiner Küche stehen von irgend 'nem Boxer oder Schauspieler.«

Traumhaft gutaussehend? Katzenklo? Pappaufsteller???

»Leili, könnte das nicht dieser scharfe Vater von dem Antichristen aus deiner Klasse sein, mit dem du nach dem Elternabend mitgegangen bist?«

Maja erzähle ich in meinem nächsten Leben nicht mehr alles.

»So, alle miteinander, wir müssen jetzt wirklich weiterkommen. Wir haben Toni genug ins Kreuzverhör genommen.«

»Hey, Maja hat mir eben die Mail von deinem Vermieter gezeigt. Über 1.000 Euro, spinnt der?«, flüstert mir Christin ins Ohr.

»Meinte auch schon zu ihr, sie soll das Arschloch verklagen!«

Anwälte und ihr scharfes Gehör.

»Ich geh nicht vor Gericht. Bin einfach nur froh, dass ich meine Wohnung wieder habe. Ich treib das Geld schon irgendwie auf.«

An dieser Stelle sollten Freunde zumindest so tun, als würden sie für einen zusammenlegen und sich an die Gesäßtasche fassen.

»Bei uns suchen die auch Frauen. Ist denen egal, wie gut du nackt aussiehst.«

Toni ist durch seinen Job irgendwie selbstbewusster geworden.

»Danke, Toni, ich überleg's mir. Ich werde eben in den Keller gehen und meinen Kram nach oben schaffen.«

»Da kommen wir mit!«

»Genau!«

»Das machst du auf keinen Fall allein!«

»Keine Widerrede!«

Ich habe Glück. Es sind gute Freunde. Geizig, aber hilfsbereit.

»Scheiße! Ich glaub, ich hab mir eben was verhoben!«

»Du verhebst dir doch schon was, wenn du nur atmest, du Schoßkind!«

Maja und Toni haben ihr altes Feng-Shui zurück.

»Und du willst Lennards Zeug wirklich wegschmeißen? Du könntest es ihm auch schicken.«

Christin hat seine Sachen fein säuberlich gestapelt.

»Und für den Drecksack auch noch Porto zahlen? Auf keinen Fall!«

Es gibt nichts, wozu Maja keine Meinung hat.

»Und was, wenn wir sein Zeug auf Ebay verticken?«

Agathe überrascht mich immer wieder.

Mal als hoffnungslose Romantikerin verkleidet, bis sie Wörter wie *verticken* raushaut.

»Klasse Idee! Die Neue gefällt mir! Hier trink noch was, Ariane!«

Agathe/Ariane und Maja: Das Paar des Jahres!

Wer hätt's gedacht! Anscheinend verhält es sich mit den beiden wie mit dem Salamietikett »edelgeschimmelt«.

Man denkt, das kann sich nur widersprechen, aber siehe da, es funktioniert.

»Für drei lausige ASOS-T-Shirts und eine Boxershorts mit 'nem Loch am Sack kriegen wir höchstens 10 Euro. Und auch nur, wenn wir uns nackt darin fotografieren. Leila, hast du denn nichts zur Seite gelegt in all' den Jahren?«

Zur Seite gelegt? Christin müsste mich gut genug kennen, um zu wissen, dass ich mir nur beim All-you-can-eat-Brunch im »THE REED« den krossen Speck zur Seite lege.

»Niemand, der seinen Alltag ohne Rollator bewältigen kann, bildet Rücklagen. Du solltest dringend wieder mit dem Saufen anfangen, du bist ja noch unnützer als die Nacktputze hier!«

»Leck mich, Maja!«

»Die Nacktputze verdient mehr als du, Rechtsverdreherin!«

»Du bist doch bloß neidisch, weil du Jura nicht gepackt hast, Stripper-Propper!«

»Kinder, Kinder! Ich sehe hier gerade ein Kleidungsstück, was wir wirklich zu Geld machen können.«

Agathe ist das Ventil der Gruppe. Ohne sie will ich die anderen gar nicht mehr treffen.

»Versteigerung!
Signierte Schürze von Tim Raue!
Gebraucht!
Noch 4 Stunden!
Abholung oder Versandübernahme!«

»Danke noch mal, dass wir dein Profil nehmen durften, Agathe. Wenn einer von uns es reingestellt hätte, wäre mir das zu riskant gewesen.«

»Leili, du bist aber auch 'ne feige Sau! Der Idiot hat sich bis heute nicht blicken lassen! Wenn Lennard sein Scheiß sooo wichtig wäre, meinst du nicht, der hätte sich längst gemeldet?«

Oder – sehr schönes Gedankenspiel – Lennard findet die Idee mich wiederzusehen so schauderhaft, dass er freiwillig sein Hab und Gut zurücklässt.

»Leute, wir haben eine Nachricht!«

Christin behält den Überblick und sitzt spinnenartig vor meinem Laptop.

Eine neue Nachricht von Robert K.

»Hey, du geile Drecksau! Riecht das Shirt noch nach dir? Beschreib ma, bitte!«

»Wir hätten doch lieber Tonis profilbildlosen Account nehmen sollen.«

Andererseits hat Toni ausschließlich schlechte Bewertungen, wenn man die gefakten von Maja außen vorlässt.

»Aber ich trag doch nicht mal einen Ausschnitt auf meinem Anzeigebild!«

Agathe guckt, als hätte sie gerade erfahren, dass die Zahnfee nicht existiert. Wie sie in einer rauen Stadt wie Berlin durchkommt – ein Mysterium!

Berlin ist eine Arschtritt-Flatrate mit schönen Altbauten.

Agathe lebt schon immer hier, aber man könnte meinen, sie sei nur eine Touristin und käme aus einem behüteten Dorf, in dem ihr die Vögel beim Anziehen helfen.

»Das ist den Geigen da draußen egal, die würden auch mit 'ner Klobürste rummachen, wenn die Druck haben.«

»Herzlichen Dank!«

Ups! Mein Feingefühl ist irgendwo zwischen dem Baumarkt und meinen Geldproblemen auf der Strecke geblieben.

»Wieder eine neue Nachricht!«

»Nur öffnen, wenn sie von einer Frau ist!«, instruiert Maja Christin, die weiterhin die alleinige Kontrolle über das Touchpad hat.

»Moment! Da wurde schon ein Gebot abgegeben, aber ohne Privatnachricht! 60 Euro, meine Damen und Herren!«

Ein Tanz zu fünft ohne Musik – das ist so idiotisch wie ein Striptease, wenn niemand zusieht.

»Aua! Dreck, verdammter! Ich wusste es! Es war ein Fehler, heute das Haus zu verlassen!«

Toni – im alten Jammerlappenfahrwasser – liegt wie ein hilfloser Käfer auf dem Fußboden.

»Ist alles okay?«, frage ich nach, während ich ihm die Hand reiche.

»Nein, ich glaube, ich sollte besser nach Hause gehen.«

»Leila, bist du mir böse, wenn ich mich Toni anschließe und auch aufbreche? Morgen ist wieder ein AA-Treffen und ich habe das letzte schon ausfallen lassen. Außerdem erinnern mich die Farbdämpfe zu sehr an heiße Zeiten, wenn du verstehst.«

Ich wusste es. Meine Wohnung bleibt ein Schandfleck.

Der Rest der Bande wird gleich »müde« vom Wein und sich auch verziehen.

»Na los, macht euch vom Acker! Kommt gut nach Hause.«

Agathe, Maja und ich sitzen wie die drei Musketiere vor dem Laptop.

»Und? Hast du einen Kerl? Oder 'ne Lady?«

Maja zeigt echtes Interesse an Agathe. Bin gespannt, wie lange die Empathie anhält.

»Nein. Kein Kerl mehr, das hat sich vor Kurzem erledigt. Keine Ahnung, ob Leila das erwähnt hat, aber ich war mit unserem Hausmeister eine Zeitlang liiert. Bis er mich betrogen hat.«

Ich habe Maja zum Glück nichts von Günnis illegalem Hobby erzählt, sonst wäre das jetzt unangenehm für alle Beteiligten geworden (eigentlich nur für mich).

»Und sonst gab es seit dem kein ... Rrr?«

Während die zwei sich ineinander verknallen, bin ich mal so frei, die Pappbecher wegzuräumen.

»Doch, ich hatte letztens ein Date. Lief ziemlich mies.«

»Wie kam's?«

»Es fing schon mal damit an, dass er in einem Schlafanzug in die Bar kam. Das fand ich ja noch ganz witzig, weil ich dachte, dass er direkt nebenan wohnen würde und einfach zu faul war, sich umzuziehen.«

»Lass mich raten. Er wohnte nicht nebenan.«

Agathe setzt ein Du-sagst-es-Gesicht auf.

»Das fand ich zwar seltsam, aber ich wollte ihn wegen so einer Lappalie nicht gleich abschießen. Er sah sehr gut aus. Du weißt schon. Tiefliegende Augen, blasse Haut, ein leichtes Doppelkinn.«

»Zum Dahinschmelzen!«

Agathe kann sich glücklich schätzen, dass sie noch keine Antennen für Majas Sarkasmus hat.

»Und als wir dann bei ihm waren, nachdem wir Sex hatten …«

»Warte, warte, warte! Warte! Du bist mit diesem Sandmännchen in die Kiste gesprungen? Hat er dich wenigstens dafür bezahlt?«

»Maja, es reicht! Lass sie in Ruhe!«, rufe ich dazwischen, während ich Ebay sekündlich aktualisiere, um die neuesten Gebote nicht zu verpassen.

»Wärst du etwa mit diesem Freak mitgegangen?«

Ich klinke mich aus. Agathe ist ein großes Mädchen, sie wird mit Majas Charme allein fertig.

Noch sechs weitere Angebote.

Jetzt sind wir schon bei 340 Euro.

Noch ist es nicht zu spät, das Angebot rauszunehmen, und ich wäre wieder der bessere Mensch in dieser Trennung.

Sven Z. hat 490 Euro geboten.

Zum Teufel mit dem ewigen Gewissen!

»Jedenfalls, nachdem wir Sex hatten, der wirklich ferienlagermäßig lahm war, kam dann etwas, das mich wirklich abgetörnt hat.«

Maja setzt sich aufrecht hin (wie die Katze vor dem Aquarium).

»Er hat sein Toupet abgenommen. Beim Sex hatte ich es nicht bemerkt und es machte mir auch nichts, dass er etwas geschummelt hatte, ich trage ja auch immer meinen Waterbra.«

»Aber?!«

Maja tut so, als könne sie das Gesagte bis zu diesem Punkt nachvollziehen.

»Aber dieses Geräusch, als er es abgenommen hat! Das klang, als hätte man Tesafilm von einem Teppich abgezogen! Nennt mich pingelig, aber das sollte sich keine Frau unter siebzig anhören müssen.«

»Touché, Schwester! Oder sollte ich lieber sagen Toupet? Hahaha! Die Frau ist klasse, warum hast du sie nur so lange vor mir versteckt, Leili?«

Ob Agathe mir die Geschichte auch noch erzählt hätte?

Ich muss den Menschen in meiner Umgebung mehr Anteilnahme entgegenbringen. Andernfalls sehe ich mich bald in einer Bar sitzen, die Hände voll mit Erdnüssen, darauf brennend alle jungen Pärchen um mich herum zu fragen, warum ich allein bin.

»Ja, sie ist wirklich klasse.«

Wir sind schon bei 530 Euro. Dieser Raue ist echt angesagt.

»Findet ihr wirklich, dass das okay ist? Das mit der Auktion?«

Agathe flechtet Maja die Haare. Die zwei Turteltauben haben für heute genug gekippt.

»Ganz ehrlich? Ich würde das Gleiche machen, wenn ich könnte. Und wie Maja schon sagte, wenn es ihm wirklich so wichtig wäre, hätte er sich längst gemeldet.«

DRRRING!

Toni hat bestimmt wieder sein Handy hier vergessen!

Immer die gleiche Chose.

»Hey, Leila.«

Es ist nicht Toni.

»Hey, Lennard.«

Das erste Klingeln, bei dem ich nicht an ihn gedacht habe.

»Ich würde dich ja reinbitten, aber hier sieht's momentan ziemlich wüst aus.«

»Nein, schon gut, ich bleib nicht lange. Wie geht's dir?«

Die komplizierteste Frage, die mir in dieser Woche gestellt wurde.

»Mir geht's gut. Gibt's einen Grund, weshalb du vorbeigekommen bist?«

»Wollte dir nur deinen Schlüssel zurückbringen. Hier.«

Seine Hände sehen aus wie immer.

Groß, schmal und er trägt wieder wasserdichte Pflaster an drei Fingern wegen der Schnippelarbeit im Restaurant.

»Danke. Ich muss dich was fragen.«

Oder sollte ich es lassen?

»Schieß los.«

Losschießen kann ich nicht. Atmen ohne Kollaps wäre schon schön.

Ich will ihn so vieles fragen.

Vermisst du mich?

Ist dieser Schlüssel nur ein Vorwand, um wieder mit mir zusammenzukommen?

Was hast du auf Tinder gesucht?

Hast du es gefunden?

Warum hat es so lange gedauert, bis du hergekommen bist?

»Hast du mich letztens an dieser Kreuzung auch gesehen? Ich war bei meinem Vater zu Besuch und mittags unterwegs.

Du warst allerdings ein paar Meter entfernt, deshalb kann es sei…«

»Ich habe dich auch gesehen.«

Diese eine Antwort hat all' meine anderen Fragen mitbeantwortet.

Er hat mich gesehen. Und ist weitergegangen.

»Streichst du gerade?«

Lennard zeigt auf den Farbfleck an meinem Oberarm.

Ich könnte ihm von der ganzen Odyssee der letzten Wochen erzählen.

Nur was würde das bringen?

»Ja, genau. Mir war nach einer Veränderung.«

Lennard nickt und scheint über diese Formulierung nachzudenken.

»Veränderungen sind gut! Vor allem für dich, vorsichtige Lehrerin.«

Ist das ein Witz oder ein Seitenhieb?

Vor einem Monat wusste ich immer genau, was er meint.

Sogar an seinem Räuspern konnte ich erkennen, ob er genervt, gelangweilt oder peinlich berührt ist.

Und jetzt sprechen wir zwei völlig verschiedene Sprachen, wobei keiner von uns mehr bereit ist, einen Dolmetscher zu beauftragen.

»Hast du meine signierte Schürze eigentlich noch?«

»920 Euro! Mädels, kommt schnell!«, gongt es hinter mir.

»Hast du Besuch?«

»Oh, das … habe ich, ja. Wir spielen gerade Monopoly. Tut mir leid, deine Schürze konnte ich nirgends finden, ist sicher bei dir. Sollte sie doch noch irgendwo auftauchen, werde ich sie dir zurückschicken. Wohnst du noch in der Schwedter Straße?«

»Genau. Die gleichen Koordinaten wie sonst auch.«

Ich flehe Agathe und Maja gedanklich an, die Worte »Schürze« und »Tim Raue« in den nächsten zwanzig Sekunden nicht zu verwenden.

»Dann will euch dich nicht weiter stören. War schön, dich zu sehen, Leila.«

»Mach's gut, Lennard.«

Meine Tür braucht eine gefühlte Ewigkeit ins Schloss zu fallen.

Und einfach so beginnt ein weiterer Abschnitt meines Lebens.

Es gibt keinen Vorwand mehr vorbeizukommen.

Der lang gefürchtete Schlussstrich.

Weder traurig noch glücklich kann ich endlich wieder atmen.

Ich werde mich bestimmt immer fragen, was wäre, wenn ich an dem alles verändernden Tag in der Tram aus dem Fenster geguckt hätte, anstatt dem Handy neben mir Beachtung zu geben.

Wären wir noch zusammen?

Hätte er Schluss gemacht?

Hätte ich Schluss gemacht?

»Wo ist Toni?«

»Das war nicht Toni, es war Lennard.«

Agathe stolpert über einen offenen Farbtopf und umarmt mich so beherzt, dass mein Rücken knackst.

Offenbar rechnet sie fest damit, dass ich alles rauslasse.

Aber da ist nichts.

In meinem Kopf lief dieses Wiedersehen ganz anders ab.

Ich dachte, irgendwer würde wütend werden, mit Anschuldigungen um die Ecke kommen oder eine Träne verdrücken.

Ein Teil von mir wollte ihm auch alle Dinge an den Kopf knallen, die meine letzten Wochen so unerträglich gemacht haben.

Doch dieser Teil von mir ist inzwischen so klein geworden, dass es leicht war, ihn auszublenden.

Das Nachbeben ist weitergezogen.

»Alles gut, er hat mir nur meinen Schlüssel wiedergegeben.«

»Nein, wie großmütig! Der Wichser kann froh sein, dass ich nicht wusste, dass er das war, sonst hätte ich ihm mit seinem Schlüssel ein neues Gesicht geschenkt!«

»Maja, halt bitte die Klappe! Nur einmal! Einmal könntest du meine Probleme auch meine sein lassen, anstatt dich aufzuspulen.«

»Hey, wollen wir nicht lieber den Fernseher anschließen?«

Agathe greift hektisch nach der Fernbedienung.

Schlichten war noch nie ihre Stärke.

Hab sie erst letztens gesehen, wie sie zwei sich prügelnde Schüler trennen wollte, indem sie beiden eine Schokomilch anbot; die bestechlichen Rüpel gestalteten die Trinkpäckchen mithilfe der Strohhalme zu Spritzpistolen um.

»Was ist verkehrt daran mitfühlend zu sein?«

»*Mitfühlend?* Du hetzt nur auf! Das hilft keinem, außer dir. Weil du dich gerne streitest, damit verdienst du dein Geld, aber ich will nicht mit so einer Dauerwut im Bauch leben, sonst komme ich nie weiter.«

Agathe steht mitten im Kabelsalat und sieht aus wie ein Weihnachtsbaum ohne Strom.

»Hey, Mädels, könnt ihr mir hier raushelfen? Ich kippe sonst noch um!«

»Wisst ihr, ich wünsche mir, dass Lennard glücklich wird.«

Zwölf Becher Sekt später betrachte ich meine Wohnung als Kunstobjekt.

Wer stört sich schon an den fleckigen Wänden?

Die Kisten packe ich morgen aus.

»Bist du verrückt?«

Majas mitfühlende Ader wieder.

»Das verstehe ich auch nicht ganz. Ich wünsche Günni jeden Tag, dass ihm ein Ziegelstein auf den Kopf fällt.«

»Ich will natürlich *zuerst* glücklich werden! Aber Lennard darf zwei Jahre danach auch was erleben.«

»Schooon besser! Ist genehmigt!«, stößt Maja mit meinem Knie an.

»Heißt das etwa, du hast ihm verziehen? Einfach so?«

Agathe, die immer noch Striemen am Arm hat, versteht die Welt nicht mehr.

»Solange du nicht wieder auf ihn reinfällst, verzeih so viel du willst. Die Juden sind so klug und haben Jom Kippur *neben* ihren Scheidungen, nicht anstatt von. Scheiße, mir fällt grad ein, dass ich noch eine Mandantin zurückrufen sollte.«

Die Juden? Hat sie vergessen, wie ich mit Nachnamen heiße?

Habe ich Lennard verziehen?

Gute Frage. Vor zwei Wochen habe ich ihn gehasst, aber wollte ihn unbedingt wiederhaben.

Und jetzt ist es fast umgekehrt.

»Ich bin einfach nicht mehr wütend.«

Agathe guckt mich zufrieden an.

»Dann bist du über den Esel hinweg! Wenn du nicht mehr wütend bist, hast du ihm verziehen und man kann nur jemandem verzeihen, den man nicht mehr liebt. Dieser ganze Blödsinn von wegen man kann verzeihen, wenn man jemanden liebt? – Bockmist! Eben *weil* man liebt, kann man *nicht* verzeihen! Sonst würde man denjenigen ja nicht mehr wollen. Deshalb ist es ja auch ... Wo war ich?«

»Okay, kein Sekt mehr für unter 1,60 kleine Menschen!«

Maja nimmt Agathe die Sektflasche aus der Hand und füllt ihren eigenen Becher auf.

Ich versuche über Agathes Worte nachzudenken.

Was ziemlich schwer ist mit drehenden Decken über einem.

»Ich bin 1,62 groß! Warum bin ich eigentlich Lehrerin? Und dann auch noch für *Religion*. An was soll man in so einer Welt noch glauben, frage ich euch.«

Es gibt Leute, die, wenn sie trinken, nur entspannter werden.

Dazu gehören Maja und ich.

Und dann gibt es Leute, die ihre depressive Persönlichkeit entdecken, wozu Agathe offensichtlich zählt.

Sie erinnert gerade sehr an den alkoholfreien Toni.

DÜDÜDÜ!

Die Online-Auktion!

»Ladies, wir machen Ralf M. für 980 Euro zu einem sehr glücklichen Mann!«, verkünde ich so stolz, als wäre es meine Idee gewesen, meinen Ex abzuziehen.

»Der Hammer, Leili! Deine Schulden sind beglichen! Du bist endlich frei!«

Ich bin endlich frei.

»Hey, habt ihr auch so eine pelzige Zunge von dem Zeug?«

Bevor Agathe ihre Zunge vor uns rasiert, sollte unser Sit-in ein Ende finden.

Majas Lippenstift saß auch schon mal besser.

Hier ist niemand mehr in der Lage bei Markus Lanz aufzuschlagen.
1 Uhr 20.

Nach acht Pappbechern, gefüllt mit verkalktem Leitungswasser, dreht sich die Decke nur noch sieben Mal pro Minute.

Ah! Dreck!!!

Bin über Tonis Handy gestolpert.

DRRRINGG!

Gedankenübertragung.

»Hier ist dein Handy! Was zum ...«

Ich kam, ich sah, ich erschrak.

Was zur Hölle ist das?

Wird es gleich explodieren?

Vor meiner Tür steht ein kleines Klapptischchen. Obendrauf liegt eine seltsame Überraschung:

Schwarzwälder Kirschtorte – das Kryptonit für jedes »Weight Watchers«-Mitglied.

Auf der Serviette daneben steht etwas geschrieben.

Was kann das nur sein?

Ich habe nicht einmal Geburtstag.

> *»Liebe Leila,*
> *ich störe dich um diese Unzeit, nur um dir zu sagen, dass ich deine Vorhersagen ignoriere. Ich hoffe, dass du mir das eines Tages nachsiehst.*
> *Dein neuer Nachbar,*
> *Jonas«*

Jonas ist anscheinend in Herr Roths Wohnung gezogen und wohnt jetzt direkt gegenüber von mir.

Hab mich schon gefragt, wer Herr Roths altes Klingelschild mit »Büchner« ersetzt hat.

Jonas Büchner ist mir seit unserer ersten und letzten Begegnung ein paar Mal durch den Kopf gegangen.

Dass er jetzt hier wohnt, gefällt mir.

Ob ich zu ihm rübergehen und mich bedanken soll?

Nicht um diese Zeit.

Moment, er hat mit dieser Ruhestörung angefangen.

Er ist sicher nicht direkt nach seiner Schleichaktion eingeschlafen.

Ich werde zu ihm gehen.

Vorher sollte ich etwas Lippenstift auftupfen.

Au! Au! Au!

Die Farbspuren von meinem Gesicht zu kratzen, tut tierisch weh.

Münzwurf: Klopfen oder Klingeln?

Klingeln ist so aufdringlich.

Aber Klopfen hat zu viel Charakter.

Klopft man zu leise, ist man ängstlich, klopft man zu laut, hat man es nötig oder ist wütend oder beides.

Zu kurzes Klopfen klingt nach einer Mutti, die im Flur Gras gerochen hat und zu langes Klopfen kommt nur in Frage, wenn es brennt.

Was soll's.

DRING!

Er macht nicht auf! Warum nicht?

Er schläft schon! Wie übel!

Einfach abhauen.

»Hey! Du willst mir das Stück Kuchen doch nicht etwa zurückbringen?«

Keine belegte Stimme.

Den Wuschelkopf hatte er schon beim letzten Mal.

Offenbar sein fester Look.

Er hat also noch nicht geschlafen.

»Nein, ich ... hatte ja diesen Wasserschaden und ziehe im Grunde jetzt auch neu ein. Und ich habe keine Ahnung, in welcher Kiste meine Gabeln verschüttet sind. Und weil ich eh auf mich achten sollte, wollte ich dich fragen, ob wir uns das Stück teilen wollen.«

Was quatsche ich da?

Der Plan war, mich nur zu bedanken.

»Ach so und vielen Dank für den Kuchen natürlich!«

»Ein ganz klares *Nein!*«

Zu sterben, obwohl der Körper rein physisch gesehen noch lebt, ist möglich.

Aus Scham ist alles möglich.

»*Nein*, du musst nicht auf dich achten! Aber ein fettes *Ja* zu deinem Angebot mit dem Teilen. Bitte, spring rein. Äh, also komm rein. Das wollte ich sagen.«

»Schon klar, was sonst?«

Hat er auch eben gesoffen? Oder ist er nur nervös?

»*Springen* klingt so nach ... egal. Ich wollte das einfach richtigstellen.«

Ich hatte vergessen, dass ich um einiges cooler bin als er, obwohl ich schon eine Koryphäe bin, im sich selbst unnötig verrückt machen.

Was mich interessiert ist, ob ich es bin, die Jonas so nervös macht oder ob er grundsätzlich so ist.

Die Wohnung ist nicht wiederzuerkennen.

Alles entrümpelt und neu gestrichen. Apricot. Mutige Farbe für einen Mann.

Gefällt mir sehr.

Seine Möbel mag ich auch. Sie sind gemütlich und trotzdem modern.

»Scheibenwischer!«

»Brauchst du Hilfe?«

Der Tollpatsch ist in der Küche verschwunden; ich posiere im Wohnzimmer auf einem Sessel vor dem Schuhschrankspiegel und spiele durch, wie ich am besten wirke.

»Sooo, hier ist dein Kaffee. Milch und Zucker okay?«

Kaffee um 2 Uhr nachts?

»Perfekt. Dein Daumen ist ja ganz rot!«

»Das war nur von dem heißen Dampf. Nicht so schlimm.«

»Allmählich glaub ich, ich bringe dir Pech. Immer wenn wir uns sehen, verletzt du dich.«

»Da muss ich dich gleich von deinem hohen Ross runterholen, denn diese Wirkung haben Frauen im Allgemeinen auf mich. Meine letzte Beziehung hat die Firma Hansaplast aus der Insolvenz gerettet.«

»Die waren insolvent?«

Jonas nippt schmunzelnd an seiner Tasse.

Ein Scherz, Leila!

Ich habe zu viele unlustige Männer in diesem Monat getroffen.

Ergebnis: Ich erkenne Humor nur noch, wenn er sich vorher per Einschreiben ankündigt.

Jonas hat etwas an sich.

Er ist süß, schlagfertig, attraktiv und vollkommen harmlos.

Sein Kaffee ist allerdings das Letzte (ein MRT-Kontrastmittel ist genießbarer).

Schmeckt wie abgestandener Kakao, in dem eine Zigarette verendet ist.

»Und schmeckt's dir?«

»Hervorragend! Wie kam's eigentlich, dass du noch bei mir geklingelt hast?«

»Ich hoffe, das war nicht zu aufdringlich. Ich hatte noch deine Freundinnen im Flur gehört und es gab in deiner Wohnung so einen dumpfen Knall.«

Tonis iPhone – die Stolperstelle.

»Stimmt, ich war noch wach. Deine Einrichtung ist schön. Woher?«

»Alles noch von meinem Vorgänger.«

»Herr Roth? Ich meine … Kevin?«

»Mhm! Kevin meinte zwar, ich solle alles wegwerfen oder verkaufen, aber das konnte ich nicht übers Herz bringen. Immerhin haben er und seine Frau das alles damals gemeinsam ausgesucht. Die Sachen sind ja auch noch gut in Schuss. Deshalb habe ich alles neu lackiert und überzogen. Nur ein paar Lampen habe ich in den Keller gestellt.«

Jetzt erkenne ich alles wieder.

Der petrolfarbene Leinensessel, auf dem ich sitze, war vorher mit einem dunklen Webstoff bezogen.

Der Schuhschrank war zwar vorher auch grün, aber völlig abgenutzt, zwei Glasscheiben fehlten außerdem.

Jetzt strahlt er wie ein Katalogmodel.

Genauso wie das sonnenblumengelbe Sofa, auf dem Jonas sitzt.

Er hat Herr Roths Wohnung eine zweite Chance gegeben, sie schlichtweg zum Leben erweckt.

»Und was ist mit Kevin passiert? Ist er zu seiner Tochter gezogen oder noch im Heim?«

Eigentlich interessiert mich das gar nicht. Ich will nur irgendwie unser Gespräch am Laufen halten, um bleiben zu können.

Den Kuchen haben wir schon aufgegessen.

»Nein, er ist noch im Seniorenheim. Jetzt, wo vom Vorstand das Kartenspielen mit Geldeinsatz genehmigt wurde, reißen sich alle um einen Platz.«

»Echt?«

»Oh ja, die reinste Spielothek. Da heißt es nur: ›Du schuldest mir noch vier Osteoporosetabletten!‹ – ›Zahl du erst mal die 16,40 Euro bei mir ab!‹ Es ist herrlich. Und es ist wissenschaftlich bewiesen, dass alles, was Freude und Aufregung bereitet, die Lebenserwartung verbessert. Wir dürfen Menschen nicht in Watte einpacken, nur weil sie alt sind. Wenn wir jetzt nicht anfangen unser Leben zu genießen, wann dann?«

Ich höre Jonas gerne zu.

Es ist nicht nur das, was er sagt, sondern auch die Art, wie er etwas sagt.

Mit so viel Wärme und Überzeugung. Er mag seinen Job wirklich.

Diese positive Energie will ich auch in meinem Leben haben. Ich will nicht mehr diese Person sein, der jeder dahergelaufene, schlecht gelaunte Fahrscheinkontrolleur den Tag versauen kann.

Jonas gähnt zum zweiten Mal.

Wink verstanden!

»Ich sollte gehen. Danke für den Kuchen, das war eine nette Idee.«

»Gerne! Ich sollte auch langsam schlafen.«

»Ja, so in zwei Stunden vielleicht.«

Jonas guckt mich irritiert an.

»Ich muss noch zu Ende streichen.«

»Worauf warten wir dann?«

Wir?

»Das sollte keine Anspielung sein! Ich sollte außerdem lernen, so was alleine zu machen.«

Warum ich das sage, weiß ich nicht.

Ich würde Jonas gerne dabeihaben.

»Buh, wie langweilig! Hast du zwei Pinsel da? Welche Farbe soll es sein?«

Wenn ich mich hier so umsehe, sollte ich sein Angebot wirklich nicht ausschlagen.

Jonas hat definitiv mehr Ahnung davon als ich.

Weise ich ihn jetzt ab, tue ich das nur wegen Lennard, der mich bei unserer Trennung als unselbstständig bezeichnet hat.

»Ja, habe ich! Mintgrün.«

»Mintgrün also! Jetzt machen deine merkwürdigen Sommersprossen auch auf einmal Sinn. Ich hatte schon befürchtet, du wärst einer niesenden Zeichentrickfigur in die Schusslinie gelaufen.«

Er hat es bemerkt.

»Ganz schön frech für jemanden, der bei unserer ersten Begegnung eine Briefmarke im Haar kleben hatte!«

Meine Wohnung sieht fantastisch aus!

Wir haben nicht nur alles gestrichen, sondern auch alles ausgepackt, neu hingestellt und sogar einen alten Stuhl auseinandergenommen. Die Stuhlbeine haben wir an die Wand genagelt, wo ab jetzt meine Gewürze (die hat die Feuerwehr gerettet, aber mein Glas Erdnussbutter nicht!) stehen werden.

Das Parkett haben wir abgeschliffen.

Alles wirkt geordneter, heimeliger, einladender – einfach besser!

Ich liebe es!

Wir hätten uns vorher bei »Sixx« anmelden sollen.

So wohl habe ich mich hier schon ewig nicht mehr gefühlt.

Die Sonne geht auf.

»Wie spät ist es?«

Jonas besteht nur noch aus Locken.

»Kurz nach fünf.«

»Scheiße, jetzt habe ich dich die ganze Nacht eingespannt!«

»Hab ich wirklich gern gemacht! Ist ziemlich lange her, dass ich bei einer Frau über Nacht geblieben bin.«

An seinem Blick sehe ich, dass er diesen Satz sofort bereut hat.

Aber ich bin froh, dass er das gesagt hat.

Und ich glaube ihm.

»Was erhoffst du dir vom Leben?«

Seit heute kenne ich die Antwort.

»Ich möchte in nächster Zeit mit jemandem Kaffee trinken gehen, der das auch will. Nicht mehr und nicht weniger.«

»Äh, ich meinte eigentlich …«

Jonas hält einen Prospekt mit der fetten Aufschrift »WAS ERHOFFST DU DIR VOM LEBEN?« hoch.

»Ich war so frei, deine Post reinzuholen, weil der Briefkasten fast geplatzt ist. Offenbar nur Werbung.«

Ich lerne aber auch nichts dazu!

Grausig!

Ich kann ihn nicht mehr ansehen.

»Sind die Klinken nicht langsam sauber genug?«, fragt Jonas, der mich dabei mustert, wie ich den Türknauf zum Bad so stark schrubbe, dass sich der Lack löst.

Jonas stupst meine Hüfte mit dem Pinsel an.

»Wie passt es dir morgen? Und damit meine ich das morgen, das heute schon angefangen hat. Zum Kaffee trinken, meine ich.«

»Solange es nicht dein Muckefuck ist, bin ich dabei.«

Jonas lacht herzlich.

Das Gefühl, bei jemandem nicht zu weit gehen zu können, ist purer Luxus.

»Ich bin froh, dass du in dieses Haus gezogen bist.«

»Ich auch.«

Ich liebe Lennard noch.

Das wird wohl auch vorerst so bleiben.

Ein gebrochenes Herz kennt keine Amnesie.

So schnell löst nichts einen filmreifen »Wie konnte ich den je gut finden?«-Moment aus, in dem es »KLICK« macht und man die große Liebe vergisst.

Aber ich bin auch nicht mehr verliebt in Lennard.

Ich habe ein Date, auf das ich mich sehr freue.

Um meinetwillen und nicht, um es Lennard zu zeigen.

Und das ist der wohl größte Schritt in mein neues Leben.

– ENDE –

Danksagung

Ich möchte mich bei den Menschen bedanken, die dieses Buch zum Leben erweckt haben: Vielen lieben Dank an alle beim Franzius Verlag. Simone, ich bin dir unheimlich dankbar für deine Aufgeschlossenheit und dein Feingefühl.

Artur, meine einzige Zuflucht, wenn ich mir selbst auf die Nerven gehe. Du hast mich immerzu ermutigt, mein bestes Ich zu sein. Du fängst mich auf, noch bevor ich ins Wanken gerate. Ich danke dir unendlich!

Ich drücke meine tolle Freundin Esther. Tausend Dank für deine enorme Unterstützung (auch zu Unzeiten)! Ohne dich, dein Fingerspitzengefühl und deine grenzenlose Hilfsbereitschaft hätte ich mich selbst sehr oft in Frage gestellt.

Danke dir, liebe Marie, dafür, dass du mein Autorenfoto gemacht hast, aus einem schmeichelhaften Winkel, den nur ein Profi einzufangen vermag.

Ich danke meiner lieben Freundin Evi für ihren Einsatz.

Zu guter Letzt danke ich meinen großartigen Eltern, meiner geliebten Schwester Eva und meinen unvergleichlichen, wunderbaren Freundinnen, die mein Leben mit so vielen bunten Farben erleuchten, dass meine Welt nie an Langeweile zu erkranken droht.

Ich bin sehr glücklich, so viele besondere Menschen zu kennen.

Novitäten 2020 / 2021 im Franzius Verlag

Romane

»Blutspur 629«, Band 3 der »Rich & Mysterious«-Reihe
Krimi von Neal Skye, ISBN 978-3-96050-214-2

»Die Siegel Asinjas Teil 3: Die Macht der Dämonen«
Fantasy-Roman / Young Adult von Andi LaPatt
ISBN 978-3-96050-212-8

»Fette Sau – Ich bin gegen Mobbing und Du?«
Roman von Christiane Kromp, ISBN 978-3-96050-201-2

»Die Macht der Akademie«
Schweden-Krimi von Neal Skye, ISBN 978-3-96050-190-9

»Das Zugticket«
Roman von Monica Heinz, ISBN 978-3-96050-188-6

»Endstation Himmel«
Roman von Angelika Lorenz, ISBN 978-3-96050-186-2

»Hüter der Feder«
Fantasy-Roman von L. T. Ayren, ISBN 978-3-96050-093-3

»Bis ans Ufer«
Historischer Krimi von Sophie Heinig, ISBN 978-3-96050-182-4

»Die Heimsuchungen der Familie Bell«
Historischer Krimi von Christiane Kromp, ISBN 978-3-96050-174-9

»Redric – Die andere Seite der Angst«
Young-Adult Thriller von Jenny Rubus, ISBN 978-3-96050-160-2

»Mörderische Psychospiele – Zwischen Bremen und der Nordsee«
Regionalkrimi von Sabine Bruns, ISBN 978-3-96050-172-5

Sachbücher und Ratgeber

»Entzündungen natürlich behandeln — Die grüne Taschenapotheke«
Von Dr. Nadine Berling
ISBN 978-3-96050-203-6 (Hardcover), 978-3-96050-210-4 (Softcover)

»Enneagramm und Hochsensibilität – Die neun Persönlichkeitstypen und ihr Entwicklungspotential«
Von Dr. Marianne Skarics
ISBN 978-3-96050-215-9 (Hardcover) 978-3-96050-170-1 (Softcover)

»Magnetic Wealth Attraction – Werde ein Magnet für Wohlstand, Überfluss und Fülle«
Von Frederick Dodson, Übersetzung von Petra Liermann
ISBN 978-3-96050-196-1 (Hardcover), 978-3-96050-180-0 (Softcover)

»Nicht offensichtliche Megatrends – Wie man erkennt, was andere übersehen, und die Zukunft vorhersagt«
Von Rohit Bhargava, Übersetzung Franzius Verlag GmbH
ISBN 978-3-96050-198-5 (Hardcover), 978-3-96050-091-9 (Softcover)

»Grenzenlos – Wie man seine Berufung findet und mit drei weiteren essentiellen Faktoren die individuelle Balance schafft, um im völligen Einklang mit dem eigenen Leben zu sein«
Von Laura Gassner Otting, Übersetzung Franzius Verlag GmbH
ISBN 978-3-96050-197-8 (Hardcover), 978-3-96050-192-3 (Softcover)

»Wenn Millennials übernehmen — Bereiten Sie sich auf die amüsant einfache Geschäftswelt der Zukunft vor«
Von Jamie Notter und Maddie Grant, Übersetzung Franzius Verlag
ISBN 978-3-96050-208-1 (Hardcover), 978-3-96050-206-7 (Softcover)

»200 Ratgeber oder dieser – Die Essenz aus über 200 Ratgeber-Bestsellern«
Von Florian Hartnack
ISBN 978-3-96050-218-0 (Hardcover), 978-3-96050-217-3 (Softcover)

Printed in Poland
by Amazon Fulfillment
Poland Sp. z o.o., Wrocław

38079640R00233